コンコード・エレミヤ

ソローの時代のレトリック

高橋 勤

金星堂

まえがき

本書は、一九世紀アメリカの思想家ヘンリー・D・ソローの研究書である。ソローの文学と思想についてはわが国においても多くの優れた論考が刊行されており、その意味では屋上に屋を架す観がない訳でもない。ただ一方で、これまでの研究書には共通してひとつの前提があったように思われる。すなわち、ソローを一個の希有な個性として紹介し、その独創的な生き方と思想に共感して〈ソローに学ぶ〉という姿勢である。いわゆるソローヴィアンとよばれる研究者の系譜がそこにはあるのだが、ソローについてものを書く行為そのものがこの作家を理想化し、神話化してしまうプロセスと不可分に結びついていた。われわれにとって思想家ソローの特異性は、まさにこの点にあったと思われる。

ソローの思想には、他の英米の作家の場合とは異なり、われわれ日本人に特に親近感を抱かせるようないくつかの要因が存在したのも事実である。ひとつには、ソローの自然観がある。ウォールデン湖畔の美しい自然描写は、老荘を核とした東洋の自然観に抱かれ、特に明治以降のロマンティックな自然描写に長らく親しんできたわれわれの感覚にはことのほか心地よく響いたことだろうし、ソローのウォールデン湖畔における独居生活が東洋の隠者文学との連想において捉えられ、いわゆる清貧のひとつの理想、その典型として受け止められたという背景もある。

二つ目の要因はソローにまつわる孤高のイメージである。世の中の物質主義的な風潮に背をむけて「森の生活」を実践し、政府の遂行するメキシコ戦争に反抗してみずからコンコード刑務所に入獄する。奇行ともとれる大胆な行動と逆説を駆使した挑発的な文体、そうしたソローの反骨精神に多くの読者が共感を寄せたのではなかったろうか。おそらくインドのガンジーや黒人運動家のマルティン・ルター・キング・ジュニアにインスピレーションを与え、さらにはヴェトナム戦争に反対する多くの若者たちの心を惹きつけたのも、ソローの孤高であり、反骨精神であったと思われる。ソローにまつわる伝説や神話は、その特異な個性を軸として形成され、多くの読者をソローヴィアンにしてしまう磁力となったのである。

本書において筆者が一貫して試みたことは、ソローにまつわるそうした伝説や神話を可能なかぎり払拭してしまうことであった。いやむしろ、ソローの個性と生き様を透明化して、当時の社会と時代思潮のなかに還元してしまうことであり、より積極的にソローの生涯を時代の指標とすることであった。つまりソローの生涯の一つひとつのエピソードと作品の一節一節がいかに密接に当時の社会状況と結びつき、ソローの生き方がそうした時代の流れをもっとも忠実に、もっとも凝縮した形で反映したことを示そうとしたのである。一見ソローの強烈な個性のあらわれとみえたその行動が、実際には当時の社会状況を端的に示す指標であり、もっとも象徴的な事件であったことを示したかったのである。

その一例として、ソローが一八四六年の夏コンコードの刑務所に入獄したエピソードを取り上げてみよう。このエピソードはソローの個性と反骨精神を見事に示した行為としてしばしば引き合いに出されるのだが、必ずしもこの事件はソロー独自の行動ではなかった。すでに知られているとおり、一八四三年にソローの隣人であり友人でもあったブロンソン・オルコットが人頭税の不払いによって刑務所に拘束されており、ソローはこの友人の行動に大きな影響を受けていたし、ソローの入獄の一週間後、奴隷制度に反対するコンコード婦人部は記念集会をソローの小屋の前で行なっているのである。入獄というエピソードは、いわばソローの家族を巻き込んだコンコードのコミュナルな活動の延長線上で起こった出来事だったのである。ここで問題とすべきことはソローの個性や独自性ではなく、ソローの行動がいかに密接にコンコード周辺の社会状況とかかわり、社会の声をいかに鮮明に代弁していたかということであったのだ。

さらにソローやエマソンの文学を研究する際に留意しなければならないことは、そうした思想や文学が独創的な発想によるものではなく、地域の知的な交流から生み出され共有されたものであったという事実である。エマソンは、ソローが書いたもののなかに「何ひとつとしてオリジナルなものはない」という趣旨のことを述べているが、それはエマソンがソローの師であり、ソローはエマソンの思想を模倣し実践した、ということのみを意味するものではない。むしろそうした思想がマサチューセッツ州コンコードの文人や哲学者によって共有され、一九世紀アメリカ社会における意義が議論された事実を示すものであったのである。エマソンの言葉を借りるとすれば、「それぞれの時代は時代に応じた書物を書かなければならない」(「アメリカの学者」)のであり、超絶主義思想とは「一八四二年に現れた観念論」(「超絶主義者」)であるに過ぎなかったのである。われわれが問題とすべきは、そうした思想を一九世紀のアメリカ社会という文脈の中に置き替え、旧来の言葉の中に新たな生命を吹き込もうとした文学的営為であったはずである。

周知のとおり、一八四〇年代のコンコードには当時としては驚くほど密度の濃い知的交流が行なわれていた。エマソンを中心とした超絶主義者の会合、『ダイアル』の刊行やライシーアムにおける講演会活動、マーガレット・フラーによる女性の啓蒙を意図した「会話」活動、さらにはブルック・ファームやフルーツランドのようなコミューンの形成などが実践されていた。エマソンやソローの思想は、こうした地域の知的交流から生まれ、共有され、そして影響を与えた思想だった。あえてこうした文人たちの独創性を見いだそうとすれば、その思想の内容にではなく、当時の社会状況と照らし合わせた、その独特のレトリックの中にこそ求められなければならなかったはずである。

ここで本書のタイトルとした「コンコード・エレミヤ」について簡単に説明しておきたい。サクヴァン・バーコヴィッチの『アメリカのエレミヤ』(一九七八)が出版されて以来、「エレミヤの嘆き」という主題はアメリカの文化、文学を語るうえで不可欠な鍵概念となったことは周知のとおりであろう。バーコヴィッチはピューリタンの説教にみられるこの嘆きのレトリックが、一九世紀の文学にも影響を与えている事実を看破したのだが、他方において、ソローやエマソンの文学にみられる嘆きのレトリックには少なくとも二つの歴史的な事件が介在している。ひとつは合衆国の独立であり、その独立戦争の火ぶたを切ったとされるコンコード・レキシントンの戦いである。そしてもうひとつは、一八二〇、三〇年代に起こった郷土史ブームであり、入植二百年祭を機に広まった地域の誇りと郷土愛のようなものである。ソローやエマソンの作品にみられるコンコードの理想化された言説と、それと表裏をなす「嘆き」のレトリックについてはこれまで考察の対象となることはなかったのである。コンコード言説はピューリタンの入植と独立戦争という、まさに合衆国の起源にかかわる物語であったのだが、ソロー文学の、特に『社会改革論集』とよばれる一群のエッセイにはそうしたレトリックがきわめて顕著に見られる事実を指摘したかったのである。

本書の概要を述べると、第一章では一九世紀前半の地方史ブームを背景としてコンコード言説が形成された過程を追い、ソローがコンコード言説を反復しつつ、現状の堕落を「エレミヤの嘆き」というレトリックで表現した経緯を論じた。本書の基調をなす論考である。二章においては、ソローの教師体験を起点としてマサチューセッツにおける教育改革の流れを検証し、特に超絶主義者の子供観と体罰への反発がいかに関連していたかを考察した。三章は、ソローの非暴力主義とジョン・ブラウンの弁護という、これまでソローをめぐるひとつの〈謎〉とされた問題に迫った章である。四章は三章の延長として、ソローと奴隷制の問題を論じ、ソローの牢獄体験が時代を反映するメタファーとして象徴化された経緯を論じたものである。五章では、『メインの森』における野性へ向かう旅と、『コッド岬』にみられるプロテスタンティズムの源流をさぐる旅を並置して論じた。六章は、ソローの肺結核という持病を起点として一九世紀における結核療法を検証するとともに、ソローの身体観と認識について論じたものであり、七章はその身体観がソローの詩論とどう結びついていたかを、エマソンの身体観との比較において論じたものである。八章では、ソローとエマソンにおける天文学への関心に着目し、宇宙の発見が自己の内面の無限性へとメタファー化される過程を考察し、「エレミヤの嘆き」にみられるアメリカ的な楽観主義の一側面として論じた。最終章「コンコードと日本」では、クラーク博士とともに札幌農学校に赴任したコンコード出身のウィリアム・ウィーラーの生涯をたどり、ウィーラーとソローとの接点を見出すことでコンコードの精神性を模索した論考である。ソローにまつわる神話性をできるかぎり払拭し、むしろ、ソローの主張や行為をより積極的に時代の指標とすることを目ざしたものである。その意味において、本書は「コンコードの文学」を記述することを試みたものである。

前述のとおり、方法論についてはソローの作品、日記、あるいは伝記的なエピソードを起点としてコンコードの文化史を繙き、その歴史性を考察するというものである。結果的に、ソロー文学の社会性を前景化することになり、テーマも宗教、教育、奴隷制、医療など社会改革の側面に焦点を当てることになったと思われる。いわば本書はソローの文学を中心に据えながら、その射程においてコンコードの文化史、あるいはエマソンら超絶主義者の知的交流について洞察を加えようとしたものである。「コンコード・エレミヤ」というレトリックを基調としながらも、本来的にそれぞれが独立したエッセイであり、その意味においては、どの章から読み進めていただいても差し支えないものである。

本書がささやかながら、ソロー文学、そしてコンコードを中心として展開された超絶主義思想を理解するうえで一助となることを期待したい。

凡例

作品からの引用については、原則として本文中に略記し巻数と頁数を付した。それぞれの作品については以下の版に従い、引用部の和訳は特記しないかぎり拙訳とした。批評書等からの引用については注を付し、脚注において出典を示した。

『ウォールデン』　*Walden. The Writings of Henry D. Thoreau.* Ed. J. Lyndon Shanley. Princeton: Princeton UP, 1971.

『一週間』　*A Week on the Concord and the Merrimack Rivers. The Writings of Henry D. Thoreau.* Ed. Carl F. Hovde, et al. Princeton: Princeton UP, 1980.

『メインの森』　*The Maine Woods. The Writings of Henry D. Thoreau.* Ed. Joseph J. Moldenhauer. Princeton: Princeton UP, 1972.

『コッド岬』　*Cape Cod. The Writings of Henry D. Thoreau.* Ed. Joseph J. Moldenhauer. Princeton: Princeton UP, 1972.

『書簡集』　*The Correspondence of Henry David Thoreau.* Ed. Walter Harding and Carl Bode. New York: New York UP, 1958.

『日記』　*The Writings of Henry D. Thoreau: Journal.* 8 vols. Princeton: Princeton UP, 1981-.

「市民政府」 “Resistance to Civil Government.” *Reform Papers. The Writings of Henry D. Thoreau.* Ed. Wendell Glick. Princeton: Princeton UP, 1973. 63-90.

「原則のない生活」 “Life without Principle.” *Reform Papers.* 155-79.

「マサチューセッツ」 “Slavery in Massachusetts.” *Reform Papers.* 91-109.

「ジョン・ブラウン」 “A Plea for Captain John Brown.” *Reform Papers.* 11-38.

「奉仕」 “The Service.” *Reform Papers.* 3-17.

「歩行」 “Walking.” *Thoreau: Collected Essays and Poems.* Ed. Elizabeth Hall Witherell. New York: The Library of America, 2001. 225-55.

「カーライル」 “Thomas Carlyle and His Works.” *Thoreau: Collected Essays and Poems.* 165-202.

「コケモモ」 “Huckleberries.” *Wild Apples and Other Natural History Essays.* Ed. William Rossi. Athens: U of Georgia P, 2002. 166-202.

「月」 *The Moon.* 1927. Rpt. New York: AMS Press, 1985.

『エマソン全集』 *The Complete Works of Ralph Waldo Emerson.* 12 vols. Ed. Edward Waldo Emerson. Boston: Houghton, 1903-4.

『エマソン日記』 *The Journals and Miscellaneous Notebooks of Ralph Waldo Emerson.* 16 vols. Ed. William H. Gilman, et al. Cambridge, MA: Harvard UP, 1960-1982.

『チャニング著作集』 *The Works of William E. Channing.* 6 vols. Glasgow: James Hedderwick & Son, 1840-44.

目次

第一章　コンコード・エレミヤ

マサチューセッツ州コンコードはボストンの北西に位置する小さな町である。一八四四年に開通したフィッチバーグ鉄道が現在では通勤列車として利用され、ボストン間を四〇分ほどで走っている。

一九世紀半ばのコンコードは人口二千人程度の町であった。ラルフ・エマソンやヘンリー・ソローら超絶主義者とよばれる知識人が交流を深めた地であり、また『若草物語』の作者ルイザ・メイ・オルコットが子供時代を過ごした町としても知られている。町の北東部にあるノース・ブリッジは、地元の義勇兵がイギリス軍に発砲し独立戦争の火ぶたを切ったとされる史跡である。そのほとりに立つ旧牧師館（オールドマンス）はエマソンの祖父ウィリアム・エマソンが牧師を務め、みずから従軍した愛国心の象徴とも言える建物だった。宗教と愛国心という保守性を基盤としながら、不道徳には毅然として反抗する、そんなピューリタン的心性が浸透した風土をこの町は育んでいたにちがいない。むろん、そうした精神風土はニューイングランド地方の寒村の多くが共有した心性でもあったのだろうが。

まず第一章では、マーク・トウェインの『ハックルベリー・フィンの冒険』がコンコード図書館から禁書処分とされたエピソードを取り上げ、それを糸口としてコンコードの精神風土について考察を進めてみたい。

一　ハックの追放

コンコード図書館の対応

一八八五年三月、マサチューセッツ州コンコード公立図書館は『ハックルベリー・フィンの冒険』を悪書として追放した。このエピソードは複数のメディアに取り上げられ大きな反響を呼び起こすことになる。小さな片田舎の公立図書館が『ハック・フィン』を禁書処分にしたという、事件とも呼べないような出来事が、なぜこれほど大きな反響を呼び起こすことになるのか。まずこの事件の象徴的な意味合いを考えてみよう。

複数の新聞の報道によると、コンコード図書館の委員会は『ハック・フィン』を「不道徳」とし、「正真正銘のクズ」と決めつけたようである。[1] 委員のひとりは、トウェインの本を「道徳感のきわめて低い冒険談」であり、「全ページに間違いだらけの文法と粗野で荒っぽく、見苦しい表現」が見られ、コンコードの「尊敬すべき住民よりもスラム街にこそ相応しい」とこき下ろしたのである。ここに綴られた「不道徳」「見苦しい」「尊敬すべき住民」という形容詞から、われわれはすぐさま東部の「お上品な伝統」を連想してしまうのだが、コンコード図書館の委員会がこれほど感情的にトウェインの最新作を糾弾した背景にはなにがあったのだろうか。『ボストン・コモンウェルス』紙が皮肉にも指摘したように、「なぜ（委員会の）良き人々は、自分たちの意見を新聞になど公表せずに、もっと静かに処理しなかったのか。」[2]

おそらく、このエピソードには『ハック・フィン』の内容や表現、あるいは東部の「お上品な伝統」とは異なる次元の要因が関わっていた。それは遡ること数年、一八七七年に『アトランティック・マンスリー』紙の夕食会の席上トウェインが述べた祝辞に端を発していた。軽いユーモアの気持ちからトウェインは文壇の大御所ロングフェロー、エマソン、ホイッティアーを前にして、かれらを「詐欺師」に喩える小話をぶちまけたのである。[3] その後八二年にエマソンは没するが、当時コンコードにおいてエマソンの記憶が崇敬されていたことは想像にかたくない。エマソンの息子エドワードはエマソン全集の編集作業に着手しており、そのかれがコンコード図書館の委員会に名を連ねていたのだった。こうした情況において、トウェインの最新作が色眼鏡で見られ目の敵にされたとしても不思議ではなかったのである。

むしろ〈ハックの追放〉は、トウェインの作品の評価よりも、コンコードの精神風土とより深く関わっていたと考えられる。『ハック・フィン』の内容そのものが問われたのではなく、マサチューセッツ州コンコードという町の矜持と〈特別さ〉が強調されたのである。だからこそ、コンコード図書館の委員会はこの問題を「静かに処理する」ことなく大々的に報じたのではなかったか。『ハック・フィン』が禁書処分となりメディアに報じられた一八八五年は、奇しくもコンコードの入植二百五十周年に当たっており、エドワード・エマソンを含めた町の名士によって盛大な記念式典が予定されていたのである。[4]

一九世紀後半の当時、コンコードではルイザ・メイの父ブロンソン・オルコットによって「コンコード夏の哲学学級」が定期的に開催されており、たしかに「お上品な」イメージが内外において共有されたことは事実であったろう。しかしコンコードの〈特別さ〉は、必ずしもエマソンや他の超絶主義者のみによって形成されたものではなかったはずである。むしろコンコードの歴史と、それに基づいて醸成された〈コンコード神話〉のようなものがその象徴性の根本に存在したのである。アメリカの起源ともいえる歴史性を、コンコードは一九世紀以前においてすでに獲得していたのだった。

そしてさらに重要なことは、その〈コンコード神話〉があらゆる公的な機会において引用され、反復された事実である。それはこの町の入植記念日やノース・ブリッジの記念碑建立記念日などに留まらない。一九世紀における奴隷解放運動の演説においても、コンコード・ライシーアムの講演においても、郷土史家の著述においても、あるいは初等学校の授業においてもくり返し語られた政治的言説であった。云ってみれば、『ハック・フィン』の追放はそうしたコンコードの〈特別さ〉を主張し、再確認するもうひとつの機会を提供したに過ぎなかったのだ。そしてその〈特別さ〉の本質は、つねにあらゆる機会において反復され、再確認されないと消え去ってしまうような物語性にあったと言えるだろう。

エレミヤの嘆き

コンコードの象徴性がアメリカの象徴性の延長線上にあることは言うまでもない。いわゆるコンコード神話がアメリカの起源をめぐる物語であるとすれば、コンコードの象徴性はアメリカの象徴性と重なり合うはずである。

周知のとおり、サクヴァン・バーコヴィッチは、一九世紀の文学に「エレミヤの嘆き」にも似たピューリタンの説教パターンが深い影を落としている事実を指摘している。(5)「アメリカの使命」を一方で語りながら、他方において現状の堕落を「嘆く」という、この宗教的なレトリックが民衆の心にアメリカの象徴性を再確認させたことは事実であったろう。しかしソローやエマソンが活躍した一九世紀中盤において、コンコードの〈特別さ〉が強調された背景には、アメリカの象徴性とは異なる、少なくとも二つの要素が介在した。ひとつは合衆国の独立であり、その独立戦争の火ぶたを切ったとされるコンコード・レキシントンの戦いであった。もうひとつは一八二〇、三〇年代の郷土史ブームであり、入植二百年祭を機に広まった地域の誇りと郷土愛のようなものであった。こうした歴史性がコンコード神話にはつきまとうのである。

コンコードの象徴性はただたんに民衆の記憶に留まり、あるいは説教者（講演者）の語りにおいて反復されたのではない。歴史にまつわる場所——墓地や旧家や史跡——となって民衆の意識の一部を形成した。それはスリーピー・ホロウの墓地に眠るピューリタンの祖先であったり、コンコードの義勇兵がイギリス軍に発砲したノース・ブリッジであったり、あるいはまた牧師のウィリアム・エマソンが義勇兵の発砲を目撃し、みずから独立戦争に志願したとされる旧牧師館の佇まいであったりした。こうした愛国心と郷土愛という、一見相矛盾する要素が神話の背景に混然と存在し、コンコードの象徴性を形成し支えつづけたのである。

一九世紀後半にはこのコンコード神話は、ソローやエマソンらの超絶主義者の交流とルイザ・メイの活躍によって一層強化されてゆく。ローレンス・ビュエルは「ソロー崇拝者の巡礼」という論文の中で、いわゆる「コンコード詣」が社会現象化している事実を指摘し、そのアメリカ的心理の構造を検証しているが、[6] あきらかにコンコードへの「巡礼」はウォールデン湖畔の牧歌生活に対する憧憬のみに起因するものではなかった。コンコードは国家の起源に関する歴史の町であったからだ。いやそういう物語を抱いた風土の中に、コンコードは存在したのである。

ここで注目したいのは、ソローやエマソンがその作品の多くにおいてコンコード神話を反復し、その象徴性を強調している事実である。これはある意味において、自明のことであったかもしれぬ。なぜならソローやエマソンの作品はまず講演の草稿として書かれ、多くの場合コンコードの聴衆に向けて語られたものであったからである。であればなおさら、ソローやエマソンの文学作品の成り立ちを規定した一要素として、コンコードにまつわる物語性を今一度検討してみる必要がありはしないか。特にソローにおいてコンコードの理想を強調する傾向は著しく、かれの社会批判はしばしば世俗化した「エレミヤの嘆き」となってコンコード住民に向けられたのである。

まず、一九世紀中盤におけるコンコードの町の暮らしと社会について概観しておこう。

二　一八四〇年代のコンコード

農村と交易の町

一八四〇年代のコンコードにおいて、当時としては異例なほど高度で濃密な知的交流が行なわれたことは前にも触れた。エマソン、ソロー、ブロンソン・オルコットらの超絶主義者が居住してボストンやハーヴァードの知的エリートと交流した地であり、さらにホーソーンやルイザ・メイ・オルコットらの文学者が暮らした町でもあった。いっぽう、従来の文学史においてこうした文化活動のみに焦点が当てられたために、コンコードという町の地理、産業、精神風土という問題については看過されたのではないだろうか。たとえば一九世紀中盤のアメリカにおいて、一町村の人口が二千人であったという事実はどういうことを意味したのか。

ボストンの北西二〇マイルに位置するコンコードは、地形的に言うと、西から流れ込むアサベット川と南から流れるサドベリー川が合流する地点にある。二つの川は町の北西で合流してコンコード川を形成し、さらに北上してニューハンプシャー州との州境ローウェルでメリマック川に合流する。コンコード川のインディアン名マスキタキッド（草原を流れる川）が示すように、古くはアルゴンキン族とよばれた先住民が穏やかな川の河畔に定住し、漁労やトウモロコシの栽培によって暮らした土地である。コンコードの入植は一六三五年であり、町の中心部ミルダム（より正確に言うと、ジェトロスの樫の木）から六平方マイルを先住民から譲り受け、内陸部にはじめて開拓された入植地であった。ウォールデン湖は町の中心部から南東約一・五マイルに位置している。

コンコードはニューイングランドの他の村々と同じように、農業をおもな生業とする寒村だった。一八四〇年代当時、一五〇戸ほどの農家が千エーカー余りの土地を耕作しており、おもな穀物はトウモロコシ、ライ麦、大麦であり、そのほか牧草やジャガイモなどが生産されていた。(7) 牛や豚の牧畜も盛んで、おもにボストンの市場に出荷されていた。あの有名なコンコード・ブドウが市場に出回り始めたのは一八五四年である。(8) 世紀の後半には、ブドウのほかにもリンゴやナシ、イチゴなどの果実類、あるいは野菜の栽培も盛んになるが、あきらかにこれは市場経済が進展し、ボストンの近郊地としてコンコードの農業が変容した結果によるものであった。

コンコードはまた交通の要所でもあり、町の中心部は東西南北に伸びた道路の交差する中継地である。東から伸びた往還はボストンからレキシントンを経て、西はアクトンからグロトンへと馬車が行き交う主要な幹線であった。コンコードはミドルセックス郡の郡庁所在地であり、スクウェアーとよばれた街の中心部には第一教会のほか、郡庁舎、ミドルセックス・ホテル、法律事務所、銀行、数件のタヴァン（飲み屋）、刑務所などが位置していた。三〇年代初頭においてさえ週に四〇台の馬車がボストン間を発着し、多い日には一五〇人ほどが行き交ったということであるから、[9] 四〇年代にはさらに人々の往来は頻繁になっていたと思われる。一八四四年に開通したフィッチバーグ鉄道の停車場がコンコードに設けられたのも、そうした経緯を反映したものであった。

コンコード銀行が設立されたのは一八三二年だった。[10] 鉄道の敷設とも相まって流通経済と資本の蓄積が急速に進展するのだが、コンコードにおいて農業につぐ産業は製造業であった。[11] なかでも製糸紡績工場は歴史も古く、三〇年代において四〇名ほどの男女が労働に従事していた。そのほか鉛工場、馬車・馬具製造、鍛冶屋、樽屋、靴屋、鉛筆製造業などが軒をつらね、おもに輸出用として製品を卸していた。ソローの父親が鉛筆製造業に携わっていたことは周知のとおりだが、ここで注目すべきことは、コンコードにおいてきわめて合理的で実利的な価値観が共有されたことである。商店や飲み屋では噂話やジョーク、ひやかしなどが快活に繰り広げられた。[12]

コンコードが交通の要所であったことは、この農村が外部からの影響にきわめて晒されやすい要因ともなっていた。一九世紀中盤中西部への入植と鉄道の敷設によって加速した流通経済は、この寒村の経済と生活スタイルを大きく変容させることになる。『ウォールデン』に描かれたコンコードの町は、いわば移り変わりゆく社会の縮図であった。それはニューイングランドの寒村の精神風土と、流通経済による価値観の変容を描いた物語であったろうし、ピューリタン的な「魂」と「蓄財」の相克をアレゴリカルに反映した物語でもあったろう。農村社会と商業主義の進展という、コンコード社会の二つの側面を考慮することなしには、『ウォールデン』は理解できないのである。

保守と革新

一九世紀中盤のコンコードは、われわれが想像する以上にピューリタンの風土を色濃く残していた。それは様々な回想録に共通してみられるコンコードの風土の特色であった。日曜の安息日が厳格に守られ、教会の礼拝後には墓参りのみが許されていたこと、衣服や食生活において簡素さが尊ばれたこと、禁酒運動が起こっていたこと、読書にはおもに聖書、ジョン・バニヤン、ジョン・ミルトン、ジョージ・ハーバートなどピューリタンの文学が対象とされたこと、教会の牧師が様々な社会・文化活動において指導的な役割を果たしていたこと、またこの町の官吏の多くが初期の時代に入植したピューリタンの旧家によって占められていたことなどが、日々の慣習として挙げられる。農耕を通して培われた、先祖から受け継がれた土地への愛着と自治に対する強い信念、そうした保守的な風土をこの町は育んでいたにちがいない。コンコードの戦いに従軍した義勇兵の多くが農夫であったことも、そうした土地を中心とした精神風土と無縁ではなかったはずである。

コンコードのピューリタン的な気質を物語るエピソードがある。エドワード・ジャーヴィスの『コンコードの伝統と回想』(以下『伝統と回想』)のなかには、子供の頃(一八一〇年代であろうか)、ボストンからやってきていた売春婦が町の有志によって追放された経緯が描かれている。[13] 女はハルダ・ウィリアムズという卑しい女のもとに身を寄せていたのだが、町の有志たちは女をハルダの家から引きずり出し、横木に跨がせて担ぎ上げ、コンコードの村はずれに追放したのである。横木に乗せて担ぐという刑罰は昔ながらの見せしめの儀式であり、通常「タールと羽根」を浴びせて行なわれたものである。ジャーヴィスはこの事件を語りながら、「コンコードの良識」、「コンコードの汚点なき社会」、「町の浄化」という言葉をくり返し強調しているのだが、こうした描写にもコンコードの町のピューリタン的な気風と矜持がうかがえる。この娼婦の屈辱的な追放と、コンコード図書館からハックが追放されたことにはひとつの共通点が見出せないだろうか。

コンコードの保守性を示すもうひとつの重要な要因は、この町に歩兵隊が存在したことである。コンコードにおける軽歩兵隊の組織は一六六九年で、マサチューセッツの植民地のなかでもっとも早い時期のものであった。[14] そうした伝統が独立戦争時、義勇兵の組織に受け継がれたことは容易に想像できる。さらに一八〇四年には砲兵隊が組織されており、その「訓」にはコンコードの戦いの英雄バトリック少佐やデーヴィスの勇敢な精神が称えられていた。(15)ノース・ブリッジや旧牧師館はコンコードの住民にとって生きた教訓となっていたのである。現在コンコードの中心部ミルダムの一角には、星条旗のもとに南北戦争、第一次、二次世界大戦、ヴェトナム戦争、朝鮮戦争、あるいはイラク戦争に従軍したコンコード出身の犠牲者の名前が刻まれているが、それは愛国心と郷土の誇りを結ぶ保守性がこの地に脈々と受け継がれた証でもあったろう。

こうした保守性は、ニューイングランドの他の寒村にも共通して見られる風土であったのかもしれない。しかしコンコードには他にはない、いくつかのユニークな特徴が存在した。ひとつには、町の名士とよばれる社会的な上流層が存在したことである。それは必ずしもエマソンやソローなどの知識人を指すのではなく、むしろ判事のサミュエル・ホアなどに代表される職業人であり、名誉市民であった。一七七八年に組織されたソーシャル・サークルは、牧師、医者、法律家など上流層の会合であり、かれらは町の活動の指導的な立場にあった。(16)一八三五年に出版されたレミュエル・シャタックの『コンコード史』には「初期入植者と名誉市民リスト」が付されており、二千人足らずのこの町において、すでに目に見える形でその地位と家柄が問われていたことが窺える。

いっぽう、知的上流層の存在は必ずしも歴然とした階級差や差別の存在を意味するものではなかった。むしろそうした上流層は町の誇りとして尊敬された、と言えるのではないか。町の気風は民主的であり、リベラルでさえあった。この町の社会・文化活動には知的エリートばかりか農夫を含めた様々な職業の者が参加したし、エマソンやソローはエドマンド・ホスマーやジョージ・ミノットなどの良識的な農夫を深く敬愛した。(17)さらにコンコードには一八世紀から自由黒人の居住者もいた。「丘の墓地」には一八世紀のコンコードに暮らしたジャックという黒人の墓があるが、その碑文には次のような一節が書かれていた。

奴隷の国に生まれながら、

かれは自由の身に生まれた。
自由の国に生きながら、
かれは奴隷として生きた。
（中略）
偉大な君主、死が、
かれを最後に解放し、
王侯貴族と同じ位にした。
悪徳の奴隷でありながら、
かれは努力によって徳を積んだ、
それなくして王はただの奴隷に過ぎぬ。(18)

これは法律家ジョン・ブリスの手になる碑文だが、黒人の墓にこうした碑文が書かれたこと、さらに町の名士の多くが葬られた「丘の墓地」に黒人の墓石が建てられたことは、この町の風土を知るうえできわめて示唆的であった。

コンコードの社会においてはピューリタンの伝統と、社会の進歩を信奉する革新性とが共存したと言える。少なくとも、コンコードの住民においてピューリタン的な価値観と、人間の内面的な成長あるいは社会の進歩という考えは矛盾するものではなかった。それは一九世紀のコンコードが様々な社会改革の拠点と見なされたことからも推察される。三章において触れるように、奴隷制に反対するコンコード婦人部の活動によりコンコードは「地下鉄道」の「停車場」として知られるようになっていたし、農民は農業部会を組織して農事改革に取り組み、その進取の気性は「コンコードの知的な農夫」と称えられた。こうした啓蒙主義思想の浸透した土壌は、教育や文化活動においてもっとも典型的に示されていた。

教育風土

コンコードの教育風土を考えるうえでひとつの興味深い事実は、ハーヴァード大学との深いつながりである。独立戦争時ボストンが一時期英国軍によって包囲された際には、ハーヴァード大学はコンコードに移設されており、コンコードのグラマー・スクールはハーヴァードの卒業生(あるいは在学生)が担当するのが慣例となっていた。[19] 一九世紀において、ほぼ毎年コンコードの子息の二、三名がハーヴァードに入学しており、卒業後コンコードに居住するものも少なくはなかった。ジャーヴィスの統計によると、一八七八年当時三〇名ほどの大学出の職業人がコンコードに暮らし、その大半はハーヴァード出身者であった。[20] ジャーヴィスはそうした大学出身者がこの町の教育環境に与える影響を次のように記していた。

大学はこの町の人々にとって無縁の場所ではなく、その影響も無駄に失われることはなかった。大学という望ましき場所にわれわれの子弟が在学していることが、他の者に道を開いたのである。(中略)近所の親や子供たちは、その子が自分の道を見つけて努力と準備をし、費用の問題をいかにして乗り越えたかを知るにつけ、それならかれらにもできる、同じように教育ある向上した人生の恩恵を手にしたい、と考えるようになったのだった。かれらは同じ夢をもち、同じ希望に燃え、同じ道を歩もうと考えたのである。こうして大学に行くという単純な事実はおのずと反復されるようになり、町が大学に子供を送れば送るほどその傾向はいっそう強まり、努力惜しまぬ勇気と出費に耐える準備を行なうようになったのである。大学の影響は町の人々の性格にも感じられるようになり、この町の気風の力が大学に通う学生の中にも表われるようになったのである。[21]

ジャーヴィスの統計において興味深い事実は、一八〇〇年以降、ハーヴァード入学者の父母の職業の一位を占めたのが、法律家や牧師ではなく、農夫であった事実である。これはコンコードにおいて民主的な気風が浸透していたことを示すものであるとともに、それと併行して、教育を中心とする啓蒙主義思想が幅広く共有されたことを意味するものであったろう。

三つの墓地

最後にコンコードの墓地について簡単に触れておこう。コンコードには三つの墓地が存在している。スリーピー・ホロウの墓地は有名であり、なかでもエマソン、ソロー、ホーソーン、オルコットらの作家とその家族が葬られる「作家の丘」（Authors' Ridge）とよばれる一郭は特によく知られている。しかしコンコードの歴史と文化をさらに深く知るためには、他の二つの墓地のほうが興味深いのも事実である。そのひとつは「南墓地」（South Burying ground）であり、メインストリートに面していることからMain Burying groundとも呼ばれている。ここにはもっとも初期の時代に入植したピューリタンの旧家であるバレット家、ホスマー家、プレスコット家、デーヴィス家、ウィーラー家などの墓石が置かれている。

もうひとつは「丘の墓地」（Hill's Burying ground）であり、第一教会を見下ろす小さな丘の上に築かれている。その墓地の最上部にはエマソンの祖父ウィリアム・エマソンの墓が位置し、旧牧師館の後を継いだエズラ・リプリー、ダニエル・ブリスなどの著名な牧師が葬られている。またコンコードの戦いで指揮をとったバレット、バトリック少佐もこの墓地に葬られている。ここで重要なことは、ピューリタンの祖先や家柄というものがコンコードの精神風土の根底にあり、住民の意識（あるいは無意識）の重要な一部を形成したということである。

三　反復されるコンコード言説

郷土の歴史

一八二〇、三〇年代にニューイングランドにおいて郷土史ブームが広まったことは前にも触れた。合衆国の独立、さらに一八一二年の英国戦争の勝利を通して国家の意識が形成され強化されたことは容易に想像されるし、そうした国家のナラティヴの形成と併行して、地域の歴史とアイデンティティが謳われたのもまた事実であったろう。それは一九世紀前半において、多くの歴史協会が形成されたことからも窺い知ることができる。ロバート・グロスはジャーヴィスの『伝統と回想』の序文において、当時の郷土史ブームに関して次のように語っている。

地方史の隆盛は社会の変化の産物であった。資本主義と民主主義の進展によって社会が大きく様変わりするにつれ、敏感なニューイングランドの住人は、昔から受け継がれ、おそらくはピューリタンの時代から続いてきた暮らしが終焉しつつあるのを感じ取ったのだった。みずからを「歴史愛好家」と称し、かれらは急いで暮らしの習慣や記憶、あるいは過去の記録を忘却の危機から守ろうとしたのだった。この回顧の行為を通して、かれらは古きものと新しきものの連続性を確認し、祖先の価値を永らえようとしたのである。(22)

コンコード・ライシーアムの講演活動においても歴史は人気のあるテーマであった。ソローが幹事として関わったライシーアムの演目を分析した小野和人によると、歴史はもっとも人気ある演題のひとつであり、その内容は世界史と郷土史の二つに大きく分かれていたということである。(23)なかでも一八三五年に歴史の演目が多くなっているのは、この年がコンコードの入植二百年周年に当たっていたこと、さらにレミュエル・シャタックによる『コンコード史』が出版されたことと無縁ではなかったはずである。

歴史から神話へ

このシャタックの書を参照しつつ、エマソンはコンコードの入植二百周年祭において「コンコードの歴史言説」（"Historical Discourse"）という講演を行なっている。さらに翌年ノース・ブリッジの記念碑建立の際には「コンコード賛歌」（"Hymn to Concord"）という詩を朗読した。二百年祭とノース・ブリッジの記念碑建立は、コンコードの言説を形成するうえであきらかに連続した出来事であったのだが、それは歴史の事実を神話的なナラティヴへと転換する行為でもあったろう。

コンコード言説を反復したのはエマソンばかりではなかった。一八四二年にコンコードに移り住んだナサニエル・ホーソーンは、「旧牧師館」（"The Old Manse"）というスケッチでコンコードの歴史に触れているし、ブロンソン・オルコットは教育委員在任中に「コンコード本」を企画し、歴史から自然誌に至るまでコンコードの言説を啓蒙しようと試みた。[24]その自然誌についてはソローに執筆が依頼されていたのだが、ソローの急逝やオルコットの離職によって、この「コンコード本」は幻の企画となる。

しかし実際には、オルコット以前にもまたそれ以降においても、夥しい数のコンコード本が企画され、出版されたのも事実であった。ピューリタンの入植から始まるコンコードの歴史ばかりか、産業、人物、風俗、あるいは断片的な回想録や旅行ガイドにいたるまで、コンコードを語る営為は脈々と続けられたのである。オルコットの企画は、いわば、コンコードにまつわる神話形成の試みの一例に過ぎなかった。

ウィリアム・ハワースは、一九八二年に上梓した『コンコードの本』（*The book of Concord*）というソロー伝のなかで、ソローがその膨大なジャーナルの記述によってコンコードの本を書き上げたと語っている。

作家としてのかれの人生の中心にあったのはジャーナルであり、それはかれの想像力のプライベートな物語であった。そのジャーナルの中心にあったのはコンコードであり、有機的な調和のうちに営まれる大地の縮図と見なされた場所だった。（中略）コンコードはジョイスのダブリンやフォークナーのミシシッピと同様に、高度の芸術性を喚起した実在の場所であったと言えるだろう。(25)

ソローはオルコットに依頼された「コンコード本」の自然誌を、その生涯にわたって書き続けた文学者であったと言えるのかもしれない。

コンコードの神話形成について重要なことは、ピューリタンの入植や義勇兵の発砲といった歴史性そのものではなく、そうした事実を踏まえて語られたなにかであった。歴史の事実そのものではなく語りのレトリックこそ重要なのであり、おそらくそれが歴史と神話を分かつ決定的な違いであった。われわれが考察しなければならないのは、その語りのレトリックであり、そこに見られる共通性である。なぜならその共通性にこそ神話を形成する想像力の核心があるからだ。

こうした神話的な語りのレトリックがもっとも顕著に見られるのは、この町の歴史にまつわる記念日の演説においてである。ロバート・グロスは、コンコードの戦いの百周年記念祭におけるジョージ・カーティスの演説を引きながら、コンコードの描写がすでに抽象的なシンボルとなっていることを指摘している。

カーティスの語りにおいてコンコードは抽象化され、実在の場所としてではなく時空を超えたシンボルとなったのである。人々の暮らしや社会の形態は歴史の時と状況から切り離されて、ひとつの理想的なモデルに物象化された。（中略）同様に、コンコードの戦いの英雄は愛国的な構図の定型化された人物として神話化されたのである。

いやこの歴史の単純化こそ、カーティスの言わんとするところであったと言える。つまり、独立戦争当時のコンコードは眼前にはなくすでに郷愁の対象となっており、ニューイングランドの住人は一方において現代社会の恩恵をこうむりながら、過去への喪失感をそこに投げかけたのである。(26)

コンコードはすでに「時空を越えたシンボル」として語られ、反復されたのであった。そうした神話化のプロセスの一例として、エマソンの「コンコード賛歌」を考えてみよう。

「コンコード賛歌」

前にも触れたように、この詩は一八三六年ノース・ブリッジの記念碑建立祭において朗読された詩であった。ノース・ブリッジにおいて英国軍と対峙し、独立戦争の火ぶたを切ったとされる義勇兵を讃えた詩である。

By the rude bridge that arched the flood,
　Their flag to April's breeze unfurled,
Here once the embattled farmers stood,
　And fired the shot heard round the world.

（流れを跨ぐ粗野な橋／軍旗は四月の風に翻る／かつて義勇兵はここに立ち／火を噴く銃は世界に響く）

義勇兵の発砲が「世界に響く」という、やや誇張的な表現こそ神話的レトリックの核心をなすものであった。なぜなら、エマソンはここでこの事件がアメリカの起源に連なる出来事であることを強調しているからである。それは独立戦争という合衆国の原点であるばかりか、新大陸に入植し、信仰生活によって世界の範とならんとした「アメリカの使命」と存在意義をも意識した表現であったのである。だからこそ最終連において、エマソンはこの出来事の意味合い、つまり「精神性」を問うのである。

Spirit, that made those heroes dare
　To die, and leave their children free,
Bid Time and Nature gently spare
　The shaft we raise to them and thee.
（死をも恐れぬその精神／われらが子等を自由の民に／時よ自然よ見守りたまえ／われらが掲げるこの塔を）

エマソンは義勇兵の勇気を讃えつつ「精神性」を普遍化しようと試みるのだが、興味深いのは最終行の "them and thee" という表現である。them の指示する内容が義勇兵でありコンコードの先祖であることは明白だが、thee とは誰なのか。それはコンコードであり、この記念集会に集ったコンコード住人に向けられた言葉ではなかったか。そうすると、この記念碑を建立するという行為は、義勇兵の先祖と現在のコンコード住民を結びつけ、その「精神性」を受け継ぐ行為と考えられるのである。

この詩の朗読の前年、エマソンは入植二百周年祭において「コンコードの歴史言説」という講演を行なっている。そこにおいて強調されたのも、世代を超えて受け継がれるコンコードの気質であり「精神性」であった。そしてその「精神性」こそアメリカの起源である、という主張である。エマソンはコンコードの歴史をピューリタンの入植にまで遡って掘り起こし、コンコード・レキシントンの戦いを経て現在に連なる、その精神の連続性を次のように記している。

ピューリタンの父祖の時代は過ぎ去りました。しかしかれらがいかなる人物であったのか、独立戦争のもっとも危機的な状況に立ち向かった者たちを見れば分かります。われわれはこの手で不屈の男たちの最後の生き残りの手を握り、その生きた唇から封印された歴史の記憶を知るのです。わが父祖であるあなた方、神はあなた方を祝福し、この国の歴史はあなた方を崇めるでしょう。あなた方こそ、この町の平和な記念日の主賓に相応しい。あなた方こそ素晴らしい英雄です。（中略）人類の尊敬と感謝を享受するに相応しく——永遠に——あなた方は特別な存在であります。星やリボンよりも相応しい勲章があなた方にはあります。この繁栄する国土こそあなた方の勲章であり、拡大する国家は数百万の人々の声によってあなた方の功績を讃えています。（『エマソン全集十一』七九）

そしてその連続性を示す言葉が、「精神」（spirit）であり「原則」（principle）であった。「入植と独立戦争という社会的原則が問われた二つの偉大な時代」、「この二つの時代の精神を統合」したものを、つまり「かれらの祈りと原則の恩恵」をコンコードの住民は受け継いでいる、そうエマソンは主張したのである（『エマソン全集十一』八七―八）。

諸刃の剣

コンコードを讃える理想主義的傾向は、ソローの作品において一層著しいものとなっている。ノース・ブリッジにおける義勇兵の戦いを、ソローは古代ギリシア・ローマの戦士の英雄的な行為に喩えるのである。

Let me believe a dream so dear,
　Some heart beat high that day,

Above the petty Province here,
　And Britain far away.
（僕にとっては大切な夢／その日兵たちの胸の鼓動が／
この小さな村から／遠き英国に向けて高鳴っていた）

Some hero of the ancient mould,
　Some arm of knightly worth,
Of strength unbought, and faith unsold,
　Honored this spot of earth.
（いにしえの気風の英雄／騎士にも劣らぬ兵たち／
譲らぬ力、揺るがぬ信仰／この地に栄誉をもたらした者たちよ）

（中略）

Ye were the Grecian cities then,
　The Romes of modern birth,
Where the New England husbandmen
　Have shown a Roman birth.
（かつて汝はギリシアの都市／現代に蘇るローマ帝国／
ニューイングランドの農夫らが／いにしえ人の血筋を見せた日）（『一週間』一七―八）

ソローはここでコンコードの精神性を限りなくかれ自身の理想へ近づけようとしている。ソローにとってコンコードの戦いは「大切な夢」であり、義勇兵の気高い精神（"Some heart beat high that day"）をかれは共有したいと願っているのだ。

いっぽう、ソローのこの過激な理想主義は諸刃の剣でもあった。天上を恋い焦がれる想いは、おのずと地上に対する容赦のない非難となって表現されるからである。それは理想的な友情を求めるあまり、友情の不可能性を嘆くソロー自身の身振りときわめて似通ったものであった。ソローはこの詩の第一連と最終連において、二度「無駄である」（"in vain"）という「嘆き」の言葉を表白している。

Ah, 'tis in vain the peaceful din
　That wakes the ignoble town,
Not thus did braver spirits win
　A patriot's renown.
（ああ、このつまらぬ町を呼び覚ます／平穏な騒音こそ空しいもの／かつて勇者の精神は／愛国の誉れを勝ち得たものを）

「愛国の誉れ」にかなう義勇兵の理想に比べると、現実のコンコードは「つまらぬ町」（"ignoble town"）に堕落している。この"ignoble town"といううきわめて否定的な表現は、前に挙げた"petty Province"へと繋げられ、最終連の"foreign land"と響き合う。

In vain I search a foreign land
To find our Bunker Hill,
And Lexington and Concord stand
By no Laconian rill.

（どこの異国を探しても／わがバンカー・ヒルは見出せぬ／レキシントン、コンコードももはや／ラコニアの小川のほとりにはない）

コンコードの歴史とその精神性を極度に理想化し現状の堕落を「嘆く」、この「コンコード・エレミヤ」はこの一篇の詩のみに用いられたわけではない。こうしたレトリックは、ソローの作品の多くに共通して見られる修辞的特徴だったのである。

四　コンコード・エレミヤ

郷土の誇り

ソローの作品において「コンコード・エレミヤ」というレトリックがもっとも顕著に見られるのは、「社会改革論集」とよばれる一群のエッセイである。特に奴隷解放思想をめぐるエッセイ「マサチューセッツの奴隷制度」（以下「マサチューセッツ」）「ジョン・ブラウン隊長を弁護して」（以下「ジョン・ブラウン」）等において、「コンコード・エレミヤ」というレトリックが特徴的に用いられた。たとえば「マサチューセッツ」の冒頭において、ソローはマサチューセッツにおける奴隷解放運動をコンコード・レキシントンの戦いに喩えている。

西部の大草原ではなく、わが家が燃えている、と私は思っていた。マサチューセッツ人民の幾名かが権力の手から黒人奴隷を救おうとして投獄されているにもかかわらず、この集会の講演者の誰ひとりとして遺憾の意を表すどころか、話題にさえ取り上げようとしないのだ。（中略）コンコードの住人はわが故郷の橋（ノース・ブリッジ）のたもとに立つ心構えさえ到底持ち合わせぬくせに、イエローストーン・リバーのその向こうの高原に陣地を構えるようなことばかり話しているのである。われらがバトリック少佐やデーヴィス、ホスマーらはその遠い方角に撤退し、レキシントン・コモンを挟んで敵と対峙する気力さえ持ち合わせぬようなのだ。ネブラスカにはひとりの黒人奴隷もいない。しかし、マサチューセッツにはおそらく百万の人民が奴隷となっているのである。（「マサチューセッツ」九一）

ここに語られたバトリック少佐はコンコードの戦いで義勇兵を率いた人物であり、デーヴィスとホスマーは共にこの戦いの最初の犠牲者であった。そしてそれぞれがピューリタンの旧家の出であった。そうしたわが郷土の誇りが忘れ去られ、遠い地の奴隷制拡張政策ばかりが話題となって、マサチューセッツの事態が看過されている事実をソローは皮肉ったのである。

「マサチューセッツ」は、逃亡奴隷法の強化による相次ぐ黒人の拘束という事態を批判して書かれたものである。一八五一年四月十二日にはボストンでトーマス・シムズという元黒人奴隷が拘束され、ジョージア州に強制送還されている。一週間後の四月十九日はコンコードの戦いの記念日にあたり、住民は祝砲を鳴らしてこの自由の戦いの記念日を祝うのだが、ソローはこの二つの事件を並べてコンコードの精神を「嘆く」のである。「コンコードの人間的で知性のある住民の一人ひとりは、男であれ女であれ、その鐘や祝砲を耳にして、一七七五年四月十九日の出来事（コンコードの戦い）を誇りに思わなかっただろうか。そして一八五一年四月十二日の出来事（シムズの拘束）を恥さらしだとは思わなかっただろうか」(「マサチューセッツ」九六)。メディアの意見に左右され、新聞を読みあさる者たちは「本当にアメリカ人なのか。ニューイングランド人なのか。そしてレキシントン、コンコード、フラミンガムの住人たちなのであろうか」(「マサチューセッツ」一〇一)。

殉教者ジョン・ブラウン

ソローがハーパーズ・フェリーの弾薬庫を襲撃したジョン・ブラウンを弁護し、メディアによって狂人と見なされたこの人物を「英雄」、そして「殉教者」と賞賛したことはよく知られている。その語りの核心にあったのも、「コンコード・エレミヤ」という語りのレトリックであった。ここで興味深いのは、ソローがジョン・ブラウンを「キャプテン」(大尉)という軍隊の呼称を用いて描いている点である。ブラウン一味はかれ自身の息子六人を含む十数名の武装グループに過ぎなかったのだが、その集団をソローはあたかも正規の軍隊のように描き出し、独立戦争における義勇兵との連想において描いたのである。

> かれ(ブラウン)はニューイングランドの農夫の子孫であり、偉大な常識の持ち主であった。いやそうした生業の者よりもはるかに慎重で現実的であった。かつてコンコード・ブリッジで英国軍と戦った義勇兵、あるいはレキシントン・コモンやバンカー・ヒルで戦ったもっとも勇敢な兵士に比肩すべき存在であり、私が耳にする者たちよりもさらに堅固な意志と高い原則をもつ人物だったのである。(「ジョン・ブラウン」一一三)

「ジョン・ブラウン」はコンコードの聴衆に向けて語られた演説であり、ソローはブラウンの人格と行動がいかにコンコードの精神性に近いものであったかを力説したのである。

ソローはブラウンの出自について、ニューイングランドの農家の出であるばかりか、その祖父は独立戦争の士官であったと説明する。ハーヴァードこそ出ていないが、「西部という偉大な大学」に学び「自由の学問」を専攻した（「ジョン・ブラウン」一一三）。人文系の学問（humanities）ではなく、「人道の実践」（"practice of Humanity"）をカンザスで行なってきたと言うのである。さらにソローはブラウンを「ピューリタン」と呼び、ニューイングランドのピルグリムの系譜に連なる人物であると主張する。「質素な習慣を身につけ、単刀直入で信仰篤く、不信心な支配者には目もくれず、妥協」はしない（同一一四）、そうした神の法を中心としたピューリタンの理想主義をブラウンは体現していると言うのである。そしていま、コンコードの住民が見失っているのはキリスト教徒としての原則であり、コンコードの父祖に連なる精神であると主張したのだ。

私がここであなた方にお願いしたいのは、かれ（ブラウン）の大義ということである。命乞いをしようというのではなく、その人格、つまり永遠の命を弁護したいと思うのだ。その結果、その大義がけっしてかれのものではなく、あなた方自身のものとなるためにである。今から千八百年ほど前、キリストは磔に処せられた。そして、今朝、おそらく、ブラウン隊長が絞首刑に処せられた。かれらを縛る鎖は両端が繋がっていないというわけではない。かれはもはやブラウン親爺ではなく、光の天使なのである。（同一三七、傍点筆者）

こうしてブラウンはソローの弁によって殉教者に祀り上げられたのだが、この演説はコンコードの住民に対して巧妙に、かつ効果的に働きかけた。ソロー自身「ジョン・ブラウン最後の日々」というエッセイの中で、「世論が覆るのには、数年の歳月は必要なかった。このケースの場合、数日いや数時間で目に見えた変化が起こったのである」と聴衆の態度の変化について語っていた（「最後の日々」一四五）。

「原則のない生活」

ブラウンを「原則の人」と讃美したソローが、コンコードの住民の「原則のない生活」を嘆いたのは当然であったろう。ソローのレトリックの根底に「コンコード・エレミヤ」という母型があったとするならば、このブラウン讃美もそのひとつの変奏でしかなかったと言えるかもしれない。つまりソローのブラウン像はコンコードの精神性を想起させるための指標となったのであり、住民の「原則のなさ」を啓発すべく造形されたものであったということだ。

「ジョン・ブラウン」にはメディアや政治家に対する非難も記されてはいるが、その非難の矛先はおもにコンコード住民に向けられていた。その中でもソローが厳しく糾弾したのが、コンコード住民の実利的な商業主義であった。「私の甘美な想いを苦い胆汁に変えたものは、隣人たちの言葉であり、噂話であった。(中略)ひとりの隣人はヤンキー風に、ブラウンがおのれの懐を温めるのを欲したかのように、『いくら儲かったのかい』と訊いて来た」(「ジョン・ブラウン」一一八―九)。この「市場」と「魂」との対比は「原則のない生活」においても、さらには『ウォールデン』においても強調された、ソローの思想の根幹をなす主張であった。

「原則のない生活」というエッセイは、講演の段階において「なんの利益となろう」("What Shall It Profit")というタイトルが付されていた。つまり世界を得るような利益を上げたとしても、キリスト教徒としての魂を失うとしたらなんの利益があるだろうか、という聖書の教えこそ、「原則のない生活」の根幹をなす主張であった。すなわち「原則」の内実とはキリスト教徒としての「原則」であり、コンコードの父祖に連なる精神性であった。

「原則のない生活」に取り上げられたカリフォルニアのゴールドラッシュも、メディアへの偏執も、南部における奴隷制の問題も、「市場」に「魂」を奪われた「生活」の事例に過ぎなかったのである。そのあらゆる問題は同根であり、同じひとつの「原則」(あるいは「原則のなさ」)の顕在化した様相でしかなかったのだ。「なぜ、例を挙げるのにカリフォルニアにまで行く必要があるだろうか。カリフォルニアはニューイングランドから生まれたのであり、われらの学校と教会で育まれたのだから」(「原則のない生活」一六六)。アメリカにおける「エレミヤの嘆き」は、ニューイングランドの「嘆き」であり、ソローに照らして言えば「コンコードの嘆き」であったのだ。

本当の修養と人格の陶冶ということに関して言えば、われわれは根本的に偏狭（provincial）であって都会的ではない——ただの田舎者に過ぎないのだ。われわれが田舎者であるのは、わが郷土に原則の基準というものを持ち合わせず、真実ではなく真実の影のみを崇拝し、取引や商売、製造業や農業などにばかり専念し、性格が狭く歪められてしまっているからだ。そうした生業は手段であって、目的ではない筈であるのに。（「原則のない生活」一七四—五）

ソローにおけるこの〝provincial〟という語の両義性、つまり郷土の歴史と精神風土に対するの矜持が一方にありながら、「原則という基準」をもたず歪んだ「田舎者」でしかない、こうした現状の二重性とその矛盾こそ「コンコード・エレミヤ」の核心であったのである。

五　経済と道徳

精神のパン

「マサチューセッツの奴隷制度」と「原則のない生活」という二つの講演が一八五四年、つまり『ウォールデン』の出版と同年に行なわれたのは単なる偶然ではなかった。そこに見られる根本的な主張は同一のものであり、「コンコード・エレミヤ」というレトリックも共通して用いられていた。特に政治的色彩の濃い「経済」（Economy）の章には、こうしたレトリックの要素が顕著に見られたのである。

『ウォールデン』の第一章を飾る「経済」が、元々「自分史」（"History of Myself"）というタイトルの講演に基づくものであることは今さら言うまでもない。そしてその講演はまずコンコードの住民に向けて語られたものであった。「私は、中国人やサンドイッチ諸島の住民についてではなく、ニューイングランド地方に住み、このページをめくっておられるあなた方の状況について語りたいのです」（『ウォールデン』四）。

「経済」の章について注目したいのは、"degenerate"（堕落する）という語が二度使用されていることである。この語は、世代を経て身体や道徳が劣化するというきわめて否定的な意味合いの強い言葉だが、この語こそソローの「コンコード・エレミヤ」を特徴づける言葉ではなかったろうか。「なぜ人々は堕落するのだろうか。家族はなぜ崩壊するのか。国民を弱体化させ破壊する贅沢の性質とは何なのか。われわれ自身の生活にそうした要因がないと確信をもって言えるだろうか」（同一五）。

この「堕落」という言葉が「贅沢の性質」と結びつけて語られると、ピューリタン的な含蓄を強めるように思われる。ソローは、エドワード・ジョンソンの『奇跡を行なう摂理』を引きながら、ピューリタンの父祖が最初の年は竪穴住居に暮らし、日々のパンも薄く切る切迫した状況に置かれた事実を紹介したのちに、現代のコンコードの暮らしぶりについて、こう語るのだ。

われわれの祖先がたどった道を考えてみると、もっとも急を要する欲求を満たすことを原則とした点で、分別心があったということだろう。しかし、現在の生活においてもっとも急を要する欲求は満たされたと言えるだろうか。もし私が贅沢な住居を買うことを考えると、やはり私は躊躇してしまうだろう。というのも、この国はいまだ人間の修養という緊急課題に対応できていないからであり、われわれはピューリタンの父祖が小麦のパンを薄く切った以上に、精神的なパンをさらに薄く切ることを余儀なくされているからである。（同三九―四〇）

これはあきらかに一九世紀にみられる「エレミヤの嘆き」の一例であったろうし、ソローの用いた「コンコード・エレミヤ」というレトリックが、バーコヴィッチのいう「アメリカのエレミヤ」のひとつの変奏であったことも事実であろう。「精神的なパン」という言葉自体がきわめて聖書的なニュアンスの強い言葉であったことは言うまでもない。そしてその精神性とアメリカの象徴性がいかに密接に関連していたかを、ソローはやはりパンのイメージで説明しているのである。

パン種のことを、パンの魂、つまりその細胞組織を満たしている霊（spiritus）とみなし、ウェスタ女神のかまどの火さながらにうやうやしく保存しているひともいる。思うに、瓶入りの貴重なパン種がまずメイフラワー号に乗って海を渡り、アメリカの発展にひと役買ったのだが、その影響がいまなお穀物の大波となって国じゅうに氾濫し、うねり、広まっているのであろう。（同六二）

ソローはここでパン種のことを語りながら同時にアメリカにおける「精神的なパン」について語っている。なぜならここで語られているのは、ピューリタンがメイフラワー号に乗って持ち込んだものは「魂」あるいは「霊」であり、それがアメリカの発展の「パン種」となったという、アメリカの精神性の物語であったからである。

受け継がれたもの

「経済」においてコンコード周辺の商業主義と物質主義的風潮が批判されたことは事実だが、その批判の対象がおもに農夫に向けられていたことをわれわれは忘れるべきではない。なぜならコンコードの住人の多くは農夫であり、ピューリタンの父祖からその土地（soil）と魂（soul）を継承した存在と見なされたからである。そしてその両者はコンコードの（そしてニューイングランドの他の寒村の）精神風土を形成する要素として分かちがたく結びついていたのである。
ここでわれわれは、コンコード・レキシントンの戦いで戦った義勇兵の大半が農夫であった事実を思い起こす必要がある。エマソンが「コンコード賛歌」で讃えたのも農夫であったし、ソローが「ジョン・ブラウン」においてブラウンを「ニューイングランドの農夫」の末裔とし、コンコード・レキシントンの戦いの義勇兵に比肩すべき人物と賞賛したのも見たとおりである。いわばコンコードのsoilとsoulを継承したはずの農夫たちが、現状では遺産の相続(つまり農場の相続)にばかり腐心し、みずから農奴となり「奴隷監督」(『ウォールデン』七)となっている状態を批判したのである。先に挙げた引用に「人間の修養」("human culture")という言葉が用いられたが、その「修養」が忘れ去られ、「土地の改良」("agri-culture")のみが力説されている現状を「嘆いた」のである。われわれは「この土地に入植し、そして天国を忘れてしまった。われわれがキリスト教を信仰したのは土地改良が目的であったかのように」(同三七)。

私の隣人であるコンコードの農夫のことを考えてみると、他の職業の者と同じくらい生活にゆとりがありながら、二十年、三十年、四十年と働き続け、皆同じように抵当つきで受け継いだ農場を——または借金をして買った農場を——本当に自分の所有にしようと思いながら、皆同じようにまだ支払いが終わっていないのだ。(中略)このコンコードに農場の決済が終わった者が三人といるか疑わしいし、(中略)さらに不吉な様相を呈しているのは、もう三人はおそらく自分の魂を救済できておらず、正しく事業に失敗した者以上に悪い意味において破産してしまっているのではないかと思われるのだ。(同三二)

経済の両義性

『ウォールデン』の「経済」の章はこれまで様々な観点から論じられてきた。一九世紀における流通経済の進展という観点から論じられ、あるいはアダム・スミスやリカルドなど経済思想との関連から論じられてきた。またさらには当時流行していた家政学との関連から論じられ、あるいは「自然の経済」という観点から論じられてきた。ここで気をつけなければならないのは、economyという語はこうした様々な側面を内包しながら、より本質的にはひとつの原理を意味する言葉であったということだ。少なくとも一九世紀前半においてエコノミーという語は「循環」「浄化」、あるいは「健全さ」という概念を内包する包括的な言葉として用いられたのだった。それはこの語が"political economy""domestic economy""nature's economy""moral economy"と、様々な形容詞を冠して用いられたことからも推察されるだろう。

そうすると、ソローの用いた「コンコード・エレミヤ」というレトリックはつまるところ、このエコノミーという語の両義性に収斂されるのではないだろうか。もし「アメリカの嘆き」が矛盾のレトリックであるとするならば、それはエコノミーという語の両義性と矛盾のなかにこそ反映されていた、とは言えないか。ソローはコンコード周辺における流通経済の進展を横目で見ながら、みずからは「節約」(economy)した簡素な生活を実践したし、エコノミーの語源をたどると、もうひとつのエコであるエコロジー(ecology)つまり自然思想へと行き着くことになる。いっぽうでコンコードにおける流通経済と価値観の変化を「嘆き」ながら、他方において簡素な自然生活を理想とする論理の構造がすでにエコノミーという言葉の中に示されていたのである。

さらにエコノミーとは、究極的には、神の原理(摂理)につながる言葉であったはずである。ソローやエマソンらの超絶主義者はしばしば"moral economy""divine economy"あるいは"God's economy"という言葉を用いたのだが、こうした形而上学的な含蓄のなかに「コンコード・エレミヤ」という矛盾のレトリックの構図が読み取れるのである。すなわち世俗的な経済活動に専念するあまり、より本質的な原理(神の摂理)を忘れ去っていることに対する「アメリカの嘆き」が読み取れるのである。大学においてすら「貧しい学生たちは、政治的な経済学のみを勉強し、哲学と同義である生活の経済学については教えられていないのだ」(『ウォールデン』三五)。これはむろんソローの反知性主義的な一面を示す言葉だが、より根本的には「哲学と同義である」神の原理を志向する姿勢とも解釈できるだろう。

まとめ

さて、この「経済」の章に関して、「コンコード・エレミヤ」というレトリックの分析を通して見えてくる事実とは何か。まずソローのウォールデン体験が一般に言われるような「清貧の思想」の実践などではなく、コンコードの生活と対置された、きわめて理論的な実験であったということである。そしてその主張を特徴づけたのは、同年に行なわれた「マサチューセッツの奴隷制度」「原則のない生活」という二つの講演と同様に、きわめて過激なレトリック性にあったと言えるであろう。特に「経済」には若者の主張に見られるような独善的で、ある意味において若気の至りとも言える未熟さが見え隠れしている。

にもかかわらずソローの主張が説得力を有したのは、コンコードの保守的な文化の基盤を受け継ぎながら、思想と実践においてその気質をきわめて純化したかたちで提示したからだとは考えられないか。ソローの思想と実践が当時のアメリカ社会にとってサブヴァーシヴであったとすれば、そのサブヴァーシヴな性格の内実とは、マサチューセッツの文化的・宗教的風土をその原理に遡って捉え直し追求しようとしたソローの徹底した探究心、いや原理主義的な宗教心にあったと思われるのである。

「エレミヤの嘆き」とは自己矛盾のレトリックであり、自己批判の文学である。そしてその矛盾はしばしば地上的な価値と天上的な法則という、互いに相容れぬ価値の相克として提示された。ソローが「経済」の章において主張したのも、表面的には市場経済に対するより本質的な経済、つまり簡素な生活の追求でありながら、その行き着くところは天上的な法則にならう精神の浄化（moral economy）であったように思われる。ピューリタンの父祖に遡るコンコードの精神性を引き合いに出し、さらにはコンコード・レキシントンの戦いにおける義勇兵の勇気と愛国心をくり返し強調しながら、ソローはコンコードの自己矛盾に光を当て住民を啓発しようと試みたのである。

第二章　ソローの愛した子供たち

進取の気性や革新性とともに、熱心な教育風土が一九世紀のコンコードにおいて培われていたことは一章に触れておいた。地理的にもまた歴史的にもハーヴァード大学とのつながりが深かったこと、ハーヴァードの卒業生がコンコードの上流層を占めていたことなども指摘したとおりである。いっぽうそうしたエリート教育とは別に、一九世紀は公教育が普及し様々な教育改革が試みられた時代でもあった。マサチューセッツ州において義務教育制が施行されたのは一八二七年であり、ソローが生きた一九世紀中盤はまさに公教育が制度化され整備されようとしていた時代であったのである。

若き日のソローを語るうえでくり返されてきたひとつのエピソードがある。教師としてのソローである。ハーヴァードを卒業したソローは故郷のコンコードに戻り、センター・スクールという初等学校で教鞭をとっている。ソロー二一歳の秋のことだった。着任して二週間後、教育委員であるネヘミア・ボール氏が視察のために訪れる。教室で静かにしない生徒に体罰を与えるよう指示されたのだが、ソローは体罰の方針に反発し学校を辞したのである。

このエピソードはソローの人格の高潔さを示唆する出来事として解釈され、伝説化されてきた。ソローに対するわれわれの一般的な見方は、こうした〈奇人〉の顔のむこうに見える人格の高潔さであり正義感ではなかったろうか。兄ジョンとともに開設したコンコード・アカデミーの独創的なカリキュラム、あるいはソローの葬儀の際に地域の子供たち三百名が葬列に参加したという逸話さえも、この伝説的なソロー像を形成するのに一役かってきたと言えるだろう。

しかし本来注目すべきなのは、ソローの行為を現代の視点から観て喝采することではなく、むしろ当時の教育環境を踏まえたうえで、ソローの行為とその背後にある思想を考察することではなかったか。当時の初等教育をめぐる状況、ソローの行為が示唆する教育改革の思想、さらにはソローを含めた超絶主義者たちの子供観を考察することによって、このエピソードにまつわるソロー像を解体し、時代を映すひとつの指標として捉え直すことが可能ではないだろうか。

第二章では、ソローの教師体験を手がかりとして、一九世紀前半のコンコード周辺における教育事情を検討し、さらに超絶主義思想における子供観の意義について考察したい。

一　体罰をめぐる論議

「牛革の鞭」

センター・スクールを辞めたソローは、当時の心境を牧師であり超絶主義者であったオレスティーズ・ブラウンソンに書き送っていた。ハーヴァード在学中にブラウンソンのもとで教師の真似事をしたソローは、新たな就職先を求めてブラウンソンに依頼状を出したのである。

教育は教師にとっても生徒にとっても楽しいものであってほしいと思います。この体罰というやつは、人生の最終的な審判のように考えられていますが、教室の中にあってはならないし、街中にもあってはならないものです。

僕らは生徒と机を並べる仲間であって、本当に役立ちたいなら、生徒から学び、生徒とともに学ぶべきじゃないでしょうか。(中略)自由ということばの本当の意味を人々は理解していません。(中略)それは人間性の尊厳に相応しい自由であり、一個の人間であることを感じさせてくれる自由、つまり「理性」のみによって立ち、その一部となって思考し行動を起こすことのできる自由です。牛革の鞭ではなんにも伝わらないと確信しています。電線とはちがってね、それでは真実のなんの閃きも眠りかけた知性には伝わりません。(『ソロー書簡集』二〇)[1]

体罰という暴力に反発し、児童一人ひとりの「自由」と「理性」を尊重しつつ「生徒から学び生徒とともに学ぶ」という姿勢を、われわれはソローらしい個性の表現と解釈しがちなのだが、はたしてここに綴られた「私自身の考え」(同二〇)は文字どおりソロー独自の発想であったのか。

当時の教育事情を参照すると、一八三〇年代後半、ボストン周辺において体罰を見直す動きが広がり始めていた。ソローがセンター・スクールを辞任した翌年の一八三八年には、のちの連邦教育長官ヘンリー・バーナードがボストンで体罰の禁止について講演し、[2]体罰の慣習を見直すムードが教師間においても広がっていたのである。そのなかでもっともよく知られた例は、ブロンソン・オルコットによる初等教育の実践であった。

当時オルコットはボストンでテンプル・スクールという実験的な教育を実践していたが、その特色のひとつに体罰の禁止があったのである。「牛革の鞭」というソローの言及にもかかわらず、子供の教育のための一般的な体罰といえば、フェルールという棒きれによって子供の手を打つというものであった。当時マサチューセッツの一区域において、四百名の児童のうち毎日平均六十五名が体罰を受けたという報告もあるほど体罰は一般的であったのだが、[3]そうした慣習に対してオルコットは断固として反対したのである。テンプル・スクールにおける有名な逸話のひとつに、問題を起こした児童に教師であるオルコット自身を打たせて反省させた、というエピソードが残されている。

ルイザ・メイ・オルコットの『若草物語』には、末娘のエイミーが教師に体罰をうけるシーンが描かれている。このエピソードについて特に興味深いのは、その事件に対するマーチ家の反応であった。父親は不在という設定だが、姉たちは即座に反発し、教師を解雇しろ、学校をボイコットしろ、と騒ぎ立てるのだった。『若草物語』はルイザ・メイの自伝的な小説であり、体罰に関する断固とした反発にはオルコット家の教育観、特に父親ブロンソンの教育観が反映されていたと考えられる。

体罰論争

一八四四年、ボストンにおいて体罰をめぐる論争が教師たちの間で起こっていた。矢面に立たされたのはマサチューセッツ州の教育主事であり、ソローとも面識のあったホラス・マンである。マンは「第七回年次報告書」において、権威主義による授業が横行している状況を憂慮し、特に体罰に関しては「肉体的な苦痛を与えようとする力はもっとも低次元の優越感でしかない。それはいわば獣が本能的にやることであり、知的な素養のない者が暴力に訴えかけるのである」と厳しく攻撃した。(4)

この論争は、教師連盟から提出された一四四ページからなる意見書に対してマンが回答を書いて応酬し、さらに教師連盟から応答書が出されるという具合にエスカレートしてゆくのだが、そこに展開された意見には当時のニューイングランド地方における教育観、そして子供観が明確に示されていた。特に体罰に関して論じたジョーゼフ・ヘールという教師は、あきらかにカルヴィニズムの立場から子供たちの素行を論じ、体罰を正当化しようとした。「権威はすべて神に由来し、当然従うべきものである。」よって「肉体的な強制は、ある場合には必要であるばかりか、自然であり、適切である。」(5)

カルヴィニズムという宗教風土が色濃く残るニューイングランドにおいて、教育に対するもっぱらの考え方は、"Spare the rod, and spoil the child" というソロモンの教えに従って、子供の不完全で粗野な側面を矯正することであったのである。フェルールによる体罰という矯正の手段は、まさに聖書の教えでもあったのだ。「子供たちはかつて抑圧され背後に追いやられていた。ところがいまや注目され、かわいがられて甘やかされている」[6]とエマソンが語ったように、一九世紀中盤は子供と教育に関する考え方が劇的に変化した時代でもあったのだ。ソローの体罰に対する反発とセンター・スクールの辞任は、こうした社会的な文脈においてこそ解釈されるべき問題であったのである。

体罰と非暴力

体罰に反対するソローの態度が伝説化された背景には、ソローの非暴力主義、あるいは「市民的不服従」の思想と結びつけられたという経緯があるのかもしれない。たしかに戦争と奴隷制に反対し、みずから入獄するという従来のソロー像を中心に据えて考えるならば、学校における体罰への反発という姿勢も一貫した、ソローらしい個性の発現と見ることも可能だろう。

しかし三章あるいは四章において触れるように、ソローの非暴力に対する考え方は必ずしも一貫したものではなかったし、大学を出たての若き教師のソローの姿勢と、投獄事件をきっかけとして書かれた「市民政府への反抗」における非暴力の主張を、直線的に結びつけることはできないように思われる。さらにこうした連想の前提にあるのは、ソローの個性を前面に押し出そうとする読み手の意図であった。

むしろ体罰という問題は教育におけるまさに同時代的な問題であったのであり、そうした教育改革の思想をソロー自身が時代の空気として呼吸したという事実こそ強調すべきであったのだ。体罰に反発し学校を辞めるというソローの身振りは、ソロー独自の個性の表現というよりはオルコットらと共有された改革思想の反映であり、それは当時の旧態然とした教育風土と、進歩的な教育改革の思想との葛藤を象徴する出来事であったのである。

二　教師としてのソロー

コンコード教育事情

ソローの教師体験に話を進める前に、コンコードにおける教育事情について触れておきたい。十九世紀前半においてコンコードの初等教育は七つの校区に分かれていた。ソローが着任したセンター・スクールは町の中心部、つまりコンコード・センターに位置する学校であり、その中でも進学準備のために古典語を教えるグラマー・スクールに着任したのだった。

コンコードでは一七九九年に初等教育に向けた初の指導要綱が発令されている。世紀の変わり目にコンコードにおいて共通の要綱が発令されたのは画期的であったし、コンコード住民の教育に対する関心の高さを窺わせるものであった。

その要綱について特に興味深いのは、体罰の禁止が明確に規定されていたことである。

> 教師（マスター）は親の立場になって担当する子供に接し、子供たちにも親のような愛情が感じられるよう努めなければならない。それから罰や約束についてはほどほどにし（中略）静かに一生懸命勉強した褒美として定刻よりも早く子供たちを帰宅させたりせずに、学校にいることは許された権利であり、帰宅させられることが罰であるように仕向けなければならない。素手であろうと、道具を用いてであろうと、生徒の頭を叩いてはならないし、生徒が他の生徒に暴力を振るうのを許してはならない。またできるかぎり学校から体罰を取り去らなければならない。特に女生徒に体罰を与えてはならない。(7)

しかし実際には、様々な年齢層と家庭環境の異なる生徒からなる複式の学級において、教室内で秩序と規律を保つことはきわめて困難であった。

一七九九年の要綱の発令には、ソローの教師体験に関して二つの重要な規定がなされていた。[8] ひとつはカリキュラムが共通化されたことであり、もう一点は数名の教育委員が任命され定期的な視察が制度化されたことである。教育委員には町の名士が任命されるのが通例であり、大きな権限が与えられていた。一八三七年、ソローの授業の視察に訪れたボール氏は第一教会の准牧師であった。コンコードの教育の整備に尽力し初代の教育委員を務めたのは牧師のエズラ・リプリーであったが、ここにも宗教と教育との密接な関連性が浮き彫りにされている。

共通カリキュラムの教科書として用いられたものは、読本やグラマー、宗教、地理、あるいは算術の本であったが、基本的には読み書きと聖書の教えが授業の中心であった。いっぽう公教育の改革と整備が進むにつれカリキュラムも大きく変わってゆく。一八二〇年代には理科教育も始まり、化学や代数、測量なども一部の授業には加えられ、四〇年代後半には音楽教育なども始められている。こうした様々な改革の試みにもかかわらず、生徒の出席率は十九世紀前半を通して登録数の半数程度でしかなかった。

いっぽう、一八二七年に初等教育が義務化されたのにともない、教師の資質と報酬が問題にされるようになる。ソローが辞任した三七年にはコンコードの教師は自発的に組合を組織して年に二度講習会を開いていたし、翌年の三八年にはマサチューセッツ初の師範学校が隣町のレキシントンに開設されている。四七年にはコンコードにおいて教員のための初のワークショップが開催され、十日間におよぶ研修に州内から七〇名以上の教師が参加した。

グラマー・スクールに着任したソローの報酬は年収五百ドルと破格の扱いであった。[9] 一般の教員の報酬はその約三分の一、女性教員のそれは十二分の一以下であった。[10] 四〇年代になると給料の格差も是正される傾向にあったが、それでも女性教員の報酬は男性教員の四割にも満たなかった。

ジャーヴィスの回顧録

一九世紀前半におけるこうした改革の波を教育現場において体験していたのがエドワード・ジャーヴィスであった。コンコードで子供時代を過ごし、大学卒業後はコンコードで教師となり教育委員にも任命されたジャーヴィスの回想によると、コンコードの教育風土は古くからよく知られており、きわめて厳格な指導が行なわれていた。

学校というのは時代の考え方におのずと左右されるものである。かつてまだ粗野であった時代には、統治するものと統治されるものとの関係は、およそ一方が権力をもち、他方は服従するというものであった。支配者は十分な武力と権威をもって他のものに従順であることを強い、支配されるものはただ法に従うしかなく、さもなくば罰を耐え忍ぶしかなかった。（中略）学校についても同様の範疇に入れられた。あきらかに教育に関する一般的な考え方は、生徒は統治（govern）されねばならぬ、というものであったようだ。（『伝統と回想』一〇九）。(11)

そして教師の権威を象徴するものが体罰であり、フェルールであった。

教壇に立つにあたって、教師はそれに相応しい権威を示すために皆フェルールで武装したのである。これはマホガニー材やクルミ、カシ、西洋カエデなど、薄く硬い材でできた代物で、長さ四五―六〇センチ、幅三―五センチ、厚さ一―一・二センチほどの道具であった。私が教壇に立った四度の冬の学級、そしてコンコードのタウンスクールのいずれにおいても、このフェルールを用意し、規律を保つ道具とした。フェルールは、男の子の手のひらを強く叩くもので、足裏を棍棒で打つトルコの刑罰のように、激しい苦痛を与えるものである。（中略）これは暴力によって権威を行使するものであり、それが必要とされる場合には、愛情というより漠然とした恐怖の感情を子供たちに植えつけた。素直に言うことを聞かないような子供のなかには、教師（マスター）に対し敵対心を持つものもいた。（同一一〇）

ジャーヴィスは一八一〇年代、七歳の子供であった頃に目撃したページという大学を出たての教師の暴力について、こう記している。

私はページ先生がその少年をつかまえて服を脱がせ、その手を机のてっぺんのところにロープで縛りつけるのを見たことがある。その机は高く設えられていたので、その少年の足は床に届かなかった。先生は他のものに言いつけて、学校の裏の川辺から柳の木の枝を取ってこさせ、少年を吊るしたまま何度も鞭を浴びせたのだった。また、ウィリアム・マンという反抗的な少年がいたが、先生は同じような手荒なやり方で言うことを聞かせようとした。皆の目の前で汚い床の上に座らせ、膝が胸につくまで、そして踵が尻に、頭が膝にぺたりとつくまで体を曲げさせて、できるだけ小さく丸めたのだった。そして、この状態で長い紐を取り出し、体じゅうを四方八方から紐で縛ったのである。少年はなす術もなく、手足も動かせずに、コロコロと転がるボールのような形になったのだった。こうしたことにもかかわらず、ページ先生は人気があり、町のお偉方や父兄に受け入れられていた。先生が学校を去られたとき、先生ほど皆に惜しまれた人はいなかった、と私は記憶している。（同一一一）

他方において、体罰によって学校を辞任させられる教師もいた。第四校区のダービー校では一八三四―五年、つまりソローがグラマー・スクールに着任するほんの二、三年ほど前に、体罰をくり返す教師への不満が生徒と父兄側から噴出し教育委員を交えた話し合いに発展していた（同一一七）。その教師は日に十人以上の生徒にフェルールや鞭で体罰を加えていたということだが、実際には生徒も騒がしく従順ではなかった。結果的に、教師は教育委員から辞任することを勧められている。ソローがグラマー・スクールを二週間で辞めた経緯も、おそらくはこれと似たケースではなかったろうか。ソローは体罰こそ用いなかったものの、生徒をうまく統率できず、教育委員のボール氏の指摘を受けて辞任を迫られたというのが実情であったろう。

ジャーヴィスは子供時代の、今から思うと信じ難いほどの体罰の事例を回想しながら、みずから教師と教育委員を務めた経験を通して、四半世紀の間に教育思想と教師の振舞いが大きく変化したことを実感していたのである。「教師や親の側では、暴力や権威のひけらかしに代わって、愛情や説得、あるいは理性ということが言われるようになり、子供たちの側でも恐怖心は薄らいで、自尊心や指導者への安心感へと変わっていった。そうして家族関係や学校では、目上のものと年下のものの間に相互的な敬愛というような感情が生まれたのである」(同一一七)。

ジャーヴィスがコンコードのタウンスクールで教師をしたのは一八二六年であり、当時九歳の子供であったソローはジャーヴィスの指導を受けていた。ジャーヴィスはスイスの革新的な教育学者ペスタロッチの影響を受けた、コンコードにおける教育改革の先駆者のひとりであった。[12] さらにジャーヴィスは一八三三―五年に教育委員を務めていたのだが、もし視察に訪れたのがボール氏ではなくジャーヴィスであったとしたら、ソローは学校を辞すことはなかったのかもしれない。

コンコード・アカデミー

一八三七年は合衆国に不況の波がおし寄せ、就職難の時代だった。センター・スクールを辞任し就職活動にも失敗したソローは、みずから私塾を開くことを決意する。当初はほんの数名の生徒をソロー家に寄宿させて学ばせるというようなものであったらしいが、翌年にはコンコード・アカデミーの学舎を借り受け、二十五名の子供たちを兄ジョンと一緒に指導したのである。[13] 兄のジョンが英語と作文を担当し、ソローはラテン語やギリシャ語などの古典語とともに、フランス語、理科、天文学などを教えた。

ソロー兄弟が始めたアカデミーのカリキュラムには、グラマー・スクールにはない独創的なカリキュラムが含まれていた。子供たちを教室の外に連れ出し、印刷所や鉄砲鍛冶を見学させたり、測量の真似事を行なわせたりもしたのである。なかでも野外観察やコケモモ摘みは子供たちがもっとも目を輝かせ、ソロー自身も楽しみにした活動ではなかったろうか。

エドワード・エマソンの『幼き友の思い出』（以下『思い出』）には、コンコード・アカデミーの教え子六人の思い出が寄せられている。[14] おおむね楽しかった子供時代の思い出が述べられているのだが、ソロー兄弟のやさしさと熱意は共通した印象だった。その中でも特に注目に価するのは、体罰のない不思議な学校であったこと、朝の祈りの後季節や健康あるいは信仰心についてお話があり、子供たちの思考が喚起されたこと、放課後ソローらと手をとり合って帰り家まで遊びに出かけたこと、あるいはのちにソローのウォールデンの小屋まで遊びに出かけたこと、などが綴られている。

ホラス・ホスマーという教え子の印象はソローと兄ジョンの性格の違いを知るうえで特に興味深い。ジョンのクラスにいたホラスは特に兄ジョンの方を敬愛し、「ヘンリーは学校ではあまり好かれていなかった」と述べている。「ジョンの方がより人間的で愛情があり、理解があり、思いやりがあった。ヘンリーはもっと自己中心的だった。良心的な先生ではあったが、性格が厳しかった」（『思い出』九）。ホラスはそうした印象をソローの若さのためと考えたのだが、むろん、ソローの性格に厳しく激しい一面があったことは周囲の隣人、あるいは現代の読者にとっても周知の事実であったろう。

いっぽう、教師として、あるいは野外における動植物の案内人としてソローが子供たちに誠実に接し、子供たちからも慕われたというは事実であった。ソローの周辺で子供時代を過ごした者たちの印象記を繙いてみよう。

エレンへの手紙

一八四七年、ウォールデン湖畔の生活に終止符を打ったソローは、ヨーロッパの講演旅行に旅立ったエマソンの留守宅に移り住むことになる。エドワードの回顧録によると、エマソン家の子供たちにとってソローは「年上の兄弟」のような存在であったらしく、子供たちを野外に連れ出したり、暖炉を囲んで話を語り聴かせるのを好んだという。特に次の一節は、ソローの子供たちに対する態度を端的に物語っていた。

ソローはこうした（人に反駁する）性格を、女性や子供たち、それから村の人々には見せなかった。かれらには単純でやさしく、友好的で、ユーモアをふりまいた。そして誰もが証言するように、旅や散歩で学んだ楽しい出来事を皆に教えようした。（『思い出』三〇）

子供に対するソローの誠実さは、エマソンの長女エレンに宛てた手紙からも察することができる。一八四九年七月、十歳になるエレンはニューヨークのスタテン島に住む叔父ウィリアムの家に滞在していた。ソロー自身家庭教師として半年間スタテン島に移り住んだ経験があり、当時を振り返り、エレンが寂しくはないかと思いやったのである。

僕はきみが何に興味をもって、何を考えているのか、だいたい想像ができるよ。なぜならって、僕自身も同じようなことに興味があるからね。お父さんや僕のような大人たちがなにかとても深刻なことを考えているように思うかもしれないけれど、本当は十歳の時に考えたことと同じことを今でもじっと考えているのさ、ただもっと深刻に考えているだけのこと。きみはおとぎ話を書いたり読んだりするのが好きだろう。いくつになっても、そうしたことがしたいのさ、いろいろなかたちでね。やがてね、そんな夢を実現させるために、人生で本当に必要なものはなにかを考えるときが来るのさ。（同五五）

エレンがホームシックになっているのではないかと思いやった優しい手紙だが、ソローが手紙をしたためた背景にはひとつの伏線があった。じつを言うと、ソローはウィリアム・エマソン家の家庭教師をしながら、その子供たちに必ずしも好感を抱いていなかったのである。(15) 子供たち自身というより、子供たちを取り巻く家庭環境、あるいは都会の環境に満足できなかったのである。六年後ウィリアム家で過ごすエレンを思いやりながら、ソローはそうした思いを手紙に込めたのだった。

ナサニエル・ホーソーンの一人息子ジュリアンもソローとの交友を懐かしく思い出していた。繊細で感じやすい少年であったジュリアンは、ソローの語る自然の不思議な生態をあたかも「神の言葉」のように信じていた。

野原を歩きながら、ソローはいろんなものを見つけた。私にはまだ見えないものを静かに頷いて指し示すことが度々あった。(中略)長い草の茎で輪を作り、チャブやカワカマスなどの小魚を捕まえたり、ハチドリのように宙に浮かんだトンボ、それに水面を動き回って川底に奇妙な影を映したアメンボを釣ったりする術をソローは教えてくれた。春になると、甲羅に赤と黄色の斑点のある、五セント硬貨ほどもないコビトガメが水の中から浮き上がってきた。ほんとうにソローは私にいろんなものを見せてくれたのだ。その知識はハーヴァードの勉強には役立たなかったが、生涯を通して私を支えてくれた。(16)

ルイザ・メイ・オルコットもまたソローと野山を歩き、動植物を観察した少女のひとりだった。『若草物語』に描かれたジョーのように率直で開放的であったルイザは、ことさらソローとの散歩を楽しんだのではなかったろうか。ソローの死後、彼女は「ソローのフルート」という一篇の詩を記しており、『メインの森』を手にした際には「ソローがまた私と一緒に歩いているような気がした。それほどソローは作品に自分を深く表現している」と述懐した(『オ

ルコット書簡集』一〇五―六)。(17)

三　ソローの子供観

思想としての子供

孤高、反骨という世に知られたイメージとは裏腹に、ソローは子供たちに深い愛着を抱いていた。しかしわれわれはここでソローが子供好きであったというような議論をしようというのではなく、むしろソローがどのような子供観を抱いていたかということ、そうした子供観が超絶主義者の間において共有され、マサチューセッツにおける教育改革の思想とどう連結していたのかを検討したいのである。さらに前に述べた体罰の論議が、より本質的に、子供と教育をめぐる認識の問題と密接に関連し、いやそうした思想の変化を象徴的に反映する出来事であったことを考えてみたいのである。

一九世紀の前半、ニューイングランド地方において子供に対する考え方が大きく変化したことは前にも触れた。資本主義経済の進展による富の蓄積、ロマン主義的な子供観の浸透、あるいはニューイングランド地方における原罪意識の希薄化などがその背景として挙げられようが、子供観の変遷とともに子弟の教育に大きな関心が払われるようになったことは事実であろう。そこにはまたニューイングランド特有の風土が密接に関わっていた。カルヴィニズムの教えがやがて理神論からユニテリアニズムの教えへと移り変わるにつれ、子供たちの「悪」ではなく、その「理性」に焦点が当てられるようになったのである。

またエマソンを中心とした超絶主義者にとって、子供観はきわめて重要な意義をもっていた。英国ロマン派詩人やゲーテの文学に強い影響を受けた思想家の集団において、ロマンチックに理想化された子供観が共有されたことは容易に想像される。それとともに、子供（幼児）は超絶主義の思想家にとって哲学的な対象でもあったのである。なぜなら超絶主義思想とは人間の生来の存在に注目した思想であったからである。それは感覚的な経験によって培われた知識や法則ではなく、より純粋な状態において人間存在と神との同一性を直観し洞察することを志向した思想であった。こうした「生来の」直観力を超絶主義者たちは「理性」と呼んだのであり、子供の存在においてもっとも純粋なかたちで顕現されると考えたからである。

そして、そこには認識論の根本的な変化が関わっていた。理神論やユニテリアニズムの思想的基盤であったロックの経験論から、超絶主義者らが信奉したカントの観念論への移行という問題が存在したのである。ロックの経験論によると子供たちは「白紙」の状態であり、感覚的な経験と法の習得こそ成長の証と見なされた。そうした認識論においては、教師の役割は牧師のそれと同じように、生徒に知識と法を授けることであった。暗唱や反復練習という教授法はまさにこうした認識論に基づくものであったろう。いっぽうカントの観念論を信奉した超絶主義者たちは、子供のなかに生来の観念あるいは理性の原則があると考え、その理性を発達させ伸張させることこそ教育の本質とされたのである。教師はむしろ子供の内面性や自発性に目をむけ、会話や作文教育をとおして思想を喚起することが求められたのである。

ブラウンソンに宛てた手紙の中でソローが「理性」を大文字で記し、人間の存在がその「理性の一部」であると書いたことに注目したい。超絶主義者にとって「子供から学び子供とともに学ぶ」という姿勢は教師の役割をこえて、哲学的な思索のプロセスであったのであり、ソローやオルコットらの実験的な教育はこうした子供観に基づいて実践されたと考えられる。逆に見れば、ソローやエマソンの子供観を考察することによって超絶主義思想の本質に洞察を加えることも可能だろう。

ソローは『ウォールデン』のなかで、「僕は生まれた時ほど賢明でないのをとても残念に思っている」（『ウォールデン』六七）と記していた。そこにはあきらかにワーズワス的な子供観が投影されたのだが、ソローは独自のユーモアと皮肉をこめて、子供の「賢明さ」を大人の「経験」と対比的に描いていた。「子供たちは毎日を遊んで暮らしながら、大人たちよりも人生の真の法則や関係性をもっと正確に見きわめている。大人は価値ある人生を送れていないくせに、経験、つまり失敗によって賢くなったと思い違いをしているのである」（同九六）。

ソローがスタテン島に滞在するエレンの心境を思いやり、「十歳の時に考えたことと同じことを今でも考えている」と書き送ったことは、あながち誇張とは言えなかった。子供時代において神の「理性」がより純粋なかたちで顕現されるものであるとすれば、子供の疑問や関心、あるいはかれらの抱く夢には、神の摂理が断片的に示されるとは考えられないか。「われわれが未練がましく大人でいるのは、子供のころの夢を語るためなのかもしれない。というのも、そうした夢はわれわれが言葉を覚える前にすっかり消えてしまうからである」（『日記一』二六九）。

ソローの子供観に関してその超絶主義的な傾向がもっとも強くみられたのは、『ダイアル』第一集に収められた「アウラス・ペルシウス・フラカス」というエッセイにおいてであった。超絶主義思想とは本質的に観念論であり、神の摂理（イデア）が時空を超えて顕在化することを思想化しようとした。

賢明なひとの人生は時空を超えている、というのも、かれはすべての時代を含む永遠のなかに生きているからである。かれは一瞬一瞬に生きる子供であって、叡智を反映している。子供の心から発せられる閃光のような考えは、大人になる時間を待ったりはしない。その考えはみずからを照らし、雲間の雷光を必要とはしない。（「アウラス」一六）[18]

超絶主義者におけるこの思想化された子供観は、エマソンの次の主張に典型的に示されていた。エマソンが関心を寄せたのは、世俗的な経験をいまだ持たぬ子供の存在に、神の法則がもっとも純粋なかたちで顕現されるというものであった。

子供は祝福されている。無意識の行為というのは、神自身の行為でもある。無意識であった頃の言葉や行為について、誰も後悔したり、軽蔑したりはしない。予言者や英雄でさえ、子供の言葉や身振りを蔑むことはない。なぜなら、子供はかれらと同様に偉大であるからだ。(『エマソン日記四』三〇九―一〇)

こうした超絶主義思想の子供観には、ロマン主義的な子供観が色濃く影響を及ぼしていた。周知のとおり、ウィリアム・ワーズワスは「魂の不滅に寄せる賦」において「子供は大人の父である」という有名な言葉を記している。「この世に生をうけることは眠りであり、忘却でしかない」とワーズワスは語るのだが、そこには人生そのものが神の存在から離れ、神の叡智を忘却することでしかない、という考えが示されていた。

栄光の雲を引きずりながら、われわれは
故郷である神のもとからやってきた
子供のころには天国が広がっていた

ワーズワスの詩を特徴づけたのは、子供という存在に対する憧憬であったと言っていい。純粋無垢なものへの憧憬、過ぎ去ったものへの喪失感、産業化され都市化された社会における原初的なものへの回帰、神の叡智の「示唆」。「あの幻影の輝きはどこへ消え去ったのだろうか」という言葉がワーズワスの子供観を的確に表現していた。

子供と自然

いっぽう、ソローにとって子供は抽象的な観念にとどまらなかった。子供のなかに「理性」の片鱗を見出し、それのみを理想として追求するのではなく、むしろ子供の身体的な存在に目をむけ、その感覚の純粋さに共感した。いわば超絶主義的な観念論とロマン主義思想を受け継ぎながら、ソローの子供観はアメリカの自然を背景として、自然の音や色彩に敏感に反応する本能的存在として肉づけされていく。「子供たちの五感は汚されてはいない、かれらの身体全体がひとつの感覚である」(『日記』二九一)とソローは日記に記すのだが、それは子供たちと野外生活を楽しんだソローの実感でもあったろう。「鳥の巣や野のイチゴを探すには、子供の目がほしい」(『日記五』一九三)、「子供というのは最初の花を、その美しさと意味を洞察しながら摘むのであり、それはのちの植物学者がけっしてもち得ないものである」(『日記四』三二九)。

ソローはむしろ子供に過度の文化教育が行なわれることを警戒した。子供の自然性、身体感覚、無意識といった要素の重要性を見直し、野生児や先住民の教育に共感を寄せたのである。「子供は知識とともに、無知の恩恵を蒙っていなければならない。ある程度放ったらかしにされ放り出されていれば、むしろ幸運である」(『一週間』三二八)。

本当の修養というものは、都会における平均的な親から生まれた平均的な知性の子供よりも、野生児にこそ可能なのである。都会の子供は哀れにも萎びている。都市において子供を教育しようというのは愚行であって、まず最初に子供を都市から連れ出さなくてはならないのだ。(『日記三』三三二)

ソローが先住民の文化に深い関心を寄せ、五〇万語に及ぶ「インディアン・ノートブックス」を書き溜めていたことはよく知られているが、そこには先住民の教育観に関する断片的な抜粋も含まれていた。ヘッカウェルダーの『インディアン部族史』の次の一節において、ソローが特に体罰に関して注目したのは事実であったろう。

また両親の権威というのも厳しい強制的な手段によって支えられているわけではない。鞭、体罰、あるいは威嚇という手段で命令が行なわれたり、従順であることを強いられることはない。子供の自尊心という感情に訴えかけるのである。指示を伝えるこうした方法は、多くの先住民の部族に共通したものであり、かれらに顕著にみられる族長への自発的な従順さの根底をなすものである。[19]

ソローがアメリカの原生自然に分け入り〈野性の実践〉を深めていくのと併行するかのように、かれの子供観は超絶主義的な観念論の呪縛から逃れてその独自性を深めていったのである。前掲の日記に書かれた「本当の修養」という言葉を手がかりにして、ソローの教育観の核心を考えてみたい。

四　超絶主義思想と教育改革

修養という思想

ソローは教育の本質を「引き出すこと」、あるいは「成長すること」と考えていた。[20] むろんこれは educate という語の語源にもとづく解釈だが、ソローの関心が子供のなかの〈内なるもの〉に向けられていたことは注目すべきであろうし、こうした教育観が超絶主義思想の文脈において形成されたことも確認しておく必要がある。

超絶主義思想は一八三〇年代後半から四〇年代にかけて展開された知的交流だが、その思想の系譜は二〇年代に書かれたサンプソン・リードやウィリアム・エラリー・チャニングの著作に遡ることができる。リードやチャニングの思想に共通しているのは、人間の精神が草木と同じように成長するものと考えられたことである。人間の精神には神性を宿す胚珠のようなものが存在し、それが葉を伸ばして花を咲かせるとされたのである。啓蒙主義思想が浸透したアメリカの風土において知性や精神の成長、さらに「進歩」という問題は文化の根幹をなす問題でもあったのである。リードの代表作には「精神の成長に関する考察」がある。その中でリードは、「人間の精神は、外から付加されるのではなく、内側の原則に基づいて成長しなければならぬ」[21]と述べている。人間の精神はロックが説いたように「白紙」状態ではなく、その内側にみずからの「原則」をもち、「成長」し「葉を広げる」もの（unfolding）と考えられた。「赤ん坊の精神には、これから成長する最初の原形のようなものがあり、それがただ広がりゆくだけである。樹木が葉や枝を伸ばし果実をつける過程がすでに種子の中に存在すると言われるように。」[22]

チャニングは「自己修養」（「セルフ・カルチャー」）のなかで、人間の精神には神のイメージが宿されており、文化的・精神的な修養をつむことで「神の似姿」に近づけると考えた。カルチャーとは「文化」であり「進歩」を意味する言葉だが、そこには人間の精神が草木のように「耕作」され「成長」するイメージが重ね合わされていた。

まず、自己修養という考えについて明らかにすると、（中略）草木であれ、動物であれ、人間の精神であれ、何かを栽培するということは、それを成長させるということである。成長し広げることが最終的な目的である。（中略）この修養はむろん人間性の異なる能力によって様々な枝葉を持つことになるが、たとえ多様であっても、それらは密接に関連しあい、ともに進歩するものである。（『チャニング著作集二』三五七）[23]

マサチューセッツにおける様々な教育改革の試みの思想的な背景のひとつに、こうした超絶主義思想における自己修養という概念に支えられた進歩思想があったと考えられる。オルコットによるテンプル・スクールの実践、エリザベス・ピボディの幼児教育、エマ・ウィラードの女子教育、ホラス・マンによる公立学校改革、あるいはソローとジョンによるコンコード・アカデミーの独創的なカリキュラム、こうした教育改革の思想は子供、いや人間存在をめぐる認識論の変遷に応じて出現したものと考えられるのである。

エマソンの「教育」

超絶主義思想においては、いわば子供の一人ひとりが理性の胚珠であるドングリをもつ存在であり、そのドングリが葉を伸ばしカシの大樹になるよう成長させることこそ教育の理想と考えられたのである。こうした「有機性の原則」が個人における内面の進歩と大きく関わっていた。

エマソンの教育論においても、この「自然性」が大きくクローズアップされている。教育の本質は「子供の自然を保持し、その志向する方向に知識の鎧をまとわせる」（『エマソン全集十』一四二）ことであり、この「自然の方法」によると、子供の内面教育は「機械的な、あるいは軍隊的な方法によってなされてはならず、自然以外のつまらぬ技術に委ねられてはならない」（同一四五―六）のである。こうした機械的な指導と「自然の方法」の対比とは、「ちょうど体罰の使用と愛の方法との違いに喩えられる」（同一五一）。

エマソンにおいて「自己修養」の思想は、かれ自身が強調した「自己信頼」の主張に貫かれている。「自己」の「修養」とは、「自己」によってなされるほかなく、「自己」を支える神との間に無用な形式や強制が介在してはならないのである。

われわれの経験が教えるところでは、教育の秘訣は子供を尊敬することにある、と思われます。子供が何を知るべきか、何をすべきかを決めるのはあなた方の役割ではありません。それはすでに決められ約束されているわけで、その秘密の鍵を握るのは子供でしかありません。干渉したり、邪魔をしたり、あるいは過度に統治することで、かれは目的から遠ざけられ、自分自身から疎外されてしまいます。子供を尊敬しなさい。じっと待って、自然の新たな産物を見守りなさい。自然は類推を好みますが、反復は嫌います。子供を尊敬しなさい。親として過保護にならぬよう。そして、子供の孤独には立ち入らぬこと。（中略）私はこう答えます――子供を尊敬しなさい。最後まで尊敬しなさい。そしてあなた自身も尊敬しなさい。（同一四一―二）

いっぽう、みずから教育に携わりコンコードの教育委員を務めた経験もあるエマソンは、学校教育の実情を熟知していた。「学校での教え方に、なにか具体的な改革案をということになると、わたくしはまったく途方にくれてしまうことを告白します」（同一五三）と、学校教育の難しさを率直に認めている。

子供たちは年齢も性格も能力も様々です。そのかれらを振り分けることはとても難しい。幼い子供がいたり、のみ込みが遅い子、それになかにはへそ曲がりもいます。それぞれに対すると大変な配慮が必要で、愛と進歩の一日を期待する教師の朝の希望は、夕暮れ時には絶望で終わってしまいます。（中略）またどの学校にも必ず一定の割合で不良や問題児が入り込むもので、教師は残酷な時間を強いられます。子供たちに仏ごころをもって接しようと考えていた優しい教師も、やがては口やかましく、また疑い深くなります。警察法廷の判事のように悪徳に精通し、学びに対する情熱はグラマーや元素表をくり返し暗記させているうちに失せてしまいます。（同一四九―五〇）

エマソンは教育制度の難しさと理不尽さを一方で認めながらも、この「教育」というエッセイの結末においていくつかの処方箋を提案している。学校において意志の力とともに同情という女性的な力をほどよく用いること、さらに「ユーモア、空想、想像力、そして面白い考え」を教室のなかに取り入れることを勧めている（同一五四）。そしてなによりも、教師には寛容と忍耐の精神が必要なことを強調する。

もちろん、子供には控えめな態度と、先生に対する尊敬心を植えつけるよう指導しなければなりません。しかし、もし子供が話の最中に口をはさみ、先生が間違ってると叫んであなたの誤りを訂正したとしたら、その子を抱きしめてやりなさい。(同一五五)

オルコットの実践

エマソンが「体罰の使用と愛の方法の違い」を教育の、そして子供をめぐる認識の問題と考えたように、教育改革をめざすオルコットにとって体罰は思想の根幹をなす問題であった。なぜなら体罰はたんに教育の問題に留まらず、オルコットにおける子供をめぐる哲学的な考察と密接に関連づけられていたからである。

超絶主義者の間において、オルコットほどにプラトン流の観念論を忠実に信奉し実践しようとした人物はいない。それだけにオルコットの子供観、それに基づく教育思想には理想主義的な傾向が強かった。子供(幼児)は生まれながらにして神の法(イデア)を賦与された存在であり、その内なる精神性を引き出し、積極的に回復することこそ教育の本質と考えられたのである。子供は理性的な存在として扱われ、対話や説明を通して一人ひとりの良心を培い、喚起することが求められた。

おのずから、オルコットは教育思想におけるカルヴィニズムの影響を深く懸念した。もし子供が原罪を背負った堕落した存在であると見なされるとしたら、親たちは子供の教育を顧みないであろう。いやみずからの罪の意識を子供に投影し、残酷な仕打ちを加えることにもなろう。「子供はかつて抑圧され背後に追いやられていた」とエマソン自身が述懐したように、ニューイングランド地方にはそうした否定的な子供観が残っていたのである。「人間の暗黒な想像力が作り出したもっとも懐疑的な思想の中でも、これ(カルヴィニズム)が最悪である」とオルコットはニューイングランドの宗教的風土を糾弾する。「世界にとって悦ばしいことは、われわれの進歩がこの人間を卑しめる思想を過去のものとし、より気高い考えが浸透し始めていることである。子供は尊敬され始めている。」(24)

オルコットの教育思想の成熟に深く関連していたのが、かれ自身の子育ての体験だった。オルコットがボストンでテンプル・スクールを開設するのは一八三四年だが、その三年前の三一年には長女アナが誕生し、三二年にはルイザが、三五年にはエリザベスが生まれている。その数年間にオルコットは二千五百枚にもおよぶ子供たちの観察記録を記すのだが、その主たる関心は子供における精神性の考察であった。つまりわが子の実験的な観察を通して神の法則を探求しようとしたのだった。

オルコットがわが子にも促し、テンプル・スクールのカリキュラムにも取り入れた実践にジャーナル（日記）の記述があった。十歳前後の子供たちに日々の出来事を記させ、特に道徳的な判断ついては良心の目覚めを促した。さらにテンプル・スクールの実践を特徴づけたのは、聖書に関する子供たちとの対話だった。子供たちを半円形に座らせ、聖書に描かれた事物の象徴性について質疑応答をすることで子供たちの道徳心を培おうとしたのである。カリキュラムには、その他にもラテン語、算数、地理、国語（語彙）などが含まれていたのだが、その中心はやはりオルコットによる道徳と聖書の教育であった。

テンプル・スクールでの実践は、人間の出生を対話の話題として取り上げたことから醜聞を巻き起こし、わずか数年で頓挫してしまう。にもかかわらず、オルコットの実践がもっとも早い時期の、そしてもっとも革新的な教育改革の試みであったことは確認しておく必要がある。体罰の禁止にしても、プラトンやアリストテレスの彫像を配置した教室の装飾にしても、聖書やキリスト教の良心の問題についての対話学習についても、あるいは黒人の子供を受け入れたことにしても、それ以降の様々な改革の試みの先鞭をつけるものであった。

一八五九年、オルコットはコンコードの教育委員に招かれている。早速様々な改革に着手し、教師や父母との会話集会を開いたり、コンコードの歴史、著名人、さらには自然誌をも含む郷土資料「コンコード本」の編纂を計画したりもした。その著名人のリストにはエマソンやソローの名も含まれており、コンコードの地理や自然誌の執筆はソロー自身に依頼されたことは一章に触れたとおりである。ソローの急逝によってこの企画は立ち消えになるのだが、ソローの葬儀の際、父母や教師に働きかけて三百名の子供たちを葬列に参加させたのはほかならぬオルコット自身だったのである。

ピボディの幼児教育

テンプル・スクールの助手を務め『学校の記録』を著したエリザベス・ピボディも「自己修養」というチャニングの思想の継承者のひとりであった。そのエリザベスが当初の献身的な支援にもかかわらず、一年足らずでオルコットの元を離れた背景には、人間の出生をめぐるスキャンダルもさることながら、より根本的にオルコットの教育手法にある種の不自然さを感じ取っていたからであろう。『学校の記録』の第二版の序文において、エリザベスはオルコットの手法が「子供のこころと良心、そして想像力に対して教師がもつ個人的な権威の力」によって「子供の魂の知識を奪取」しようとするものであり、それは「バラの蕾が開きサナギが蝶に変身する、そうした成長のプロセスの秘密を得ようとして蕾を切り裂きサナギの孤独に侵入すること」[25]と同様である、という一文を掲載していたからである。

一九世紀後半になるとピボディはドイツの幼児教育者フレーベルに倣って、幼稚園の普及に尽力している。実際、一八六〇年に英語による幼稚園をボストンではじめて開設し、幼児教育の草分け的な存在として知られるようになる。ペスタロッチのもとで教育哲学を学んだフレーベルは、就学以前の幼児に手遊びやゲーム、歌や自然とのふれ合いなどの活動を通して、子供の健全な成育を促そうとした。そのフレーベルの著述のなかには、「人間一人ひとりの核となる部分には、将来の人生の全体的な姿がすでに埋め込まれている。そのはじまりの段階を正しく理解し世話をすることで、その人が完全な状態にいたる（中略）幸せな成長のプロセスがはじめて可能になる」[26]という、「自己修養」の思想と共通した考え方が含まれていたし、さらに「幼稚園」（文字どおりに訳すと、「子供の庭」）について「草花が咲くお庭よ、その一つひとつは人間ですけど」[27]という説明を受けたエリザベスは、文字どおり幼児教育の「自然性」に感銘を受けたのではなかったろうか。一八六二年にエリザベスは「幼稚園とは何か」という文章を『アトランティック・マンスリー』に公表し、さらに六三年には妹のメアリーとともに『幼児の精神修養と幼稚園教本』を発表し、アメリカにおける幼稚園の普及に尽力した。

ここで確認しておくべきことは、こうした教育改革の実践がまさに同時代的な問題であったという事実である。ブロンソンもエリザベスも革新的な教育ジャーナル『アメリカ教育誌』の編集者ウィリアム・ラッセルとは親交が深かったし（エリザベスはその編集助手を務めていた）、エリザベスの妹ソファイアがホーソーンの愛妻であったことは周知のとおりだが、もう一人の妹メアリーの夫は、前にも触れたマサチューセッツ州の教育主事ホラス・マンであったのである。こうした教育改革にまつわる同時代の空気と思想をオルコットもエリザベスも、さらにはソローやエマソンも共有していたのであり、この時代の流れのなかで改革をめざし、その理想を実践に結びつけようとしたのである。

まとめ

ソローが実際に教鞭をとったのは、センター・スクールの二週間を別にすると、コンコード・アカデミーで教えたほんの二年ほどの期間であった。もともと当時ハーヴァードの卒業生の大半が一年間教師をした後に、牧師や医師や法律家などの専門職に就くのが慣習であったことを考えると、ソローの場合もあきらかに腰掛け的な仕事であり、その教育体験を過大に評価することは出来ないだろう。むしろソローの教師体験を、これまで述べたような教育思想と改革活動のなかに位置づけることこそ必要だと思われる。

いっぽう、ソローが子供の教育について終生深い関心を抱いていたこともまた事実であった。コンコード・アカデミーのユニークな試みとして野外での自然観察や社会見学が取り入れられたのだが、その背景にはどのような教育思想が存在したのか。みずからが鉛筆職人であったという事実もさることながら、それはたんに教育上の思想として実学や体験学習の必要性が強調されたということをではなかっただろう。むしろソローは現存の教育制度の空疎さを問題としたのであり、その意味でソローの改革思想は現存する教育制度に対する批判の中にもっとも典型的に示されたと考えられる。

ソローのもっとも痛烈な教育批判のひとつに、「教育がおおかたやることと言えば、自由に曲がりくねる小川を真直ぐな水路に変えてしまうことである」（『日記三』一三〇）というのがある。ソローらしい見事な比喩だが、そこに示された論点のいくつかを整理することでソローの教育観を探ってみたい。

まずひとつは、現存の教育が生徒に表面的な画一化を迫るという批判である。教育がつまるところ人間の内にあるものを引き出し、成長させることであるとすれば、外側からの強制は生徒の個性や能力差を顧みないどころか、教育本来の趣旨にそぐわないものとなる。「若者に、いやどんな人間にも、真実を教えることほど無駄なことはない。かれら一人ひとりの方法で、準備が整った時に、それを学ぶしかないのである。」[28]

それに関連して、ソローは学習における生徒の自発性を重んじた。大人の目から見た功利性や合理性ではなく、子供たちの好奇心や関心を中心に据えた学習のあり方を考えようとした。ソローが好んで子供たちをコケモモ摘みに連れ出したことは知られているが、そうした経験が子供にとって大切なのは、そこで「子供は新しい世界に触れ、新たな成長を経験する」からである。果実（fruit）のラテン語の語源は「楽しむ」ことを意味し、経験の豊かさは「そこから得られる成長の度合い」によると前置きしつつ、コケモモ摘みの体験が「われわれを教育し、ニューイングランドに住むに相応しい者にする」と語っていたのである。[29]

すなわちソローは教育の主体を教師から生徒へと転換し、超絶主義者がめざした個の確立と併行して、教育の民主化をみずから実践しようと試みたのである。「生徒から学び生徒とともに学ぶ」という姿勢は、子供を学びの主体としてその目の輝きに注目し、教育を単なる表面的な知識の伝授から〈学びのプロセス〉へ、いや「学び直し」のプロセスへと転換させようという意思があったと考えられる。「もし賢くなりたいのなら、科学を学び、それを忘れたらいい」、「われわれが本当に進歩をする時は、前から知っていると考えていた事柄を、学び直し、新らしく学んだ時である」（『日記一』二一四）。

こうした断片から推察されることは、ソローの教育思想はリアリティの探求という、かれ自身の〈生きる〉思想と無縁ではなかったということである。現存の教育制度というものが、空疎な〈死んだ制度〉に化しているとすれば、ソローの改革思想は教育の主体を回復し、その教育の空間にいかに生きたリアリティを取り戻すか、つまりいかに「生きた制度」を創出するかという問題に集中していたと考えられる。

第三章　非暴力の仮面

二章ではおもに体罰の問題を中心として一九世紀当時の教育改革思想について考察したが、三章ではソローにおける非暴力主義に話を進めたい。二章においてすでに触れたように、ソローにおける体罰の拒否と非暴力主義は必ずしも直線的に結びつけられるものではなかった。むしろわれわれにそうした連想を促すのはソロー像をめぐる伝説性であり、ソローの個性を前景化しようとする読者の無意識の意図の表れであったと言えるだろう。

ソローの非暴力主義が批評の領域においてもっとも鮮明にクローズアップされたのは、皮肉にも、ジョン・ブラウンの過激な暴力性を通してであった。ヴァージニア州ハーパーズ・フェリーの弾薬庫を襲撃したブラウンの暴力行為に対して、いち早くその弁護に立ち上がったのがソローであったからである。ソロー自身が標榜した「非暴力の抵抗」の論理と、ブラウンの暴力行為の擁護とはソローにおいてどう共存したのだろうか。虐殺と弾薬庫襲撃というブラウンの過激な暴力性を知りながら、なぜソローはブラウンの行為を弁明しようとしたのか。これまでソローをめぐるひとつの謎であり「矛盾」とされたこの問題を中心として、ソローにおける暴力の意味合い、そしてソローがブラウンの中に見出した行動の原理について考えてみたい。

一　非暴力をめぐる物語

伝説の形成

ソローの非暴力主義をめぐる「矛盾」について考察する前に、ここでひとつの問題提起を行なっておきたい。すなわちソローにおける非暴力主義と考えられたものには、われわれの主観的な脚色と誇張が混在したのではないだろうか。背景にはいくつかの要因があるだろうが、ひとつには「市民的不服従」というレジスタンスの思想との関連で非暴力主義が捉えられ、それがソローの個性の重要な一部と見なされたことである。われわれの間で広くソローは「非暴力の抵抗」の祖とされ、インドのガンジーや公民権運動のキング牧師らに多大な影響を与えた人物として伝説化されてきた。しかし、真実はおそらく逆であったのではないか。ガンジーやキング牧師の「非暴力の抵抗」という歴史的な実践を通して、にわかにソローにおける非暴力の問題が脚光を浴びたということではなかっただろうか。

ソローがその生涯において非暴力主義を一貫して主張したという根拠はどこにもない。たしかにソローは「市民政府への反抗」（以下、「市民政府」）において「平和革命」の提議を行なうのだが、それさえ南北戦争前夜の一八五〇年代において一貫した主張であったかどうか疑わしい。また一章で論じたように、ソローはコンコードの戦いの義勇兵を英雄として理想化し、コンコード・エレミヤというレトリックを用いてコンコード住民を啓発しようとしたのだった。非暴力どころか、独立革命の兵士とその愛国心を賞賛したのである。

さらに合衆国における非暴力主義については、ソロー自身を起源とするのではなく、すでにその思想の系譜が存在したのも事実であった。[1] クエイカー教徒やアナバプティスト派における非暴力主義はよく知られたところであり、おおくは宗教上の問題として生活文化のなかに息づいていたのである。またソローと同時代を共有し奴隷制の即時撤廃という過激な主張をしたアボリショニストでさえ、その活動の根底に非暴力主義を据えていた事実を考慮に入れると、ソローの非暴力をことさら独自の個性として賞賛し伝説化する理由はなかったように思われる。

ソローにおける非暴力の思想が伝説化されひとり歩きする傾向があったのと併行して、ソローの致命的な矛盾と考えられたのも、ソローの平和主義とブラウンの過激な暴力という、きわめて単純化された構図によるものであった。ブラウンの暴力性の根拠とされたのは、事実上失敗に終わったハーパーズ・フェリーの襲撃事件ではなく、ブラウンが一八五六年にカンザスのポトワトミー・クリークで犯した奴隷制推進者の殺害事件によるものだったのだが、この批評の構図を作り出したのは、奇しくも、ソロー研究の第一人者ウォルター・ハーディングであった。ハーディングの主張によると、ソローはブラウンの犯したポトワトミーの虐殺を知らなかった、もし知っていたとしたら、けっしてブラウンを支持することも「弁護」することもなかっただろう、つまりソローの非暴力主義は首尾一貫したものであった、というものである。(2)

このハーディングの主張をめぐってソローの行為が様々な観点から議論されることになるのだが、ここで問題を整理するために二つの点を再度確認しておきたいと思う。ひとつは、ソローがポトワトミーの虐殺を本当に知らなかったのかということ、そしてもう一点は、もしブラウンの暴力性を知っていたとしたら、ソローはブラウンを弁護することはなかったのか、つまり非暴力を標榜した「市民政府」と「ジョン・ブラウン隊長を弁護して」(以下「ジョン・ブラウン」)との主張の間には矛盾があったのか、ということである。こうした点を中心として論を進めようと思うのだが、その前にソローにおける非暴力主義について、その定義に立ち返って考えてみたいと思う。

暴力的な言説

ソローによって非暴力の原則が定義されたのは「市民政府」においてである。このエッセイは人頭税の不払いによって投獄されたソロー自身の体験に基づいて書かれたものだが、非暴力を標榜した一節には微妙な曖昧さが含まれていたように思われる。

もし正しき人々をすべて投獄するか、あるいは戦争と奴隷制を停止するか、という選択が取り上げられたとすると、政府はその選択にためらうことはない。もし今年千人もの人民が税金を払うのを拒否しても、それは暴力的で血なまぐさい行為ではないだろう。むしろわれわれが税金を払うことで政府は暴力行為を遂行し、無辜の民の血を流しているからである。これが実際、平和革命の定義である。もし、そうしたことが可能であれば。（中略）臣下が忠誠を誓わず、官吏が職を辞したとすれば、この革命は完了する。しかし、たとえ血が流されたとしても、それがなんであろう。もし良心が傷つけられたとしたら、それは血が流れるということではないのか。その傷口から本当の人間らしさと不滅の魂が流れ出し、永遠の死を蒙ることになるのではないか。今まさにその血が流れようとしている。（「市民政府」七六―七、傍点筆者）

この一節に「平和革命の定義」が示されるのだが、「もし、そうしたことが可能であれば」「たとえ血が流されたとしても」という言葉の中に、ソローの非暴力主義にある種の曖昧さが内在したと言えないか。「もし良心が傷つけられたとしたら、それは血が流れるということではないのか。その傷口から本当の人間らしさと不滅の魂が流れ出し、永遠の死を蒙ることになるのではないか。今まさにその血が流れようとしている。」これは、けっして平和主義の修辞とは言えないであろう。むしろ革命の大義を高揚するレトリックであり、そこでは流血の暴力は是認される可能性が示唆されていたのである。

ソローが革命的な思想に共鳴しやすい性格であったことはいまさら言うまでもない。ソローには「いくらか好戦的な性格」（“somewhat military in his nature”）があったと指摘したのはエマソンであり（『エマソン全集十』四二五）、独立戦争に従軍した祖父をソローが誇りにしていたこともよく知られている。非暴力という原則は前提としては存在するのだろうが、その非暴力そのものが一枚岩的なものではなかったことは確認しておく必要がある。「平和革命」を標榜したソローではあったが、その言葉はきわめて暴力的でもあった。「すべての人民は革命を起こす権利を認識する」（「市民政府」六七）と言い、「私の思想は国家には殺人行為であり、謀反を企もうとしている」（「マサチューセッツ」一〇八）とも記していたのである。

二　ブラウンとコンコード

ニューイングランドの出自

さて、ソローがブラウンを弁護した経緯に話を進めたいが、その前にブラウンとコンコードとの関係について整理しておこう。というのも、ソローが「ジョン・ブラウン」の演説を行なったのはコンコードのタウンホールにおいてであり、コンコードの住民に向けて語られたものであったからである。一章において触れたとおり、ソローはコンコードの住民を念頭においてブラウンをコンコードの戦いの英雄に喩えたのである。ブラウンの行為を狂気の沙汰としたメディアや世論の大勢に対してブラウンを弁護したこの演説は、ソローの個性と反骨精神を示した表現と考えられたのだが、実際にはコンコードの精神風土と密接に関連していたのである。

ジョン・ブラウンには過激なゲリラのイメージがついて回るのだが、その出自はニューイングランドの農家の出であり、敬虔なキリスト教徒であった。厳格なカルヴィン主義者であった父オーウェンは、コネチカット州トリントンで農場を営んでいた。家族はのちにオハイオに移住するが、ジョンはそこで出会った黒人奴隷の境遇の悲惨さに強い衝撃を受けたと言われている。カルヴィニズムの原理性を基軸としたブラウンの父子関係は、ジョンの人格に決定的な影響を与えたばかりか、あきらかにその息子たちによって受け継がれていた。その事実はかれの四人の息子がハーパーズ・フェリーの襲撃事件、そしてポトワトミー・クリークの殺害事件にかかわり、ブラウンと運命を共にしたことからも窺える。

ヴァージニアで処刑されたブラウンの遺体は故郷のニューヨーク州ノース・エルバの農場へと移送され、十二月八日に葬儀が行なわれる。その同日、コンコードではブラウンの追悼集会が開かれている。ソローは詩を朗読し、オルコットはプラトンの一節を朗読した。[3] ここで注目すべきことは、ブラウンの行為の背景にあった思想がコンコードにおいて共有されたという事実である。いやピューリタンの入植、そしてコンコードの戦いにおける義勇兵の英雄的行為というコンコード言説の延長線上において、ブラウンの行為と思想が捉えられたのである。

コンコード訪問

ジョン・ブラウンはカンザスでのゲリラ活動の合間にコンコードを二度訪れている。一度目は五七年の三月であり、二度目は五九年の五月、すなわちハーパーズ・フェリー襲撃の半年前にコンコードに立ち寄っていたのである。[4] いずれもカンザスにおけるゲリラ活動の支援を募るのがその目的であったが、五七年の際にはソロー家で昼食をとり、講演旅行から戻ったばかりのエマソンとも対面している。夕方にはタウンホールで演説会が開催され、ブラウンはカンザスでの闘争を語りつつ熱心に支援を呼びかけた（ソローはブラウンが演説を行なった同じタウンホールで、ブラウンの行為を弁護したのである）。つまりコンコードの住民のおおくがブラウンを知り、その講演を聴いていたのであり、それを前提にしてソローはブラウンの弁護を行なったのである。こうした事実は従来看過されたのだが、ソローのレトリックを分析するうえできわめて重要な要因であった。

コンコードの文人や住民たちが過激なゲリラ活動を続けるブラウンを、それと知りつつ温かく迎えた背景にはいくつかの要因がある。そのひとつは、当時カンザスでは奴隷制推進派と反対派の緊張が高まり、政治の舞台で脚光を浴びていたという事情がある。エマソン自身、五六年九月、つまりブラウンがコンコードを訪れる数ヶ月前に、カンザ

スにおける北部移民の窮状を訴え積極的な支援を呼びかけていたのだった。(5)

二つ目の要因は、コンコードが北部における奴隷解放運動のひとつの拠点であったことである。その中心的な役割を演じたのが一八三七年に結成された奴隷制反対コンコード婦人部であった。婦人部は数年後にはニューイングランドの廃止運動の支援においてもっとも活動的な集団になり、コンコードは奴隷の逃亡をほう助する「地下鉄道」の停車場としても知られていた。

こうした背景はありながら、ジョン・ブラウンのコンコード訪問を直接的にとりもったのは、フランク・サンボーンの存在であった。サンボーンはブラウンの熱狂的な支持者であり、ハーパーズ・フェリーの襲撃を事前に知り積極的に協力したとされる人物だが、そのサンボーンが当時コンコードに住み、エマソンら超絶主義者と深く交流していたのであった。ブラウンの活動をマサチューセッツで支えたのは「秘密の六人」とよばれる者たちで、サンボーンのほかにセオドア・パーカー、トーマス・ヒギンソン、ロレンス・スターンズ、ゲッリト・スミス、サミュエル・ハウらが含まれていたが、そのうちサンボーン、パーカー、ヒギンソン、スターンズは特に超絶主義者との関係が深かったのである。

こうした情況のなかブラウンのコンコード訪問が実現したのだった。しかし肝心の募金活動については、社会的な不況と、ブラウンの過激な戦略のために思ったほど成果は上がらず、資金や物資の調達も滞りがちであったと言われている。(6)

三　ソローは知っていたのか

流血のカンザス

ブラウンが武装してカンザスに侵入したのは一八五五年の十月半ばであり、それからハーパーズ・フェリーの襲撃まで約四年間の闘争がブラウンを一躍歴史上の人物に押し上げることになる。ブラウンがカンザスでゲリラ活動を始めたのはそれなりの理由があった。その最大の要因は地政学上の問題である。カンザスはミズーリ、ケンタッキーとならんで三六度三〇分線上に位置する「境界州」であった。周知のとおり、一八二〇年の「ミズーリ妥協」によって三六度三〇分線以北の奴隷制の拡張は禁止されていたのだが、実情はミズーリから多くの奴隷制推進者が流れ込み、カンザスは北部勢力にとっても南部勢力にとっても奴隷制拡張の前哨点となっていたのである。

ブラウンがカンザスに向かう前年の一八五四年には、カンザス―ネブラスカ法案が議会を通過している。この法案は奴隷制の拡張をめぐって、その決定権を住民の投票に委ねることを明記したものだが、結果的に推進派と反対派が激しく対立した。推進派による選挙妨害が横行したほか、特に「州境暴徒」(border ruffians)とよばれる暴漢によって北部からの入植者に対する脅迫、リンチ、暴力などが多発していたのである。デイヴィッド・レノルズの調査によると、一八五五年から五八年の間に奴隷制をめぐる抗争で五二名が殺害され、そのうち七五パーセントの犠牲者は自由州派の入植者であった。(7)

いっぽう、一八五四年という年は、コンコードの超絶主義者にとっても慌しい動きがあった年である。カンザス―ネブラスカ法案が通過したのはその年の三月だが、五月には逃亡奴隷のアンソニー・バーンズがボストンで拘束され、ブラウンを支持した「秘密の六人」のセオドア・パーカーやトーマス・ヒギンソンらによって決死の争奪戦が繰り広げられていた。(8) この拘束事件を聞きつけたソローは激怒し、七月四日の独立記念日フラミンガムで行なわれた廃止論者の集会において「マサチューセッツの奴隷制度」を演説（代読）する。ソローの代表作『ウォールデン』が出版されたのは八月であり、さらに十二月には「原則のない生活」が講演されている。

二年後の五六年五月、チャールズ・サムナーの屈辱的な襲撃事件が起きている。マサチューセッツ州選出のチャールズ・サムナーがサウスカロライナ選出議員のプレストン・ブルックスによって打擲された事件である。議会の演説においてサムナーは、サウスカロライナ選出のアンドリュー・バトラーを「奴隷制という売女と恋に落ちた騎士」と痛罵するのだが、それに激怒したブルックスは演説終了後サムナーをステッキで打擲し、流血事件を引き起こしたのである。(9)

こうした情勢の中で、ブラウンを特に刺激する事件が一八五六年の五月下旬カンザスで起こっていた。反対論者の多くが居住するロレンスの町が推進論者によって占拠されたことである。ポトワトミー・クリークの事件は奴隷制をめぐって北部と南部の緊張が極度に高まった情況のなかで起こった事件であった。

ポトワトミー・クリーク事件

一八五六年の五月二六日の夜半、ブラウンは息子のフレデリック、サーモン、オリヴァー、オーウェンらを伴い、あきらかに推進論者を殺害する目的でポトワトミー・クリークへと向かった。(10) 一団はまずジェイムズ・ドイルの父子三人を家から誘い出して刃物で殺害した。殺害の場所には腕が切断され、耳を削ぎ落とされた死体が横たわっていたという。さらにアレン・ウィルキンソン、ウィリアム・シャーマンを同じようにクリークのほとりで惨殺した。ブラウン一団のこの行為が推進論者や州境暴徒の暴力に対する報復であったことは殺害の残忍さが物語っていた。

いわゆる「流血のカンザス」とよばれた政治的な情勢については、コンコード周辺の超絶主義者も報道をとおして周知していたことであろう。しかしはたして、ブラウンが手を染めたポトワトミー・クリークの虐殺をソローは知っていたのであろうか。一九六〇年代に出版されたハーディングの伝記においてはソローは知らなかったとされているのだが、最近の研究ではおそらくポトワトミーの虐殺についても知っていたというのが定説となりつつある。

そのひとつのきっかけとなったのは、一九八〇年に発表されたマイケル・マイヤーの論文である。マイヤーはブラウンがハーパーズ・フェリーを襲撃した直後、おもに民主党系の新聞に掲載されたブラウン批判、特にポトワトミー虐殺の記事がセンセーショナルに報道された事実を分析し、コンコード周辺の超絶主義者がそうしたブラウンの暴力について既知であったと論じたのである。[11]八六年に出版されたロバート・リチャードソン・ジュニアの伝記では、マイヤーの論文を踏まえて、「ソローは（ポトワトミーについて）おそらく耳にしていたであろうが、知りたいとは思わなかっただろう」[12]と微妙な言い回しとなり、二〇〇五年に出されたレノルズのジョン・ブラウン伝では「資料によると、（超絶主義者たち）はその事件を知っていたが、それでもあえてかれ（ブラウン）を抱擁した」[13]とさらに踏み込んだ表現となっている。もっともレノルズも「ポトワトミーの細々とした詳細について知っていたかどうかは疑問である」と修正を加えてはいるものの、ブラウンの暴力的な戦略についてはコンコードの知識人の間で周知の事実であったと考えてよい。

矛盾の抱擁

ではブラウンの戦略を知りながら、なぜソローはブラウンを支持し崇拝しようとしたのか。むしろ問題の核心はそこにある。リチャードソンによると、ソローはブラウンの暴力性を隠蔽しようとしたのではなく、ブラウンを兵士と見なし、その依って立つ「原則」に共鳴し弁護した、と説明する。[14]「原則のない生活」を嘆いたソローにとって、ブラウンはまさに「原則」を貫いた英雄であった訳である。リチャードソンの指摘は示唆に富むものだが、はたしてソローがブラウンの中に見出した「原則」とは何であったのか。そしてそれがニューイングランドの精神風土とどう結びついていたのか、その点をさらに考察したいと思う。なぜならその点を考えることなしには、ソローのブラウン弁護の核心を理解できないからである。

リチャードソンはあえて触れていないが、この「原則」に依って立つ行動という主張は、「ジョン・ブラウン」にかぎらず、「市民政府」においてもくり返されたソローの一貫した主張であった。むしろジョン・ブラウンの弁護という観点からその十年前に書かれた「市民政府」を読み直してみると、「市民的不服従」の根幹をなす思想が鮮明に浮かび上がってくる。その骨格は、政府は便宜上の組織であるにもかかわらず、多数派の政策によって個人に対して不当な法を強制する。合衆国政府は奴隷制という矛盾を抱えながら、さらにメキシコ戦争という不当な侵略行為を行なっている。みずからの良心に基づいて行動しようとする英雄はおのずと社会の敵と見なされる、というものであった。

さらにソローは原則に依って立つ行動ということに関し、かれ特有のユーモアとシャレを交えて、次のように語っていた。

> 原則に基づく行動……それは正しきことを理解し実行することであり、それが物事を変え、関係性を変革する。それは根本的に革命的であり、過去のものとは接合しえないものなのである。それは国家や教会ばかりか家族さえも分裂させる。いやさらに個人さえ分裂させ、かれの中の悪魔的なものと神聖なものを分かつのである。(「市民政府」七二)

「原則に基づく行動」とは「正しきことを理解し実行すること」であり、それは個人をも分裂させる。すなわち個人の中の「悪魔的なもの」と「神聖なもの」を分かつ、というのである。この主張はブラウンの場合と矛盾するどころか、見事に符号し一致するものではなかったか。もしブラウンが「原則の人」であるとすれば、その行動はかれの中の「悪魔的なもの」と「神聖なもの」を分かち、ソローはブラウンの暴力性にもかかわらず、あえてかれの中の「神聖なもの」つまり「原則」を抱擁したのではなかったか。ソローが「ジョン・ブラウン」を書こうとした意図はまさにそこにあったのである。ソローは「原則に基づく行動」を起こした英雄の系譜について、「政府はなぜつねにキリストを磔にし、コペルニクスやルターを追放するのか。なぜワシントンやフランクリンに反逆者の烙印を押すのか」(「市民政府」七三)と問いかけるのだが、これは「ジョン・ブラウン」においてブラウンをキリストの再来と見なし、「光の天使」と称えた修辞と見事に呼応していたはずである。

四　クロムウェルの再評価

カーライル『クロムウェル伝』

「市民政府」と「ジョン・ブラウン」の連続性を考えるうえで参考になるのが、「カーライルとその作品」(以下「カーライル」)というエッセイである。一八四五年、トーマス・カーライルは『オリヴァー・クロムウェルの書簡と演説』を発表するのだが、カーライルのこの労作はニューイングランドの思想家に大きな衝撃をもたらした。エマソンがカーライルと深い精神的交流を続けていたことはよく知られており、ソロー自身もウォールデン湖畔に蟄居してまもなくこの作品を読み、一八四六年二月に「カーライルとその作品」という講演をコンコード・ライシーアムで行なっている。カーライルは従来のクロムウェル像を修正し「英雄崇拝」というかれ独自の歴史観のなかに位置づけようと試みるのだが、ソローはこの「理想的なクロムウェルの肖像画」は「ニューイングランドに向けても語られている」(「カーライル」一九六)と記していた。

まず注目したいのは、ソローがジョン・ブラウンをクロムウェルの再来と描写したことである。ハーパーズ・フェリーを襲撃したブラウンの一団は、牧師がいれば「非のうちどころのないクロムウェル的な戦士であろう」(「ジョン・ブラウン」一一四)と描かれるのだが、こうした修辞はソローに限らず、エマソンを含む超絶主義者の間でしばしば用いられたレトリックであった。(15) なぜクロムウェルがイコン的な存在として崇拝されたのか。特に奴隷解放思想という文脈において、なぜブラウンの行為とピューリタン革命の戦士クロムウェルが連想づけられたのだろうか。

まずブラウンが厳格なカルヴィニストであったことが挙げられる。「ジョン・ブラウン」の中においても、ブラウンは「ピューリタン」であり、「質素な習慣」といかなる政治的権威にも屈服せぬ信仰を持っていた(「ジョン・ブラウン」一一三―四)と描かれる。「カーライル」においてソローはクロムウェルを「賛美歌の勝利に歓喜する」「古きヘブライの戦士」(「カーライル」一九七)と描いているのだが、厳格な信仰を名目としたブラウンの革命的な行為がクロムウェルのピューリタン革命と連想づけられたことは容易に想像できる。あきらかにクロムウェルはひとりのプロトタイプとして、のちのブラウン像に決定的な影響を与えることになる。

さらにジョン・ブラウンとの連想において興味深いことは、ソローがクロムウェルの狂気と暴力についても言及していることである。ソローはクロムウェルの性格について、良識と寛大さを併せもちながら、そこには「一種の聖なる狂気」(「カーライル」一九七)が潜んでいたと描いている。その暴力的な行為については、「もしかれの行為がキリスト教や真実の哲学の説くものと合致しなかったとしても、それでも高貴な行為としてわれわれの心を打たずにはおかない。たとえその行為がどれほど暴力的なものであったとしても、それは偉大な目的とこの人物の誠実さのために容認されるだろう」(「カーライル」一九七)と記し、暴力を容認するような記述をしていたのである。

ブラウンとクロムウェルが超絶主義者の思想において連想づけられたのは、革命の戦士という明白な事実に由来するものではなかった。両者にみられる原理的な信仰の純化、それに根ざした理想主義(観念論)的性質にこそソローをはじめとした多くの超絶主義者が共感したのである。「ジョン・ブラウン」においてソローはブラウンをピューリタンの末裔と呼び、さらに超絶主義者であったと一見相容れないような主張をしているが、ソローにとってそれはなんら矛盾ではなく、神の原理に従いみずからの良心と「原則」を貫こうとした「誠実さ」こそ、ソローがブラウン像のなかに投げかけた資質だったのである。ブラウンにしてもクロムウェルにしても、「原則」の英雄である点において共通していたのである。

殉教者の誕生

ソローがブラウンを擁護する演説を最初に行なったのは、事件から二週間後の十月三〇日であった。周囲の反対をよそに、ソローはコンコードのタウンホールの鐘をみずからの手で鳴らしたのだった。ソローはブラウンに関する演説を三度にわたって行なっている。二度目の演説はブラウンが処刑された十二月二日の「ジョン・ブラウンの殉教」("Martyrdom of John Brown")であり、三度目は翌年七月二七日に行なわれた「ジョン・ブラウンの最後の日々」("The Last Days of John Brown")であった。いっぽう、エマソンがブラウンに関して演説を行なったのは、十一月十八日にボストンで行なったものが最初であり、ブラウンの死後六〇年一月六日にセイレムで二度目の演説が行なわれている。

あきらかにこの数ヶ月の間に、北部、特にニューイングランド地方においてブラウン像が大きく変化したことは事実であったろう。ソローの演説のタイトルをみても最初の演説はあくまでも"a plea"であり、「請願」「申し立て」というほどの意味合いであったのに対し、それ以降の演説では「殉教」あるいは「最後の日々」という言葉が用いられて、いかにもブラウンが英雄化されていった経緯が窺える。フランク・サンボーンは当時を振り返り、ソローの演説によって「世論の流れが変わった」と述べているし、[16]ソロー自身、聴衆の反応の変化を次のように語っていた。

世論が覆るのには、数年の歳月は必要なかった。このケースの場合、数日、いや数時間で目に見えた変化が起こったのである。コンコードで行なわれたかれのための弁護集会において、最初は「絞首刑だ」と考えていた五〇人の参加者たちは、集会が終わる頃にはそうしたことを言おうとしなかった。かれの言葉が朗読され、集会に集まった人々の真剣な表情を見るうちに、最後にはかれを讃える賛美歌の合唱に加わったのである。(「最後の日々」

「ジョン・ブラウン」の重要な要素はその逆説性と誇張性であったと言える。ハーパーズ・フェリー襲撃という暴力に対する逆説として、ブラウンの人格と純粋な意図を印象づけ聴衆の良心を喚起しようとしたのであった。最後にソローはブラウンの大義と純粋な意図を弁護し、ブラウンがキリストにも比すべき殉教者であると讃えたのである。

光の天使

ソローとエマソンの演説について興味深い事実は、ハーパーズ・フェリーの事件についてほとんど触れられていないことである。ブラウンの意図や戦略さえ語られてはいなかった。そこに描かれたものは抽象化されたブラウンの思想であり人格であった。

これはブラウンが伝説化され、南北戦争の象徴的な人物に祀り上げられていくプロセスにおいてきわめて重要な要素であった。なぜならソローやエマソンがブラウンのなかに見出し弁護したものはブラウン個人ではなく、ひとつの思想であり価値であったからである。つまり奴隷制をめぐる南北の論戦において、北部、特にマサチューセッツの住民が拠り所とした価値であり、その宗教的風土を基盤とした思想であるからだ。ソローとエマソンの演説は論旨においてきわめて類似しているのだが、それは両者がブラウンについて同様な見方を共有したということのほかに、世間一般の論調に対してブラウン像を積極的に書き換えようとする意図があったと言えるのではないか。そしてこの「書き換え」はコンコードの、あるいはマサチューセッツの人々の心の琴線にふれ、愛国心とともに宗教的な良心を喚起することを目的としたものであったのだ。

両者の演説においてまず問題とされたのがブラウンの出自である。ニューイングランドの農家の生まれであり、簡素な生活習慣、篤い信仰心をもったピューリタンの末裔と描かれる。さらにブラウンの祖父は独立戦争における士官であったと紹介され、キリスト教の「黄金律」と独立宣言がブラウンの精神性の核心にあったと主張される。ブラウンはマサチューセッツの住人ときわめて密接な親近性をもつ人物として描かれたばかりか、「代表的な」アメリカ人のタイプとして捉えられたのである。

もしウォーカーが南部の代表であるというなら、私はブラウンこそ北部の代表であると言いたい。かれは高貴な人間であり、その理想に比すると肉体的な存在など取るに足りぬと考えている。人間が作り出した不正な法律など認めようとはせず、それに反抗することを使命と考えたのである。われわれはかれの人となりを理解し、いかなる政府にも比肩すべき人物として知ることにより、つまらぬ政治の喧噪の世界から真実と人間らしさの次元へと引き上げられるのである。その意味において、かれはわれわれの中で一番アメリカ人と呼ぶにふさわしい人物である。（「ジョン・ブラウン」一二五）

いっぽう、エマソンの演説では、

ここにおられる方々はかれとの間になんらかの結びつきを感じられるのではないかと思う。ある者は教会を通じて、またある者は職業において、またある者はかれの出生地に親近感を抱かれるかもしれない。かれは幸いにもアメリカ共和国の代表となったのである。（『エマソン全集十一』二五一）

さらにもう一点は、ソローとエマソンがともにブラウンを「観念論者」と描き出したことである。もし政治や経済的な基盤によって歴史が形成されると考えるのが唯物論者であるとすれば、エマソンらの超絶主義者にとって歴史はある観念（イデア）によって形成され変革されるものと考えられた。ソローがブラウンを「超絶主義者」と呼んだのは、まさにこうした観点によるものだった。そこで問題なのはブラウンの行動そのものではなく、その行動が立脚するキリスト教徒としての「原則」であり、革命の大義であったと言っていい。その意味においてのみ、ブラウンは「ハーパーズ・フェリーの英雄」でありえた訳である。

かれ自身について言えば、その人格は透明で透かして見えるほどである。この世で勇気と人格の高貴さが尊ばれるところであればどこでも、かれは友を見出すだろう。希有の英雄、純粋な観念論者であり、個人的な目的などいっさい顧みないのである。(『エマソン全集十一』二五二)

ソローとエマソンが賞賛したのは、ブラウン個人としての生き様ではなく、抽象化され脱身体化されたブラウンの理想と大義であった。いわばブラウン像を通して、北部マサチューセッツの理想を投げかけ、そのあるべき姿勢を問いただしたのである。その意味において、ブラウンは歴史の指標とされたのであった。

南北戦争時、北軍の士気を高揚させるために歌われたのが「ジョン・ブラウンの屍を越えて」という大衆歌だが、その歌詞は「ジョン・ブラウンの肉体は墓の中で朽ちている」「しかしその魂は行進を続けている」という崇高で荘重な響きをもつ調べであった。逆にいうと、エマソンやソローによって脱身体化されたブラウンの「観念」が、ブラウンの死後、南北戦争という時代背景のなかで「行進する魂」となって歩き始めたと言えるのかもしれない。

『リベレーター』の反応

ブラウンの暴力に関するソローのスタンスを明確にするために、ここで対照的なブラウン論を紹介したい。廃止論者のウィリアム・ロイド・ギャリソンのそれである。ギャリソンは奴隷制の即時撤廃という過激な主張をくり返していたにもかかわらず、ブラウンの行為に非暴力という観点から反発したのである。ブラウンが処刑された五九年十二月二日、ギャリソンは記念集会で以下のような演説を行なっていた。

平和の問題に関して一言。私は無抵抗主義者であり、あらゆる状況においても、人間の生命は侵されるべきではない、と信じています。それだから、私は神の名において、ジョン・ブラウンと南部のすべての奴隷の武装を解除したいと思うのであります。いや、それに留まりません。そこで留まれば、私は怪物でしょう。私は、神の名において、また世界中の奴隷主と暴君の武装を解除します。（大きな拍手）もしこの原則が採択されれば、すべての奴隷の足枷はたちまち溶解し、物事の本質において抑圧するものとされるものとの関係は消滅してしまいます。(17)

穿った見方をするならば、ソローが非暴力の原則に忠実であろうとすれば、ギャリソンと同様にブラウンの暴力に反発し非難することもできたはずである。実際メディアと奴隷制反対論者の多くがブラウンの暴力的行為を非難する方向に流れたのだが、ソローは逆に非暴力という原則にとらわれるあまり、より高次の原則が見過ごされている事実をブラウンの弁護を通して主張したのである。ブラウンの暴力を積極的に支持しようとしたのでも回避したのでもなく、実際の流血事件よりもさらに高次の原則があるということを主張したのである。そしてそれは「平和革命」を定義した「市民政府」の一節のなかにすでに胚珠として含まれていた。「たとえ血が流れたとしても」「良心が傷つけられたら、それは血が流れているということではないのか」という言葉には、事実上の流血事件よりも、「より高い」精神的な意味合いにおける屈辱と流血、つまりキリスト教徒としての良心を見誤るべきではない、という強い主張がなされていたのだ。流血そのものではなく、「本当の人間らしさと不滅の魂」を喪失し「永遠の死」を迎えることこそ回避しなければならぬ、と考えられたのである。

五　プリンシプルとはなにか

「原則のない生活」

ここでソローがブラウンのなかに見出した「原則」、つまり奴隷制をめぐるニューイングランドの良心の問題について考察を深めるために、「原則のない生活」について触れておきたい。

「原則のない生活」は一八五四年十二月六日にはじめて講演され、ソローの死後一八六三年『アトランティック・マンスリー』紙上に発表されている。このエッセイに関して興味深い事実は、幾度となく変更されたその題目であった。[18]講演のたびにタイトルは「生活の糧」（"Getting a Living"）、「なんの利益となろう」（"What Shall It Profit [a Man if He Gain The Whole World But Lose His Own Soul]?"）、「間違った生活」（"Life Misspent"）と変更され、『アトランティック・マンスリー』に提出されたタイトルは「より高い法則」（"The Higher Law"）であり、最終的に出版されたタイトルは「原則のない生活」（"Life without Principle"）であった。

『ウォールデン』の出版と同年に行なわれたこの講演はソローの思想の根幹をなす主張であり、リチャードソンによると「資本主義の精神に対するエレミヤの嘆き」[19]であるとされた。たしかに、最初の三つのタイトルは物質主義的な風潮を批判する表現であり、「たとえ世界の富を手に入れようとも、みずからの魂を失うとしたらなんの利益となろう」という聖書の一節は、民衆の信仰心に対する「エレミヤの嘆き」を示す一節であったろう。

しかし、"higher law" あるいは "principle" という言葉はあくまでも南北戦争前夜という時代背景の中から生まれ、当時のニューイングランド地方における奴隷解放思想と密接に関連した言葉でもあったのである。こうした社会的な背景を考慮に入れて「原則のない生活」の内容を検討すると、後半部に次のような奴隷制に関する言及があることに気づくだろう。

政府と立法。こうしたことをわたくしは立派な仕事だと考えていた。（中略）しかし、考えても見たまえ、黒人奴隷の子孫の数を規制し、たばこの輸出を規制する法律をつくるなどということを。神聖な立法者とたばこの輸出入といったいどういう関係があるというのか。人間味のある立法者と黒人奴隷の子孫とどういう関係があるのか。こうした問題をどうやって神の子の御前に差し出すというのか。一九世紀になって神はわが子を無くしたというのか。もうそうしたものたちはすでにこの世から姿を消したのか。どういう条件であればかれらを取り戻せるのか。たとえば、ヴァージニアのような州は、最後の審判の日になって、その主要産物が奴隷とたばこなどと言えるのだろうか。そんな州に愛国心の根拠などあるというのか。（「原則のない生活」一七五―六）

この一節の後半では特に奴隷制の問題が宗教的なレトリックで表現されている。リチャードソンの言う「資本主義の精神に対するエレミヤの嘆き」は、奴隷制に向けられた「エレミヤの嘆き」でもあったのである。「たとえ世界の富を手に入れようとも、みずからの魂を失うとしたらなんの利益となろう」という聖書の一節は、民衆の物質主義的傾向を憂える言葉でありながら、同時に奴隷制を維持し南北の権益を調整しようとする、「原則を欠いた」国家の状況（「愛国心の根拠」）を憂える言葉であったはずである。

北部の奴隷解放論者の間において、「プリンシプル」という言葉が特別なニュアンスで用いられた事実を示す二つのエピソードを、ソローの周辺の出来事から拾ってみたい。ひとつは、ソロー家に長く寄宿し奴隷制反対コンコード婦人部を創設したウォード夫人の葬儀に際して、ソローの叔母が述べた次の一節である。

彼女は苦痛を受ける者に対する同情心に満ちており、それが深く傷つき疲れた、傷心の奴隷への深い関心へと彼女を向かわせました。長い間、われわれの会のメンバーとして、物心両面において、また惜しみない奉仕活動によって私たちを支えてくれたのです。彼女は古き開拓社会の原則を一貫して貫いたのであり、わが薄れた隊列に大きな穴が空いたことを痛感するばかりです。[20]

この弔辞において興味深いのは、コンコード婦人部の活動が軍隊のイメージで語られていることであり、「原則」という言葉がピューリタンの倫理と結びつけて語られたことであった。みずからの良心に従い地上の悪弊に毅然と立ち向かうピューリタン的な心性こそ、ブラウンを「大尉」と呼びピューリタンの末裔と見なした心情と重なるものであったのである。

もう一つのエピソードは、ソロー自身が用いた「プリンシプル」という言葉である。一八四六年の夏ソローはコンコード刑務所に投獄されるのだが、その三年前の四三年に友人のブロンソン・オルコットがやはり人頭税の不払いによってコンコード刑務所に拘束されている。[21]その際ソローはエマソンに宛てた手紙の中で、オルコットの行動を「ただの原則だけ」（"nothing but principles"）と皮肉まじりに語っていたのである。三年後、ソロー自身が同じ行動に出ることを考えると皮肉なエピソードだが、さらに興味深いのはこの「ただの原則だけ」という嘲笑的な言葉を最初に用いた人物が、ソローを投獄した看守のサミュエル・ステイプルズであったということである。

二つのエピソードに共通して示されるように、プリンシプルという言葉には奴隷解放運動と深く関連したニュアンスが含まれていた。つまり「原則のない生活」とは、経済的な利益を優先して、みずからの宗教的な理想や良心をないがしろにした生活を意味し、政治的には奴隷制をめぐって北部と南部の権益を調整し、「原則」を曲げて「妥協」に走ることを揶揄するものであったのだ。それはソローがジョン・ブラウンを一貫して「原則の人」と讃え、それに対して「北部の人民にしろ、南部、東部、あるいは西部の人民にしろ、その多くは原則の人ではない」（「マサチューセッツ」一〇二）と厳しく非難したことからも窺い知れるだろう。

「より高い法則」

プリンシプルという言葉は、また奴隷解放思想に関して、「より高い法則」という言葉と密接に関連していた。いや「プリンシプル」にしろ「より高い法則」にしろ、それは北部の奴隷解放論者によって好んで用いられた常套的なレトリックであったのである。前に挙げた一節に「神聖な立法者」という言葉が見られるように、奴隷制に対して「より高い」宗教的な観点から「原則」を誇示することが北部の奴隷解放論者の共通した主張であったし、経済性に対して宗教性を、政治的な妥協に対して絶対的な正義を主張し鼓舞することがそのレトリックの特色であったのである。北部の奴隷解放論においてしばしば「エレミヤの嘆き」というレトリックが用いられたのはこうした背景によるものであったのだ。

前に見たように、「原則のない生活」というエッセイには講演の段階で「より高い法則」というタイトルが付されていた。「一八五〇年の妥協」によって「逃亡奴隷法」が強化されるなかで「より高い法則」という考えは奴隷解放論者の主要な論拠となる考えであった。逃亡奴隷法を容認したダニエル・ウェブスターに対して、上院議員ウィリアム・シーウォードは「連邦憲法よりも高い法則」(“Higher Law than the Constitution”)があると反撃したのだが、[22]それ以来「より高い法則」という言葉は奴隷制をめぐる政治論争のイディオムになっていたのである。つまり「逃亡奴隷法」という地上の悪法に対して、キリスト教徒が遵守すべき神の「より高い法則」があると主張されたのである。こうした政治的な文脈においてソローは、「いま必要とされているのは、連邦憲法よりも高い法則、いや多数の決定よりも高い法則をわきまえる人間である」(『マサチューセッツ』一〇四)と聴衆に語りかけたのだった。

五四年にエマソンが行なった「逃亡奴隷法」という講演には、当時の政治状況の一幕にふれた「より高い法則」への言及がある。エマソンはダニエル・ウェブスターがニューヨーク州オルバニーで行なった演説を引用し、きわめて感情的にこう断罪する。

そして、道徳や義務の問題ということに話がおよぶと、かれ（ウェブスター）ははっきりとこう語ったのである。「あのより高い法則というもの、この地上と天上のどこかにあるというもの、（中略）そんなものがどこにあるか、わたくしにはわからない。」記者の伝えることが本当なら、この嘆かわしい無神論によって、聴衆の間に嘲笑の波が起きたということだ。（『エマソン全集十一』二一五）

この一節を見ても、「より高い法則」という宗教上の概念が当時の政治状況を大きく揺るがしていた事実が理解できるだろう。ウェブスターのオルバニーでの演説はそうした背景を揶揄する言葉であり、エマソンはそれを「嘆かわしい無神論」と非難したのだった。

ピューリタンの倫理

『ウォールデン』の中に「より高い法則」（Higher Laws）という一章が含まれていることは周知のとおりだろうが、ここで興味深いことは奴隷制への言及がいっさい見られないことである。ソローはなぜ「より高い法則」という言葉の政治的な意味合いを知りながら、奴隷制に関する言及を避けたのか。

こうした問いに答えるヒントは、この章の後半部に示されているように思われる。というのも、ソローは後半部において、感覚的なイメージを用いて人間存在の「純粋さ」について語っているからである。「清潔さこそ人間の開花した状態」（『ウォールデン』一四七）であり、「純潔の水路が開いていれば、人間はただちに神へと流れゆくものである」（同一四七）。こうした言葉に見られるとおり、「より高い法則」に記された内容はピューリタン的な倫理と感性であった。つまりソローはマサチューセッツの精神風土を示唆することによって、間接的に、しかも根本において奴隷制を否定したと考えられないだろうか。「より高い法則」という章題によって示された政治な意図は、比喩的な表現を用いて詩的に表現されたと言えるのではないだろうか。「われわれの生活のすべては驚くほどに道徳的であり、美徳と悪徳の間には一瞬の休戦もない」(同二一八)のであり、「ピュアでないものは、けっしてピュアなものと交わることはない」のだ(同二二〇)。

「より高い法則」という章にみられる「ピュアであること」の意識的な強調は、マサチューセッツにおける宗教風土のルーツと政治的な「原則」を示す身振りであり、南部の奴隷制に象徴されるどん欲さや怠惰に対する痛烈な攻撃であったのである。興味深いのは、ソローが『ウォールデン』の「結論」においてこの作品をウォールデン湖の水の純粋さに喩え、南部の商人の不純などん欲さと対比的に描いていることである。「南部の商人は［ウォールデンの氷］が濁ってでもいるかのように、その青い色に不満を漏らすが、それこそ純粋さの証である。かれらは白い色をしたケンブリッジの氷を好むというが、そちらは水草の味がする」(同三二五)。

一八四〇年代に南部諸州を歩き奴隷制の実情を記録したフレデリック・オルムステッドは、南部の精神構造について名誉心に対する執着が顕著であり、それに対して北部に特徴的なのは「覚醒された良心」であるという興味深い分析を行なっている。[23] いわば南部が騎士道的な名誉と羞恥という道徳を基軸にした文化であるのに対し、北部は良心と罪を中心に据えた文化であると論じたのである。もしこの指摘が正しければ、ニューイングランド地方の奴隷解放思想は人々の「良心」と「罪」に訴えかけることで、いわば現状の矛盾を「エレミヤの嘆き」というレトリックで表現することで、大きな影響力と推進力を獲得したと言えるのである。

ブラウンとしてソロー

一八六〇年の夏、ソローのもとを若きウィリアム・ディーン・ハウェルズが訪れている。その時の印象についてハウェルズは、「そこにいたのは私が考えていたような、温かく実感のある、愛情のこもった敬虔な老人ではなく、いわばジョン・ブラウン的な人物であり、(中略)われわれが共感し話の糧としたのは、ジョン・ブラウンの理想であり、ジョン・ブラウンの原則であった」と回想していた。[24] こうした観点からすると、「ジョン・ブラウン」において、ソローがみずからをブラウン隊長と重ね合わせて描こうとしたことは興味深い事実であった。ソローが描くブラウン像とは、測量師の経験があり、「スパルタ人の習慣」を身につけて粗食を求め、「何よりも超絶主義者」であった（「ジョン・ブラウン」一一五）。ソローはここでブラウンとの共通点を述べようとしたのではなく、あきらかにブラウンを通してみずからの理想を語ろうとしたのだった。いわば、ソローが理想とする英雄像にブラウンを当てはめようとしたのである。その意味においてブラウンの弁護は矛盾でも謎でもなく、ソローの一貫した主張であり、みずから作り出した英雄の物語であったのである。

ソローは「市民政府」において「不当に人民を投獄する政府において、正しきひとのいる場所も、また牢獄である」（七六）と語り、さらに「マサチューセッツの奴隷制度」では「知事や市長やあまたの役人が幅を利かせる社会において、自由の英雄は投獄される」（一〇五）と述べるのだが、ブラウンがヴァージニアの刑務所に投獄される十数年前に、もうひとりの「自由の英雄」がコンコード刑務所に投獄されている。ソロー自身である。言ってみれば、ソロー自身の中にブラウンの予型が存在したと言えるのである。ソローが「ジョン・ブラウン」においてブラウンの姿に共感したのは故なきことではなく、いわばブラウンはもうひとりのソローであり、ソローはもうひとりのブラウンであったのである。

まとめ

「市民政府」の出版からちょうど十年後に講演された「ジョン・ブラウン」には矛盾どころか、その主張の一貫性が際立っていた。それは神の「より高い法則」をみずからの「良心」とし、奴隷制という悪弊に抵抗する大義と行動の「原則」を示すものであった。「抵抗」する者の論理をソローは「弁護」したのである。

ソローは「個人」のなかに「悪魔的なもの」と「神聖なもの」が「分ちがたく」共存することを見抜いていた。ソローはおのがうちにそうした二面性が混在することを意識していたであろうし、ソローがクロムウェルの「神聖な狂気」に共鳴したのも、この革命者の「原則に基づく行動」に共感したからであろう。そして十年後、ハーパーズ・フェリーの事件の直後ソローがいち早くジョン・ブラウンの弁護に立ち上がった背景には、「市民政府」において述べられクロムウェルの再評価によって確認された、「自由の英雄」の雛形がすでに存在したからであった。ブラウンの「原則に基づく行動」が「悪魔的なもの」から「神聖なもの」を完全に分ち、きわめて劇的に、そしてきわめて純粋に、その「神聖なもの」を提示する機会を、ソローはハーパーズ・フェリーの事件の中に見出したのである。

第四章　牢獄の物語

三章ではソローのジョン・ブラウン弁護に関連して奴隷解放思想に触れたが、四章ではさらにコンコード周辺で展開された奴隷解放運動に話を進めたい。その一例としてソローの投獄エピソードを取り上げ、事件の顛末を詳細にたどるとともに、このエピソードが非暴力の抵抗運動として神話化された経緯について考察してみよう。

ウォールデン湖畔に暮らし始めて一年が過ぎたある日、ソローはコンコード刑務所に一晩投獄されている。ソローの伝記においてこれほど雄弁に語られた出来事はなかっただろうし、アメリカ文学にまつわるエピソードとしてもっとも有名なもののひとつであろう。ソローはこの投獄体験をもとにコンコード・ライシーアムで講演を行ない「市民政府への反抗」を発表するのだが、のちにエッセイは「市民的不服従」とタイトルを変え、レジスタンス運動のバイブルとして世界中の読者に読まれてきた。

いわばこの投獄事件はソローの個性をめぐる物語の中心に位置していた訳だが、ここで確認しておきたいことは、ソローの入獄がけっしてソロー独自の、単独の行動ではなかったという事実である。それはむしろソローの家族や友人をも巻き込んだ社会運動の延長線上で起こった出来事であり、南北戦争前という時代の文脈においてはじめて意味をもつ行為であったのだ。この投獄事件を通して見えてくるのはソローの個性でも反骨精神でもなく、南北戦争前という時代のレトリックであったのだ。本章では当時のリベラリズム思想の展開において、ソローの「牢獄」が時代を象徴する出来事に発展した経緯について考えてみたい。

一　投獄の虚と実

コンコード刑務所

ソローの投獄事件について必ず問われる二つの疑問がある。ひとつは、ソローの釈放に際して未払いの税金を支払ったのは誰かということ。そしてもうひとつは、エマソンの訪問とそのやりとりの真相である。獄中のソローを訪ねたエマソンが「ヘンリー、なぜ君はそこにいるのかね」と問いかけたのに対して、「エマソンさん、なぜあなたはここにいないのですか」とソローが斬り返したという、あの有名な逸話の真相である。まずこの二つの疑問を糸口として、投獄エピソードの虚と実について整理しておこう。

ソローがコンコード刑務所に投獄されたのは、一八四六年七月末の夕刻のことであった。翌朝フェア・ヘイヴンの丘にコケモモ摘みに出かける心づもりであったかれは、修理に出しておいた靴を受け取りにコンコードの街中に出かけたのだった。ソローはみずから認めるように六年間人頭税を支払ってはいなかった。街中でソローを見かけた収税吏で刑務所看守のサミュエル・ステイプルズはソローを呼び止め、支払いに応じようとしないかれを刑務所へと連行した。

コンコード刑務所は当時ミドルセックス・ホテルの裏手に建っていた。もしかりにステイプルズがソローを呼び止めたのがメインストリート付近であったとすると、歩いて数分の距離に刑務所は位置していた訳である。コンコード刑務所はミドルセックス郡の刑務所であり、大理石で造られた三階建ての堅固な建物だった。(1) 幅一〇メートル、奥ゆき二〇メートル、周囲には高さ三メートルのレンガ塀が築かれ、一八の監獄が置かれていた。それぞれの監獄は縦八メートル、高さ二・六メートル、白塗りの壁に鉄格子の窓が二つ備わっていた。

以下、ソロー自身が記した刑務所の様子をここにまとめてみよう。

ソローの収監時、囚人たちは夕食後のくつろいだ時間を過ごしていた。同室に収監されていたのは納屋の放火容疑で捕らえられた男で、いつ行なわれるともしれぬ公判の日を待ちながら、特に牢獄の生活に不満を抱いている様子もなかった。男は刑務所の事情を事細かにソローに教えてくれた。白塗りの壁には逃走を企てた痕跡や囚人たちが書いたざれ唄などが残されていたが、家具らしい家具もなく、ソローに言わせると「この町で一番こぎれいな部屋」(「市民政府」八一)であった。

牢獄での一夜は、ソローにとって遠い国を旅するような経験であったらしい。あたかも中世の町を旅するような錯覚を抱きながら、ソローは異邦人の目でアメリカという国家について、あるいは社会制度やコンコードの人々の暮らしぶりについて思いを巡らした。それはまさに目からウロコが落ちるほどの体験であった。翌朝の食事はチョコレート(ココア)とパンであり、ソローがパンを残そうとすると、同室の男は昼食にとっておくようにと忠告した。その日釈放されたソローは、靴屋で修繕された靴を受け取り、半時もしないうちにフェア・ヘイヴンの丘でコケモモ摘みを楽しんでいた。

前科者ソロー

おそらくこの事件の一部始終をもっとも現実的な目で見ていたのは、ソローを投獄したステイプルズ本人であったろう。宿屋(飲み屋)の主人から身を起こし収税吏兼看守を務めていたかれは、その陽気な性格にもかかわらず、きわめて冷徹な現実主義者であった。(2) 三年前には同じ人頭税不払いでオルコットを拘束し、「ただの原則だけ」と揶揄したかれである。

さらにソローと同室に収監された男が放火容疑であるという事実もまた示唆的であった。なぜなら、ソローはその二年ほど前過失から山火事を起こして新聞沙汰になっており、[3] ソローに向けられた好ましからざる評判をステイプルズが十分に意識していたと推察されるからである。不始末から納屋を燃やした男と、山火事をひき起したソローが結びつけられたのだった。コンコード住民の多くもまた、税金の不払い、山火事の前歴というもっとも不名誉なレッテルをソローを迎えたその視線に重ねたことは想像にかたくない。

ソローが投獄された日の午後九時ごろ、ステイプルズの家にヴェールをかけたひとりの女性が現れる（叔母のマリアというのが定説である）。[4] 女性はソローの税金を置いて無言のまま立ち去るのだが、ステイプルズは再びブーツを履いて刑務所に向かうのが面倒であったらしく、ソローは牢獄で一夜を過ごす羽目になるのだった。ソローの牢獄の一夜は、いわば、ステイプルズの怠慢によってもたらされたものでもあったのだ。少なくとも現実主義者の目には、ソローの投獄はその程度の意味合いしかもたなかったのである。ステイプルズはのちにインタビューに答えて、ソローを「ジョーカー（冗談好き）であった」と回想しているが、[5] かれにはこのエピソードの一部始終が偉大なジョークにしか思えなかったのであろう。

ソローの投獄エピソードに茶番劇的な一面が含まれていたことは事実であったろう。実際事件の直後、エマソンはソローの行為を「卑怯で、姑息で、悪趣味」だと非難していた。[6] コンコード刑務所の堅牢な建物、看守ステイプルズの証言、そしてエマソン自身の当初の冷淡な反応からすると、獄中のソローをエマソンが訪問したという逸話は単なる虚構に過ぎなかった。他方において、この事件が伝説化された経緯を考えるうえで、この逸話は牢獄エピソードにまつわる重要な側面を炙り出していた。それはソローの牢獄体験が受け身の「投獄」ではなく、みずからの意思と「原則」に基づいた「入獄」（go to jail）と解釈された点である。「エマソンさん、なぜあなたはここにいないのですか」というソローの返答が形成された背景には、「投獄」か「入獄」かという、一見些末にみえる言葉のニュアンスが意義上の大きな差異となって浮かび上がるのである。エマソンの逸話はまさにそうした意義上の差異をめぐる架空の物語であったと考えられる。

さらに興味深いことは、数日後エマソンの対応が劇的に変化したことであった。当初の冷淡な態度とは裏腹にエマソンは、「私の友人ソロー君は税金を支払う代わりに入獄した。（中略）廃止論者はメキシコ戦争をさんざんに非難し、それに多くの時間を費すけれども、税金は支払うのである」（エマソン『日記七』二一九）と日記に記していたのである。当時のコンコードにおいて、ソローの投獄は奴隷制に抗議する身振りと解されたのである。ある意味では茶番であったはずのソローの投獄が、政治的な「原則」を示す「入獄」と解釈され、国家の暴力に抵抗した、時代を象徴する行動へと神話化された背景にこそわれわれは注目する必要があったのである。

二　メタファーとしての牢獄

牢獄の複数形

あきらかに、投獄のエピソードそのものとナラティヴとしての投獄事件は異なるものだった。この投獄体験は一八四八年の一月にコンコード・ライシーアムで講演され、エリザベス・ピボディの主宰する『美学雑誌』に「市民政府への反抗」というタイトルで発表されるのだが、その過程においてソローの「投獄」は「入獄」へと微妙にすり替えられていく。

そのエッセイの中でソローは牢獄の一夜について語った後、「これが私の牢獄（"My Prisons"）の一部始終である」（「市民政府」八四）と、「牢獄」を複数形で表現していた。むろんこれはイタリアの詩人シルヴィオ・ペリコからの引用だが、(7) ソローの牢獄についても複数の意味がこめられたと考えられないだろうか。すなわち、投獄事件がメディアを介して広く世に知られるなかで、コンコードの牢獄は複数の象徴的な意味合いを獲得していくのである。刑務所という制度は国家や戦争や奴隷制という「牢獄」へと変容し、さらには法律や慣習という人間の普遍的な「牢獄」へとメタファー化される。より普遍的な「牢獄」状況を浮かび上がらせることで、コンコード刑務所は逆に「非暴力の抵抗」の砦へと転じるのである。ソローの牢獄体験が神話化される過程は、つまるところ、投獄されたコンコード刑務所がメタファーに変容し、複数の象徴的な意味合いを獲得する過程でもあったのである。

「市民政府への反抗」は、内容的に大きく三つの要素から構成されている。ひとつは市民政府の性格について、二つ目は市民政府に忠誠を誓うことの意味について、そして三つ目はソローの牢獄体験とその意味合いについて、である。投獄のエピソードそのものはエッセイ全体の三分の二を過ぎたところでようやく触れられるのだが、まさにその前置きの長さによって、ソローはみずからの「入獄」が意図的で英雄的な行為であったことを強調したのである。

ソローの言うところによると、政府は民意を反映するための「便宜上の」機械でしかなく、最良の政府とはまったく統治しない政府である。その機械が大きく抑圧的になると、市民には革命を起こす権利がある。なぜなら市民政府を形成するのは多数派の暴力ではなく、市民の人格（character）であるからだ。奴隷制を維持し拡張すべくメキシコ戦争を遂行する政府に対しては、正義心と良心をもって抵抗し忠誠を拒否することこそ個人の責務である。ゆえに、私は人頭税の支払いを拒否し、殉教者の覚悟をもって「入獄」したのだ、と。

ソローの体験談が普遍化された背景には、ひとつには、このエッセイの明快な構図があったと思われる。国家権力に対して個人の良心を対置し、戦争や奴隷制といった暴力に対しては平和主義を、冷淡で無関心な多数派に対しては英雄的で革命的な行動を、それぞれ明快に対置したのであり、読者を行動に駆り立てるような政治的レトリックが駆使されたのである。「エマソンさん、なぜあなたはここにいないのですか」という伝説上の言葉を生み出すほどの修辞的な効果がこのエッセイには含まれていたのだ。

またこのエッセイにはいくつかの際立った特色がある。ひとつには宗教色がきわめて強いということ。より正確にいうと、宗教色の強い言葉が多用されているということである。そのひとつに「使命」（mission）という言葉があるが、この言葉は前にも触れたバーコヴィッチがアメリカ文化の核心をつく言葉として用いたものであった。(8) さらにこの言葉は「道徳」、「正義」、「良心」、「原則」、「より高い（神の）法則」という言葉と結びつけられている。いわばソローの入獄は、「個人の原則に基づく行動」であり、キリスト教徒としての「使命」である。奴隷制とメキシコ戦争に対して断固とした行動を起こすことこそマサチューセッツ州民の「使命」なのだ、と主張するのである。

もうひとつは、奴隷解放という政治思想に焦点が置かれていることである。マサチューセッツにおける奴隷解放運動を考慮に入れてこのエッセイを読み直すと、ソローがどのような意図をもって牢獄体験を再構築し、どのような聴衆（読者）に向けてこのエッセイを執筆しようとしたのかがより鮮明に浮かび上がってくる。

少なくとも、ソローはこのエッセイで独自の思想を語ってはいない。むしろマサチューセッツの奴隷解放運動において共有された思想の中に、みずからの牢獄体験を位置づけようとしたのである。「良心」「原則」「より高い法則」という言葉が奴隷解放運動の常套句として用いられた経緯については第三章に指摘したとおりだが、宗教色の濃いレトリックが用いられたのもマサチューセッツの宗教的な風土を考慮してのことであり、奴隷州の拡張に対抗して、マサチューセッツ州政府あるいは州民のとるべき立場を問うたものであったのだ。

南北戦争前のマサチューセッツにおける奴隷解放思想の展開に話を進める前に、ソローの牢獄体験がレジスタンスのメッセージとして劇的に脚色され、「牢獄」そのものがひとつのメタファーとして普遍化された一例をここで紹介しておこう。

『ソローが牢獄で過ごした一夜』

ソローの牢獄体験を脚本化したドラマに、ジェローム・ロレンスとロバート・リー合作の『ソローが牢獄で過ごした一夜』（*The Night Thoreau Spent in Jail* 以下『一夜』）がある。この戯曲はソローの投獄エピソードを中心として南北戦争前夜のコンコードの村の様子を描いたもので、ソローにおける非暴力のレジスタンスのメッセージをヴェトナム戦争に混迷する一九七〇年代のアメリカ社会に投げかけたものだった。

『一夜』において提示されたひとつの視点は、ソローの人生と思想を投獄エピソードを中心として再構成し表現しようと試みたことである。舞台の中央には牢獄が設えられ、場面に応じて主人公が出入りする工夫がされている。入獄シーンにしても一幕と二幕の間、つまりこの劇の中心部に置かれていた。いわばソローの牢獄体験はかれの人生の中心にあり、人生を二分するほどの重要性があったという解釈が示されているのである。この脚本の「まえがき」において、アラン・ウッズは次のように述べている。

牢獄の一夜は、このきわめて敏感な人物にとって神秘的な体験であった。投獄によってかれは本当の自分というものを、つまり過去から未来へとつづく自己の経験の集積というものを思索する自由を獲得した。その体験は恍惚であり情熱であり、ひとつの啓示でもあったが、同時に夕暮れから夜明けに至る時間の流れに集約されたかれの人生そのものだった。(9)

ウッズの解釈によると、ソローは牢獄において逆説的に「自由」を獲得し、「自分というもの」の思索を深め「人生そのもの」を体験した。それはかれの人生を要約する体験であったというのだ。

むろん、この解釈はソローの人生における牢獄体験そのものの重要性を示したものではなく、牢獄というメタファーの重要性を示したものだった。牢獄という舞台設定によって自由と束縛というテーマがソローの思想の核心にあることを提示したのである。さらにメタファーとしての牢獄は、自由の追求という意味合いにおいて、奴隷解放というもうひとつのメタファーと結びついていた。ソローの入獄が伝記的な事実において奴隷解放運動と密接に関連していたことは事実だろうが、さらに重要なことは、牢獄にしてもまた奴隷制にしても、それは自由の追求というソロー自身のテーマを明確化するメタファーとなっていた事実である。

コケモモとタバコ

投獄体験をひとつのナラティヴとして読もうとするとき、釈放されたソローがフェア・ヘイヴンの丘にコケモモを摘みに出かけたという語りの構図もきわめて示唆的であり、象徴的な意味合いを含んでいた。なぜならそれは自由と束縛、都会と自然、世俗と超越というソロー自身の思想の核となる部分を象徴的に捉えた図式であったからである。それはアメリカ社会という「牢獄」から「美しい聖地」（フェア・ヘイヴン）へのアレゴリカルな旅であった。

フェア・ヘイヴンはウォールデン湖の南西一マイルに位置しており、この地域はソローがもっとも愛しイギリスのロマン派詩人にちなんで「私の湖水地方」（『ウォールデン』一九七）と名づけた場所だった。ソローが「歩行」においで語るように、西の方角には自由な精神と野性を連想させる「地上の楽園」（「歩行」七一）が存在したのだが、その方角にフェア・ヘイヴンの丘が位置していたのである。

さらにコケモモという果実についても、ソローは特別な感情を抱いていた。(10) 特にソローの牢獄体験との関連でいえば、ソローがこの野生の果実を奴隷制によって支えられたタバコ栽培と対比して描いたことは注目に価する。

この果実（コケモモ）はこの辺りで野生に生い茂った――健全で、豊かで、自由な――本当の神の食物なのである。しかし、人間という愚かな輩は奴隷制やその他もろもろの愚策を考案しタバコ栽培に専念している。果てしない苦痛と暴力を強いながら一生涯タバコを栽培し、コケモモのかわりに主要産物としているのである。（「コケモモ」一八七）

エマソンはソローの死に際して「コケモモ摘みの隊長」（『エマソン全集十』四四八）で終わったと皮肉をこめて語ったのだが、ソローにしてみればフェア・ヘイブンの丘でコケモモを摘むという行為はどんな人生の野望や大志よりも重要な体験であったのだろう。コンコードの牢獄から解放されフェア・ヘイヴンの丘にコケモモを摘みに出かけるという語りの構図は、伝記的な事実に基づくものでありながら、こうした複数の象徴的な意味合いを内包していたと考えることができるのである。

ソローの投獄事件は、ある意味では「悪趣味な」茶番であったにちがいない。しかしその茶番的な事件が「原則」を示す英雄的な行為と解釈され、レジスタンス精神のひとつの典型として伝説化された背景には、奴隷制という根本的な矛盾を抱えるアメリカ社会の情況と、当時マサチューセッツにおいて展開されつつあった奴隷解放思想が密接に関連していたのである。

三　奴隷解放のレトリック

コンコード婦人部

ソロー入獄のニュースに興奮したのは、おそらくエマソンではなくコンコード婦人部ではなかったろうか。実際婦人部はソロー入獄の数日後、奴隷制に反対する年次集会をウォールデンの小屋の前で開いていた。[11]たとえソローの入獄が不意の出来事であったとしても、それはコンコードの住人たちのこうした政治活動と結びつけられ、集団的（コミュナル）な実践へと発展していくのである。「エマソンさん、なぜあなたはここにいないのですか」という返答はソローの孤高の反骨精神を示したものではなく、むしろその背後にある奴隷解放思想と、その運動の集団性を示したものに過ぎなかった。キリスト教徒としてなぜあなたはここにいないのか。なぜ「原則」を示す行動をとらないのか。そうした集団性を意味したものであったのだ。ニューイングランド地方において、奴隷解放思想がおもに家族や肉親関係を中心として共有され展開されたのも、そうした運動が宗教上の原則と密接に関連していたからである。

一八四〇年代、マサチューセッツで展開された奴隷解放運動について概観しておこう。まず身近なところから始めると、ソローの母シンシアは奴隷制反対コンコード婦人部のもっとも活動的なメンバーのひとりであった。いやシンシアばかりか、父ジョン、それに叔母や姉妹を含んだソロー一家が熱心な奴隷制反対論者であったのである。実際、コンコードはニューイングランド地方における奴隷解放運動のひとつの拠点であった。ジョン・ブラウンがコンコードを二度訪問したことは三章で触れたとおりだが、ブラウンがカンザスにおけるゲリラ活動の支援を募る目的でコンコードを訪れたのも、コンコードが奴隷解放運動のひとつの中心と見なされていたからである。

コンコードに奴隷制反対婦人部が結成されたのは一八三七年のことだった。[12] 廃止論者のグリムカ姉妹が講演に訪れたことが直接のきっかけとなったのだが、当時ソロー家に寄宿していたウォード夫人と娘のプルーデンスらが中心となって会の創設を呼びかけ、その影響下、シンシアや姉たち、エマソンの妻リディアンなどが婦人部に加わったのだった。当初六一名であったメンバーも数年のうちに百名を超え、ニューイングランド地方における奴隷制廃止運動のもっとも活動的な集団となっていた。会の活動の中心は裁縫のボランティア、バザーによる資金集めなど、慈善活動の一環として行なわれたものであったが、コンコード周辺における集会や請願活動のお膳立てをし、解放運動を先導したのはコンコード婦人部であったのである。

サンドラ・ペトルリオニスは、一八四〇年代から五〇年代における婦人部の活動をメアリー・ブルックスという人物に焦点をあてて検証している。[13] ペトルリオニスのおもな関心は、奴隷解放運動をめぐるソローやエマソンの行動と婦人部の関わりを描き出すことであったのだが、一八四四年エマソンを記念集会にかつぎ出し「西インド諸島における奴隷解放」という講演を行わせたのも、またソローの投獄事件の数日後ウォールデンの小屋の前で記念集会を開催したのも婦人部であったのである。

奴隷解放運動における婦人部の位置づけを考える際に重要なことは、ソローやエマソンらの知識人と、ギャリソンやウェンデル・フィリップスらの過激な廃止論者との橋渡しをした事実であった。ソローはウォールデンの小屋で逃亡奴隷をほう助したのかという「謎」にもペトルリオニスは言及しているが、決定的な証拠のないこの論争がおのずとあぶり出したものは、ウォールデンという文学的な聖域も社会から弧絶した真空地帯ではなく、時代の縦糸と横糸が交差したもうひとつの政治的なトポスに過ぎなかったという事実である。

ニューイングランド地方における様々な社会改革運動を考える際に大切なことは、それらの活動が二〇年代から三〇年代にかけて展開された宗教的な覚醒運動の延長線上で起こっていたことである。(14) 奴隷制反対思想を先導した者の多くが牧師や熱心なキリスト教徒であったし、その活動の手法も文書やビラによって牧師や教区員を啓発し、連邦議会に請願書を送付するという手合いのものが多かった。そうしたキリスト教徒にとって奴隷制の問題はあくまでも道徳上の問題であり、経済性に対して道徳性の優位を主張したところにニューイングランドにおける奴隷解放運動の特色があったと言える。いわば富の蓄積に対して魂の優位性を主張する、「アメリカのエレミヤの嘆き」が奴隷解放の言説にも色濃く表われていたのである。

ギャリソンの思想

ニューイングランド地方に奴隷制反対協会が創設されたのは一八三二年であった。その背景にはイギリスにおいて奴隷解放の機運が高まり、キリスト教人道主義と結びつくかたちでリベラリズム思想が共有されたことが挙げられるだろう。その影響下、ニューイングランド地方において奴隷制廃止論を先導したのがウィリアム・ロイド・ギャリソンである。

ソローやエマソンが、奴隷制にかぎらず、一連の社会改革運動に対して一線を画していたのは事実であったろう。(15) いっぽう、ペトルリオニスによるコンコード婦人部の活動の検証からもわかるように、ソローやエマソンの立場とギャリソンを中心とする過激な廃止論者の主張とは、一般に考えられているほど大きく隔たるものではなかった。その根底には奴隷制を政治的な問題としてではなく、個人の宗教的・道徳的な問題として捉えようとしたニューイングランドの精神風土があったと言える。実際ソローは過激な廃止論者ウェンデル・フィリップスをコンコードに招いて講演を依頼しているし、ソロー自身、一八五四年の七月四日フラミンガムで開催された廃止論者の集会での講演に応じていたのである。「一八五〇年の妥協」（逃亡奴隷法）の承認によって、南北の政治的な妥協を計ろうとしたダニエル・ウェブスターに対し、ギャリソンばかりかエマソンやソローがきびしく非難した事実は今さら持ち出す必要もないだろう。

ギャリソンの主張はおもに三点である。ひとつは、平和的な手段による奴隷制の即時撤廃、解放された黒人の地位の向上と平等の保証、さらには黒人をアフリカへ送還するコロニゼーション活動に対して、偽善的な人種差別とみなし反対の立場をとったことであった。[16] ギャリソンの主張を特徴づけたのは、内容自体よりも過激な主張のスタイルであり、妥協や矛盾を許さない、その熱狂的なレトリックにあったと言えるだろう。フラミンガムの集会において、ギャリソンが連邦憲法を焼き捨てた行為はそうした主張の特質を的確に示していた。ギャリソンらの廃止論者がしばしば黒人暴動の煽動家と見なされ人種混交の推進者として糾弾されたのも、そうした過激な主張のスタイルによるものだったと考えられる。

一八三〇年代から四〇年代にかけての奴隷制反対思想は大きく二つに分けられる。ひとつは、ギャリソンを中心とした廃止論者の主張であり、奴隷制の即時撤廃と全面的な解放を主張した。こうした過激な「急進派」の主張に対して、「段階派」と呼ばれた解放論者の多くは、原則的には奴隷制に反対しつつも、社会の秩序を攪乱するような廃止論者の主張には懐疑的であった。むしろギャリソンらの廃止論者は少数派であり異端であって、言論的にもっぱら優勢であったのは「段階派」の穏健な、ある意味では日和見的な主張であった。かれらにとって奴隷制は社会悪でありながら、キリスト教人道精神による世論の高まりと黒人奴隷の自立によって、漸次的に解決すべき問題であったのだ。そうした穏健派の主張をリードした指導者のひとりが、ユニテリアン派の牧師であるウィリアム・エラリー・チャニングであった。

チャニングの思想

一八四〇年代の奴隷解放思想に大きな影響を及ぼした著作にチャニングの「奴隷制」(一八三五)がある。「神の似姿」などの説教で知られ、超絶主義思想の先駆者と見なされたチャニングは、奴隷制に対しても強い関心を抱き、早い時期から積極的な発言を続けていた。エマソンやソローをはじめ、超絶主義者の思想の拠り所となったのがチャニングの「奴隷制」であった。

ニューイングランドの奴隷解放思想において、「プリンシプル」という言葉が特異なニュアンスで用いられた事実については三章で指摘したとおりだが、この「プリンシプル」という言葉をもっとも早い時期に、もっとも効果的に用いたのもチャニングの「奴隷制」であった。チャニングによると、奴隷制は「自由、道徳、宗教の第一原則(プリンシプル)に関する問題」(『チャニング著作集二』一三九)であり、その主張の核心は「すべてをなくしたとしても、われわれの原則(プリンシプル)と権利だけは放棄してはならぬ」(同一四六)というものだった。

チャニングの思想を特徴づけたのは、キリスト教的人道主義であり、その哲学性であった。人間の精神が「神の似姿」として神性を宿しているとするなら、奴隷制は黒人奴隷の知性と道徳性を蹂躙するものであるばかりか、奴隷主の精神生活を深く汚辱するものでもあった。チャニングにとって奴隷制は経済システムの問題ではなく、まず「道徳的な問題」として存在した。いわば経済性(金銭欲)に対して「自由」「正義」という道徳的な原則を主張し、宗教心の純粋さを強調するレトリック、つまりピューリタンの伝統に根ざした「エレミヤの嘆き」的な主張が奴隷解放という時代のトピックを借りて表現されたと言えるだろう。奴隷制に妥協し経済性を優先することは、「われわれの父祖や子孫に対する忠誠心、あるいはわれわれの原則と神に対する忠誠心を侵す」(同一四三)ことであり、「長らく自由の民によって歩まれてきたニューイングランドの地」(同一四二)を「堕落した息子の足跡」(同一四二)によって汚すことでもあったのだ。

いっぽう、チャニングの原則論には穏健派の巧妙なレトリックが隠されていた。奴隷制が「道徳的な問題」であるとしたら、その解決策も道徳的な手法によるものでなければならなかった。奴隷制はあくまでも南部の奴隷主の心の問題であり、北部の活動家が武力や煽動によって改革や反乱を煽るような問題ではなかったのだ。「一般論や原則というものは、遠くから示唆されるべきであって、それを実行に移すのは、奴隷制という悪が実際に存在するその地域の人々によって考えられなければならないのである」(同一〇七)。四〇年代におけるソローやエマソンの立場もこうした「道徳的説得」(moral suation)に依拠していたのである。こうした事実が「市民政府」の歯切れの悪さの背景にある。

逃亡奴隷法

ここでもう一点確認しておくべきことは、エマソンやソローらの「穏健派」の反対論者の考えは、「一八五〇年の妥協」によって規定された逃亡奴隷法を境として劇的に変化することである。四〇年代にはあくまで南部の奴隷主の道徳的な問題であると考えられた奴隷制度が、逃亡奴隷法の強化によって「マサチューセッツの奴隷制度」に転じたことに対し反対論者は強く反発したのだった。すなわち奴隷制をめぐって南部の政治権力が北部にまで浸透することに危機感を抱いたのである。そしてその矛先は「一八五〇年の妥協」を容認した、マサチューセッツ州選出の議員ダニエル・ウェブスターに向けられたのである。エマソンが「逃亡奴隷法」という講演においてウェブスターを厳しく糾弾し、この法律を「四つ足の法律」(『エマソン全集十一』二一四)と斬り捨てたのは、まさにそうした経緯が背景にあったからである。

いっぽう、逃亡奴隷法の施行をめぐりコンコード周辺おいて抜き差しならぬ事態が進行していた。この法律の新たな発令にともない、身近なところで黒人が相次いで拘束されていたからである。ボストンでは一八五一年二月にシャドラックの拘束事件が起こり、三月にはトーマス・シムズがジョージアに強制送還され、鞭打ちの刑に処されている。

五四年五月には、ソローを激怒させたアンソニー・バーンズの拘束事件が起こり、マサチューセッツにおける奴隷制反対運動を激化させた。(17)ソローの家族と逃亡奴隷のかかわりについてはすでにいくつかの証言が残されている。その中でも有名なのが、ソローがヘンリー・ウィリアムズという奴隷の逃亡をほう助したエピソードである。一八五一年九月三〇日、ボストンから逃走してきたウィリアムズをソローは自宅にかくまい、翌日列車の切符を与えてカナダへと逃亡させている。このことに深く感謝したウィリアムズは、のちにソローのもとへアンクル・トムの彫像を送り届けたという。(18)

五二年以降に大きく改稿された『ウォールデン』の後半部には、「昔の住人、冬の訪問者」(Former Inhabitants; and Winter Visitors) という章が含まれている。そこにはケイトー・イングラハム、ジルファ、ブリスター・フリーマンという三人の黒人先住者の短い伝記が記されており、黒人の生活の困難さと悲劇性、あるいはそうした生き様への深い共感が示されている。いわば、これはソロー流の墓碑銘であった。第一章に触れたとおり、コンコードの中心部の丘の墓地にはジャックという黒人の墓が置かれ碑文の詩が刻まれていたのだが、ソローはそうした慣習を意識して黒人先住者の記述をしたのである。ジルファについて書かれた「彼女は辛い人生を過ごした、ある意味では非人間的な人生であった」(『ウォールデン』二五七) というくだりにソローの共感を読み取ることもできるだろうし、黒人奴隷の人生を「語る」行為そのものに、重要な同時代的な意味合いがあったとも言えるだろう。

というのも、四五年に刊行された『フレデリック・ダグラスの伝記』が知識人や人道主義者らに覚醒作用をもたらしたのは事実であり、五二年に出版されたストウ夫人の『アンクル・トムの小屋』がベストセラーとなり、奴隷制をめぐる論議を激化させていたからである。ニューイングランド地方における奴隷解放思想という文脈で考えると、ダグラスの伝記もストウ夫人の家庭小説も、キリスト教徒の良心を論理の核として、教会や富裕層の偽善と冷酷さを暴き出した点において共通していた。ソローの「市民政府」と同様に、ニューイングランドにおける宗教的な風土と歴史的な起源に訴えることで、政治的な推進力を獲得したのである。

四　リベラリズムの進展

牢獄としての国家

これまで、ニューイングランドにおける奴隷解放思想を背景として、ソローの投獄事件が「原則に基づく行動」へと神話化された経緯をたどってきた。ロレンスとリーの脚本が示したように、ソローは牢獄において自由の契機を見出したのであり、むしろ国家という「牢獄」に拘束され隷属状態にある、人々の普遍的な情況を逆照射したのだった。コンコード刑務所は、いつしか非暴力の抵抗のための「自由の砦」へと変容した。

アメリカという国家は自由と平等という原則に基づいて建国されながら、その内実は奴隷制を抱えメキシコ戦争という侵略戦争を遂行していた。こうした国家において個人の自由と尊厳は抑圧され、その意味で国民すべてが囚人と化したのだった。ソローが「マサチューセッツの奴隷制度」において糾弾したとおり、独立戦争は三百万人民の自由を勝ち取る戦いでありながら、同時に三百万の奴隷を生み出した戦いであり、その記念日を祝うことは囚人みずからが牢獄の中から祝うことに等しかったのである。

もし刑務所の囚人がその祝砲の火薬を募金によって寄付したとしよう。看守を雇って点火させ、祝いの鐘を鳴らして鎧戸の中から楽しんでいるとしたら、これほど滑稽なことがあるだろうか。(「マサチューセッツ」九五)

ここで注目すべきことは、奴隷解放というリベラリズムの思潮において、ソローの「牢獄」がきわめて重要な位置を獲得したことである。いわば奴隷制という政治的な問題が「牢獄」としてメタファー化される契機をソローは時代に与えたのであった。リベラリズムの浸透によってあらゆる社会の権威や制度が相対化されるなかで、個人の自由を制約する制度は「牢獄」や「奴隷制」としてイメージ化される想像力の基盤が築かれつつあったと言えないか。そしてソローの入獄というパーフォーマンスが、リベラリズムという時代思潮を象徴的に体現したと言えるのではないだろうか。それはソローの政治思想の性質を問うものではなく、むしろソローの実践が時代精神にひとつの表現を与え、自由と束縛という普遍的なメタファーとして顕在化したという意味においてであった。ソローの「牢獄」が後世において神話化され政治的実践の拠り所とされたのも、こうした経緯があったことを確認しておく必要がある。

自己解放の構図

『ウォールデン』において精神の解放ということが主要なテーマであったことは言をまたない。ソローはウォールデン湖畔で暮らし始めてまもなく、一八四五年七月六日の日記のなかに「自己解放」(“self-emancipation”)という言葉を記していた。ソローはまず「私は人生の事実、その決定的な事実に直面したい」(『日記一』一五六)と『ウォールデン』の主張につらなる言葉を述べた後でこう続けている。

> 不思議に思うのだが、われわれは黒人奴隷という卑劣な制度を気にかけるほど不真面目であっていいのだろうか。なぜなら、北部と南部の両方を隷属させる抜け目のない、狡猾な奴隷監督があまたいるからである。人間の内なる西インド諸島、つまり、海を隔てた領土ではなく、個人の思考と想像力の領域において自己を解放すること。解放されたひとつの心と知性——それが百万の奴隷の足枷を外すことになるのだ。(同一五六)

この日記の一節は『ウォールデン』の第一章「経済」に組み入れられるのだが、この『ウォールデン』の根幹をなす主張のなかに、奴隷制度をめぐる二つの重要な示唆が含まれていた。ひとつは、この発言が四〇年代における穏健派の思想を明確に示していたことである。チャニングらによって主張された奴隷制の問題は、個人の良心の目覚めによって漸次的に解決されるという「道徳的説得」の立場に立つ発言であったことである。

もう一点は、「自己解放」というソローの造語は、「奴隷解放」(emancipation) という言葉をもじって造られたものであったということ。つまり、奴隷解放という政治的な問題を意図的にずらして、自己の内面の解放に焦点を当てたということである。それは奴隷制が人間の普遍的な情況としてメタファー化された瞬間であった。ソローに言わせると、「この比較的自由な国においてさえ」(『ウォールデン』六) 農夫は農奴となり、住民は懺悔をくり返し、「牢獄ゆきの犯罪」(同七) まがいの取引を行なっている。なぜなら、住民自身が「おのれの奴隷の親分」(同七) となり、「自分に対する意見の奴隷となり囚人」(同七) となっていたからである。

『ウォールデン』の出版とほぼ同時期に講演された「原則のない生活」において、ソローは「政治的な自由」と「精神の自由」を対比的に語っていた。

アメリカは自由の戦いが繰り広げられる戦場だと言われる。しかしそこに意味されたものは、たんに政治上の自由のみではないだろう。アメリカが政治的な独裁者から解放されたことは認めるとしても、いまだに経済的な、あるいは精神的な独裁者の奴隷になってはいないだろうか。(中略) われわれはこの地を自由の地とよべるだろうか。ジョージ王から解放されたとしても、「偏見」という君主の奴隷であるということはどういうことなのだろうか。自由の身にうまれながら、自由に生きられないということはどういうことなのか。もし政治的な自由が精神的な自由を導かないとすれば、その価値とは何なのか。われわれが自慢しているのは、奴隷になる自由なのか、それとも自由になる自由なのか。われわれの大勢が政治屋で、自由の外堀の防衛ばかりを気にかけている。おそらく本当の意味で自由になるのは、われわれの子供の、そのまた子供の世代であろうか。われわれは不当な強制を受けている。にもかかわらず、われわれの一部は表現されないままである。つまり、代表なき課税である。(「原

則のない生活」一七四）

「原則のない生活」においてソローが問題としたのは、「外なる障害」（『日記二』二六二）としての制度ではなく、むしろ「内なる障害」としての制度であった。精神の自由に対して大きな障害となるのは、多くの場合市民が「偏見という王様の奴隷」となり「あらゆる種類の奴隷制度」（「ジョン・ブラウン」一二〇）に囚われている事実であった。「真理の風が吹き込まないところには制度がはびこる」（「原則のない生活」一七七）のであり、究極的な自由を求める精神にとって習慣や因習さえ「牢獄」である、とソローは主張した。

この世の中で、声を出して物事を考えられるほど博識で、かつ本当にリベラルな知識人を私はひとりも知らない。話し相手に選んだ者の大半は、すぐにある制度の前に立ち止まってそこから動こうとはしない――その組織の株でも持っているのかもしれない――決まりきった、けっして普遍的ではない、物の見方しかできないのである。何も遮るもののない空を眺めようとしているときに、かれらはつねに低い廂を押しつけ、隙間ばかりの日の光しか入れようとはしないのだ。蜘蛛の巣を拭き去れ、窓を洗え、と私は言いたい。（「原則のない生活」一六七―八）

「思考と想像力の領域」において自己を解放するということ、こうした「精神的な改革」（『ウォールデン』六一）こそあらゆる社会改革の基盤と考えられたのである。

時代の精神

アメリカにおける自由主義思想の源泉がピューリタニズムの伝統の中に存在していたことはしばしば指摘されてきた。[19] ルターによって導かれた自由神学の流れは、あらゆる世俗的な権威や制度というものを否定し、神との合一を求めたという点において、アメリカにおける個人主義とリベラリズムの源泉となったのである。

この宗教的なリベラリズムは、一八世紀には理神論として、また一九世紀にはユニテリアニズムという宗派の中に継承され、カルヴィニズムという厳格な教義の伝統から個人を解放していくことになるのだが、その極左にエマソンを中心とする超絶主義という宗教哲学が位置していたことは確認しておく必要がある。そしてこの宗教的な自由主義の流れは、奴隷制反対運動等の政治的なリベラリズム思想と密接に関連し連動していた。

この自由主義思潮は一九世紀の前半において急速に進展する。参政権の拡大、知事や裁判官を含めた官職の民主化、奴隷制反対運動、女権運動など、既存の秩序と制度が相対化され、改革の波に曝されたのである。[20] むろんこうした政治的なリベラリズムの進展は、当時の拡張する時代精神とも無縁ではなかった。拡張する領土と西部開拓、機械化される産業、鉄道を中心とする流通網の整備と市場の拡大、労働力としての移民の流入、出版技術の改良と教育の普及など、アメリカ社会は一九世紀前半において急速に進展し拡大した。[21] そうした経済的な基盤の向上がアメリカにおけるリベラリズムの浸透をおおきく推進したことは疑問の余地がなかろう。

エマソンが獄中のソローを訪問したというあの有名な挿話は、おそらく歴史的な事実に基づくものではなかった。しかしこうした神話を創り上げ信憑性を付与したものは、リベラリズムという当時の時代精神であったことは間違いのない事実であろう。「牢獄」と化した社会において「正しき人のいる場所もまた牢獄である」とソローが主張し、エマソンをして、信ずる人のためならば「私も入獄する」（『エマソン全集二』五三）と言わしめたものも、自由主義思潮という当時の時代精神にほかならなかった。アメリカン・ルネッサンスとよばれる、ソローと同時代に活躍した作家たちは、それぞれの文学においてこうした時代精神を反映させ、個人の自由と束縛という主題を共通して表現した。そして〈牢獄〉あるいは〈囚われた精神〉というモチーフは、アメリカン・ルネッサンスの作家たちに共通する文学的特色となったのである。

五　文学の中の牢獄

「解放する神」

「自己解放」という『ウォールデン』の主張は、超絶主義という思想の枠組みのなかで構想されたものだった。超絶主義思想の代表的著作として知られるエマソンの『自然』では、物質界の経験のかなたに神の法則を直観し魂を解放することの必要性が述べられている。逆の見方をすれば、エマソンは物質的な世界観の限界を指摘したのであり、人間の精神はつねに身体的な経験と感覚のなかに封じ込められた、囚われの状態にあることを示唆したのだった。「逃亡奴隷法」というエッセイにおいて、エマソンが「私の精神もまた牢獄に囚われている。私のほかには訪ねる者のいない内奥の牢獄である」(『エマソン全集十一』二〇五)と述べたことはきわめて示唆的であった。

一八三〇年代から四〇年代にかけてのエマソンの演説が、社会の制度に対する自己の解放を目ざしたものであることは明らかだった。一八三八年ハーヴァード神学校で行なわれた講演「神学部講演」では、宗教的な儀式や制度から魂を解放することが述べられており、「自己信頼」では個人の精神の自由と「死んだ制度」との基本的な対立構造が示されている。人はあたかも「自分の意識によって牢獄に封じ込められたような状態」(『エマソン全集二』五一)にあり、自分の属する集団の「服役服」(同五六)を身にまとっているのである。そうした世界においては詩人こそ新たなヴィジョンを幻視する存在であり、人間の精神を「解放する神」(『エマソン全集三』三三)だと述べられる。

この解放をわれわれが尊く思うのにはそれなりの理由がある。(中略)いかなる思想もまた牢獄であり、いかなる天国もまた牢獄である。よって、われわれは詩人を愛するのである。というのも、この発明家は詩句であれ行動においてであれ、外見であれ、その行ないにおいてであれ、いかなる形においても、新たな思想をわれわれにもたらしてくれるからである。詩人はわれわれの鎖を解き、新たな情景を垣間みさせてくれるのである。(同二六―二七)

エマソンの詩人論に深い影響を受け、その思想を詩的表現に結実させたのがウォルト・ホイットマンである。オルコットとともにニューヨークにホイットマンを訪ねたソローは、ホイットマンを「もっとも偉大な民主主義者」と見なしたのだった。[22] あらゆる制度や教義をいったん棚上げにして、束縛されない「自然」を謳い上げた詩人の姿に、ソローやエマソンとの共通性を見出すこともできるだろう。

信条も学派も停止せよ
しばらく立ち退いてもらうが、けっして忘れ去られることはない。
私は善も悪も抱擁し、危険をおかしても口にしようと思うのだ、
制止されない根源的な力をもつ自然を。(「草の葉」一〇―一三行)[23]

ホイットマンの詩集『草の葉』のなかに、アメリカにおけるリベラリズムの極北を見ることは難しいことではない。周知のとおり、詩人はこの詩集において、抑圧され沈黙させられたあらゆるものの「声」を代弁し、その生命と権利を讃歌しようとした。いわば、ホイットマンの「詩人」みずからが「解放する神」となり、アメリカ合衆国を一篇の詩に謳い上げたのだった。女性や黒人奴隷という、政治的に抑圧された者たちばかりではなく、病人や囚人や売春婦、あるいは肉体や生殖器、小さな昆虫の「声」までもが謳歌されたのである。

私を通して、長い間沈黙させられた多くの声が聴こえる、
囚人と奴隷の果てしない世代の声が、
病んだもの、絶望したもの、盗人や小人の声が、
円環する準備と生殖の声が、
星々をつなぐ絹糸の、子宮と愛液の声が、
踏みにじられた者たちの権利の声が、
奇形の、つまらぬ、単純で馬鹿な、軽蔑された者たちの声が、
立ちこめた霧、糞をころがす甲虫の声が。(『草の葉』五〇八―一五行)

小さな甲虫の「声」に耳を傾ける詩人の姿に、「自然の権利」の主張というリベラリズムの究極的な展開を見ることは難しいことではないし、時代を先取りした環境思想を見出すこともできるだろう。(24) こうした詩的精神に対して、あらゆる制度や因習が「牢獄」としてイメージ化されたとしても不思議ではない。

『草の葉』には「牢獄の歌手」("The Singer in the Prison")という短詩が含まれている。ニューヨークのシング・シング刑務所にパリーパ・ローザという歌手が慰問に訪れた様子を描いた詩だが、(25) そこに「謳う」ことを使命とした詩人自身の姿を重ね合わせることも可能だろう。そのテーマは文字どおり「囚われた魂」("a convict soul")の解放であり、「牢獄の歌手」という表題そのものがアレゴリカルな意味合いを内包していた。

ああ、悲しみと屈辱と嘆きの光景よ
ああ、恐ろしい想い――囚われた魂よ

そのリフレインは廊下に、牢獄に響き
天井にあがり、空に昇った。
これまで耳にしたこともないような
悲しく、甘く、力強いメロディの洪水が押し寄せた、
その調べは遠くにいた監視員に届き、
銃を携えた番兵は足を止め、
恍惚と畏怖の感情から、
かれらの胸の鼓動をとめたのだ。（一―七行）

パリーパ・ローザの歌声がそうであったように、ホイットマンの謳う詩は「いままで耳にしたことのない」新たな思想を語り、聴く者の心を「恍惚」と「畏怖」の思いに満たし、「囚われた魂」を解放しようとするものであったのだ。

心の地下牢

もし「囚われた魂」の解放を謳うのがホイットマンであったとすると、その囚われの心理を無意識の領域に探り、悲劇的な因果を描こうとしたのがナサニエル・ホーソーンであろう。ホーソーンには「憑かれた心」（"The Haunted Mind"）という短編があり、そこで人間の心は「牢獄」に喩えられた。

われわれは誰も心の底に墓場と地下牢を抱えている。ただ、われわれはその存在を明るさと音楽とばか騒ぎによって忘れ去り、その下に埋葬された死体や囚人に気づきもしない。時として、しばしば真夜中に、その暗い牢獄の扉は開かれる。（「憑かれた心」三〇六）[26]

この心の「地下牢」に封じ込められた「囚人」とは、「悲しみ」や「希望」や「失望」といった人間の情念であり、抑圧された心理の葛藤こそホーソーン文学の主題にほかならなかった。人間の心を抑圧するのは社会制度や因習ばかりではなく、多くの場合、プロテスタンティズムを背景とした罪の意識、あるいは良心の呵責といった、自己の内側の過剰な自意識によるものであった。ホーソーンは、こうした抑圧され硬直化した人間の心をしばしば地下牢や墓場のイメージを用いて描いたのである。(27)

周知のとおり、『緋文字』の冒頭は、主人公ヘスターが牢獄から登場する場面から始まっている。緋文字のAとともに、牢獄そのものがピューリタンの厳しい戒律と因習を象徴する換喩となっていたことは明らかであり、自由と抑圧というテーマがこの作品の重要な主題であることは言をまたない。自由と束縛という主題はしばしば光と影、社会と森、罪と贖罪という二重性のイメージへと置換されるのだが、ヘスターは森という、社会の論理を超えた世界から「制度」という「牢獄」を振り返る。

彼女は、掟も案内人もなく、道徳的な荒野へと迷い出た。(中略)彼女の知性と心は荒れた大地に親和し、インディアンのように森の中を自由に彷徨った。この数年間というもの、彼女は制度という制度、つまり牧師たちが築いた律法を外側から観察し、その法衣や帯、拷問台、断頭台、暖炉、あるいは教会に対してさえ、インディアンと同様につゆも敬意を払わずに、あらゆる物事を批判的に見つめてきたのだった。その宿命と人生の成り行きが彼女を自由にしたのであった。(『緋文字』一九九)(28)

こうしたヘスターの生き方に、制度という制度に反抗しインディアンの生活様式に親近感を抱いたソローの主張を重ね合わせることも不可能ではないだろう。いっぽうソローが現実の制度に正面から抵抗したのに対して、ヘスターのそれは内なる寓意的な葛藤として体験され、内面のドラマとして表現されたのである。ヘスターとの邂逅によって一時的に自由を回復するディムズデールの心理を、ホーソーンが「心の地下牢から逃れたばかりの囚人」(『緋文字』二〇一)と描き出したことは、この作家の主題の所在を明確に示していた。

ホーソーンと親交のあったハーマン・メルヴィルもまた、「囚われた魂」という主題に関心を寄せた作家であった。ホーソーンの懐疑主義とロマンス様式を受け継ぎながら、メルヴィルは主人公の心の葛藤を神話的次元にまで高めて表現しようとした。メルヴィルはエイハブという「囚われた魂」を、縛られた巨人プロメテウスに比較する。

神の御恵みを、船長よ。汝の思考が汝のなかにおぞましい魔物を生み出したのだ。その苛烈なる思考がお前をひとりのプロメテウスにし、禿鷲が永遠にお前の心臓を貪り喰うのだ。そしてその禿鷲こそお前が創り出した魔物なのだ。(『白鯨』二〇二)[29]

人類に火を授けた罪によって岩山の鎖に縛られ、永久にその内臓を禿鷲に食われた巨人プロメテウス。白鯨への復讐心によって偏執狂と化したエイハブはもう一人のプロメテウスであり、魂を縛る鎖も禿鷲もエイハブ自身の自意識と葛藤によって創り上げられたものだったのである。

エイハブにとってモービー・ディックはもはや一匹の鯨ではなく、この世の悪のすべてを象徴する存在となり、目の前に立ちはだかる「壁」であった。「目に見えるものはボール紙の仮面に過ぎぬ」(同一六四)と考えるエイハブは、その「仮面」の背後に潜む悪の所在を確かめて、それを破壊しない限り「囚人」でありつづけることしかできなかったのである。

もし撃つ気があるというなら、その仮面を打ち抜くのだ。壁を打ち抜かないで、囚人はどうやって外に出るというのだ。オレにとって、あの白鯨こそ眼前に立ちはだかる壁なのだ。（中略）神の冒涜だと。もし太陽が冒涜すれば、オレは太陽にでも撃ちかかるのだ。（『白鯨』一六四）

メルヴィルの作品には囚人や「囚われた魂」が多く登場する。(30) 処女作『タイピー』以来、個人の自由意志と宿命との葛藤がメルヴィルの主要なテーマであったと言っても過言ではなかろう。『タイピー』の主人公トンモは食人種タイピー族によって囚われの身となって脱走を計り、続く『オムー』もまた拘禁からの逃走の物語である。『白鯨』に続く『ピエール』では主人公ピエールが刑務所で自害する。直後に書かれた「バートルビー」という短編では主人公は刑務所の壁を見つめながら死に、遺作『ビリー・バッド』において主人公ビリーは船倉で囚われの身となり、ヴィア船長によって処刑される。こうした作品を特徴づけるのは、個人の精神あるいは自由意志が宿命によって決定づけられるという運命論であり、神話的な次元にまで高められた個人と運命（神）との壮大な葛藤であった。「囚人」としてのエイハブの叫びは、自由意志を意識し人生という束縛に激しく抵抗する人間の普遍的な情況であったのだ。

「バートルビー」において、メルヴィルは囚人としての人間の情況を典型的に示しえたのかもしれない。そこにはもはや運命という「壁」に戦いを挑むエイハブやピエールの姿は見られず、急速に進展する産業資本主義構造に押し潰された人間像が浮き彫りにされただけである。バートルビーの人生が奇しくも示唆したように、「死んだ制度」(dead institutions) の張り巡らされた社会において、人間は dead-wall を見つめて佇むか、あるいは dead letters を処理することしかできなかったのである。いわば、メルヴィルは内面の死をウォール街という都会の風景のなかに寓話化しえたのだった。この「ウォール街の物語」は、文字どおり、「壁」の物語であったのだ。(31)

まとめ

アメリカン・ルネッサンス期の文学は、二つの偉大な「牢獄」の神話を創り上げた。ひとつは、ソローの「牢獄」であり、もう一方はバートルビーの「牢獄」だった。コンコード刑務所に一晩投獄されたソローの経験は、自由を追求するレジスタンスのメッセージと解釈され、トルストイ、ガンジー、あるいはキング牧師に影響を及ぼす神話的な事件へと変容した。その背景には一九世紀中盤におけるリベラリズム思想の急速な展開と浸透があったことは指摘したとおりである。

ソローは牢獄において、孤独も閉塞感も、また死の恐怖を感じることもなかった。ソローの牢獄はいわば精神の自由を明確化するメタファーとして、われわれを取り巻く制度や思想を前景化し、われわれがその「囚人」となり「奴隷」となっている状況を照射したのであった。むろんこの「自己解放」の構図は、ソローにおけるウォールデン体験と連動していたはずである。ソローの牢獄はウォールデン体験の延長線上あるいはその周縁に位置していながら、象徴的な意味においてウォールデン体験自体をも内包する中核となる体験でもあったのである。換言するならば、コンコード刑務所からフェア・ヘイブンの丘にコケモモ摘みに出かけたという語りの構図は、コンコードという社会生活の「牢獄」からウォールデンという「安息地」へと自己を解放したソローの行動と軌を一にしていたということである。

メルヴィルの描いたバートルビーは、一面において、ソローと類似した性格をもっていた。産業社会の論理に背を向け、「束縛感」を嫌い、あらゆる強制や指図に「やりたくありません」(“I would prefer not to”)をきめ込むバートルビーの態度にソローの姿を重ね合わせることもあながち奇想とは言えまい。(32) しかしバートルビーが直面した「牢獄」は、ソローの体験とは対照的に「自己解放」の契機とはならず、その刑務所の名が示す通り「墓場」(“the Tombs”)でしかなかったのである。ソローの牢獄が独立革命の理想とアメリカにおける政治の「原則」を啓発する契機となったのに対して、メルヴィルの描いたバートルビーの牢獄は、南北戦争とそれ以降のアメリカの現実と宿命をより的確に予言したと言えるのかもしれない。この二つの牢獄は、アメリカ・ロマン主義文学の正と負、光と影を象徴的に表現するトポスであったと言えるだろう。

第五章　源流への旅

死の数日前、「神様と仲直りしたかい」と叔母のルイザに問われたソローは、「神様と喧嘩した憶えはありません」と冗談混じりに答えていた。(1) 歯にものをきせぬ教会批判によって身内からさえ無神者扱いにされたのだが、実際、後世多くの若者たちがこうした反体制的で、きわめてリベラルなソロー像を抱きつづけたのではなかろうか。はたしてソローは無神論あるいは無政府主義という、きわめてラディカルな思想の実践者であったのか。

ソロー自身の信仰告白という問題から少し視点を変えて、コンコード気質と言えるような宗教的・文化的な風土を想定してみることはできないだろうか。マサチューセッツのピューリタン的な風土に根を下ろし、独立戦争に由来する愛国心に支えられたコンコードの気質を想定することで、ソローの思想を考察することはできないだろうか。第一章「コンコード・エレミヤ」において指摘したとおり、ソロー自身がそうしたきわめて保守的な文化の基盤を受け継ぎ、思想と実践においてその気質を純化したかたちで体現したと言えるのではないだろうか。つまり、ソローの教会批判も反戦論も、さらには奴隷解放を主張するリベラル性も、じつのところ、コンコード気質と言えるようなきわめて保守的で、宗教的な風土の中にこそその基盤が見られたのである。

この章では、ソローの思想と実践を、マサチューセッツの文化的・宗教的風土という歴史的な文脈のなかに置き直して考察してみたい。

一　巡礼としてのソロー

コンコードの彷徨者

ウォールデン湖畔のソローの小屋の跡地には、旅行者によって積み上げられたケルンが残されている。一九四五年、ローランド・ロビンズによって小屋の位置が確認されてからというもの、(2) そこは旅行者にとって記念すべき神聖な場所と見なされたのである。

ローレンス・ビュエルは「ソロー崇拝者の巡礼――アメリカ的カルトの構造」という論文の中で、多くのアメリカ人にとっていわゆるコンコード詣、そしてソローの小屋への訪問がひとつのカルトとして社会現象化している事実を指摘している。(3) たしかにウォールデンの小屋の跡地には訪問者が絶えることなく訪れ、スリーピー・ホロウにあるソローの墓地には花やメッセージがつねに置かれている。エマソン、オルコット、ホーソーン、ルイザ・メイなど著名な文人を輩出したコンコードにおいて、なぜ特にウォールデン湖とソローの小屋の記憶が称賛されるのか。その背景にはどのようなアメリカ的「構造」が介在したのだろうか。

ビュエルはその背景として、パストラル（牧歌）思想とソローの伝説化という要因を挙げつつ、巡礼というもうひとつのアメリカ的な構図を指摘している。ピュアであることを求めたソローの意思と感性、その真理追求の姿勢に多くの読者が共感し、ウォールデンという空間を自由で清らかな聖地に変容させたのである。ソローヴィアンとよばれる多くのソロー崇拝者たちは、ソロー的巡礼を追体験し反復する衝動に駆り立てられたと言えるのではないか。そしてその雛形はすでに『ウォールデン』において示唆されていたのである。湖畔には釣人やハンターのほかにも様々な訪問者が訪れるのだが、ソローはそうした者たちを「自由のために森にやってきた正直な巡礼者たち」（『ウォールデン』一五四）と描いていたからである。

ソローはさらにエッセイ「歩行」の冒頭において、saunter という言葉をめぐる聖地巡礼の挿話を語っている。ソローの解釈によると、saint terre（聖地）あるいは sans terre（居場所なし）、つまり聖地をめざして彷徨することが saunter の原義だというのである。語源学的には根拠のない解釈だが、ソローがアメリカの大地を「聖地」と見なし、みずからの歩行を宗教的な巡礼に喩えようとしたことは明白だった。「それぞれの歩行はある種の聖戦のようなものであり（中略）出かけて行って、異端者から聖地を奪い返す戦いである」（「歩行」二二五）。ソローの研究誌のタイトルともなった「コンコードの彷徨者」（Concord Saunterer）という言葉は、ソローを指す詩句であるとともに、ソローの「巡礼」を追体験しようとする世界中のソローヴィアンを示す言葉でもあったのである。

ソローにとってウォールデン湖畔でのひとり暮らしも、兄ジョンとともにコンコード川の源流を溯った旅も、さらにはメインの森やコッド岬への数度の徒歩旅行も、そうした「聖地」に向かう巡礼の変奏であり探求の旅であったと言えないか。メインの森への旅はシロマツの原生林とアメリカ先住民という、ソローが憧憬を抱き続けた野性的な自然への巡礼であったろう。ビュエルがその論文において触れたように、(4) カリフォルニアの自然を神の祭壇と見なしたジョン・ミュアの旅と、ソローの野性賛美は重なり合うだろうし、ミュア自身がコンコードを訪ねウォールデン湖に巡礼した理由もそこにあったはずである。

この巡礼のレトリックがアメリカ的な表現形式であったことは言うまでもない。いやさらに正確に言うなら、ニューイングランド（さらに言えばマサチューセッツ）に特有の文化的・宗教的モチーフであった。アメリカの文化風土において、巡礼というモチーフはおのずとピルグリム・ファーザーズとの連想で語られたのであり、ピューリタン的な感性を継承する者はみずからを巡礼者の予型の中に投射する傾向がみられたのである。

ソローの旅とマサチューセッツの宗教的風土を結びつけたのが、もうひとつの旅『コッド岬』である。この徒歩旅行において、ソローは間違いなく異次元におけるもうひとつの旅を経験している。歴史の源流をたどり、文字どおり、巡礼父祖を訪ねる巡礼の旅であった。

ソローのウォールデン湖から伸びた二つの支流。ひとつは、野性という概念を基軸として原生自然を探求しようとしたメインの森の源流行であり、もう一方はアメリカの歴史の起源を溯り、精神の原風景を捉えようとしたコッド岬への旅であった。「市民政府」に描かれた次の一節は、こうしたソローの旅の性格を示唆するものであった。


真実をめざして上流を溯り、この上なく清らかな水源を発見したと思う者たちは、聖書と合衆国憲法のたもとに留まることこそ賢明であり、謙虚に、そして敬意をもって喉を潤すがいい。いっぽう、真理の水がおのれの湖や貯水池に流れ込むのを発見した者たちは、さらに腰のベルトを締め直して、その水源を目ざして巡礼の旅(pilgrimage)を続けるだろう。(「市民政府」八八)

ここでは真理の探求が源流行というきわめて具体的なイメージで描き出されており、その探求が「巡礼」という宗教的な言葉で語られていた。ウォールデン湖畔の生活において「ピュアであること」をひとつの原則としたソローであったが、「腰のベルトを締め直して」メインの原生林に分け入り大地の源流を遡る一方で、アメリカの聖なる歴史の起源を求めて、コッド岬の荒涼とした海辺に巡礼したと言えるのである。

ソローにおけるピューリタン的な思想と倫理について述べる前に、『ウォールデン』にみられるソローの「ピュアである」ことへのこだわりについて触れておこう。

二　ピュアという「思想」

エーデルワイスの夢

ニューイングランドの早春を旅した者なら誰しも、その透明感に満ちた自然風土に心打たれることだろう。張りつめた朝の冷気、肌を刺す乾いた風、樹々に反射する太陽光、そして蒼穹。人々の価値や精神性というものは、われわれが想像する以上にその土地土地の自然や風土におおきく左右されるものである。ソローの作品にマサチューセッツの早春や初秋の風物誌が多く描かれたのも、かれがこうした透明感のあるピュアな自然風土にきわめて自覚的であり、ニューイングランドの精神風土の根底をなすものと考えていたからである。

この意味において、エマソンがこの年下の友人をエーデルワイスを求めた旅人と表現したことは示唆的であった（『エマソン全集十』四五）。なぜなら、エーデルワイスは「気高き純粋さ」（"Noble Purity"）を意味する花であり、その「純粋さ」を求めつづけた旅人と表現したからである。たしかに、ソローほど忠実に「純粋に感覚的な生活」（『一週間』三八二）を追求した人物はいなかった。『ウォールデン』の結論部において、ソローはこの作品をウォールデン湖の水（氷）の清澄さに喩えるのだが、かれがこのテキストを、そしてそこに反映されたかれ自身の意識と感性を「純粋さ」の比喩として描き上げようとしたことは事実であったろう。『ウォールデン』の結末に登場するクールーの芸術家のように、「材料が純粋（ピュア）で、かれの技術が純粋（ピュア）であれば、その結末が素晴らしくないことなどありえない」（三二七）のである。

「動物の隣人たち」（Brute Neighbors）という章に、イワシャコ（partridge）の母子の描写があるのだが、そのひな鳥の目をソローは次のように表現している。

その見開かれた静かな眼に驚くほど大人びて無邪気な表情が見られるのは印象的であった。すべての知性がそこに映し出されているようだった。それは幼年期の純粋さとともに経験によって研ぎ澄まされた知恵を示唆していた。そうした眼というのは生まれた時に形成されたのではなく、その目が映し出している空と共にあるのである。それはこの森に産み落とされたまたとない宝石であった。旅人にとって、これほど澄んだ井戸を覗き見る機会はそう多くは訪れない。(『ウォールデン』二二七)

この文章の「純粋さ」は、むろん、ひな鳥の目の「純粋さ」ではない。ひな鳥の目に関するソローの詩的感性の純粋さであり、比喩や修辞という、この文体の純粋さである。ひな鳥の目は「幼年期の純粋さ」ばかりではなく、「経験によって研ぎ澄まされた知恵」をたたえ、「宝石」、「澄んだ井戸」、そして「その目が映し出している空」に喩えられたのである。

このイワシャコのひなの目の描写は、興味深いことに、ウォールデン湖の清澄さを描写した文体ときわめて類似していた。ソローは、ウォールデン湖について特筆すべきことは「その深さと清澄さ」(同一七五)であると述べたあとで、この湖を「清らかな深緑の井戸」(同一七五)に喩え、「原初の水の宝石」(同一七九)と言い直しているからである。さらにウォールデン湖は、丘の上から眺めると「空の色を映し出している」(同一七六)と描かれている。イワシャコのひなの目がウォールデンの空と水を映し出していたのと同様に、ウォールデン湖は「大地の目」(同一八六)であったわけである。いわばイワシャコのひなの目はウォールデンの縮図であり、ウォールデン湖はイワシャコの目のマクロコズムとして描かれていた。

世界は円の連なりであり目はその最初の円である、と述べたのはエマソンだが(『エマソン全集二』二八一)、「大地の目」であるウォールデンの湖も、またイワシャコのひな鳥の目も同心円を構成し、相互に反映しあうような世界像がそこに描かれていた。(5) その透明感あるいは「純粋さ」こそがウォールデンの世界の特質であった。

哲学としてのピュアリティ

ソローはウォールデン湖を詩的な感性で描きだしたばかりではなく、その「清澄さ」を精神的な象徴と捉えていた。ウォールデン湖は「ひとつの象徴として深く、ピュアに創られて」(同二八七)おり、「ウォールデンのピュアな水は、ガンジス河の聖なる水とつながっている」(同二九八)と考えられた。精神的あるいは宗教的な意味合いにおける「純粋さ」の追求を、ソローは作品『ウォールデン』において次のように表現している。

もしわれわれが純粋さ(purity)に到達したとすると、どのような人生が結果としてもたらされるだろうか。私に純粋であることを教えてくれる賢者がいたなら、私はただちにその師を探し求めるだろう。(中略)清潔さ(chastity)というのは人間性の開花した状態である。天才、英雄、あるいは神々しさなどというものは、そこからもたらされる果実のいくつかにほかならない。純粋さの水路が開いていれば、人間はただちに神へと流れゆくものである。われわれの純粋さがインスピレーションを吹き込むのと同様に、われわれの不純さが精神を貶めるのである。(同二二九―二三〇)

ソローの思想を特徴づけるものは、ピュアなものとピュアでないものを寓意的な明確さで区分し、「ピュアであること」をみずからの「原則」として追求した、その激しさにある。ソローの言葉を借りると、「ピュアでないものは、けっしてピュアなものと交わることはないのである」(同二二〇)。ソローの思想においてウォールデン湖が聖なる「純粋さ」の象徴として存在したのは、ウォールデン湖の水の清らかさばかりではなく、ソローのこうした「ピュアなもの」と「ピュアでない」ものを明確に区別しようとする寓意的思考によるものであった。いわば、ウォールデン湖は「純粋さの象徴」に創作されたのである。そして「ピュアであること」への執拗なこだわりは、ソローにおける夜明けの讃歌や精神的な覚醒、さらには物事の原理を遡及するといった、ソロー文学の全般的な主題ともけっして無縁ではなかったように思われる。

ソローは一八五二年九月二六日の日記において、「純粋さ」の夢を見たと記している。

昨晩ピュアであるということについて夢を見た。その考えは私独自のものではなく、他の人の思想に感化され影響を受けたというものであった。私自身の着想ではなく、その思想に共感したというものらしい。(『日記五』三五四)

この日記の一節において注目すべきことは、まずソローが「ピュアであること」を必ずしも詩的な感性としてではなく、ひとつの「思想」あるいは哲学として考えていたことである。さらにその「思想」がソロー独自の着想ではなく、他の者から感化されたものであったという事実であろう。この日記の記述は当時のコンコードの知的風土において、「ピュアである」という哲学が咀嚼され共有されていたことを示唆していた。

その知的・精神的風土の中核にいたのはおそらくエマソンであり、その周辺に集まった超絶主義者であった。超絶主義者とよばれた知識人のほとんどがユニテリアン派の牧師であり、「ピュアである」という思想もきわめて宗教色の強いものであったと推察される。たとえばその先駆者的な存在であり、思想の拠りどころとなったウィリアム・エラリー・チャニングは、「神の似姿」という説教において神を「光と力と清澄さの尽きざる泉」と描いている(『チャニング著作集三』二四四)。キリスト教の本質は、その「神聖な清澄さをもとめて、われわれが神の似姿」(同二三四)となるよう努力することであり、「心の清らかなる者のみが、清らかなる神を拝み、交感することができる」(同一三二)と提起したのである。ソローが『ウォールデン』において、「純粋さの水路が開いていれば、人間はただちに神へと流れゆくものなのである」と語った背景には、エマソンやチャニングと共有された思想が存在したのだが、さらにその背後にニューイングランドにおけるピューリタンの宗教風土が存在したことは明白だった。

一九世紀前半のニューイングランドでは、現在からは想像もできないほど強くピューリタン的な風土と感性を留めていた。当時の教養として広く親しまれたのも、ミルトン、バニヤン、ドライデン、ジョージ・ハーバートといった、いわゆるピューリタンの文学であった。(6) さらにエマソンを中心としてコンコードに集った超絶主義者の交流が、宗教的な覚醒運動を背景として行なわれたことも確認しておく必要がある。ソローの思想の寓意的傾向については触れたとおりだが、ピューリタンの倫理を寓意的に描いた文学作品に『天路歴程』(『ピルグリムズ・プログレス』)がある。一七世紀の英国で書かれたアレゴリーだが、現代から見ればあまりに平坦にみえるこのピューリタンのアレゴリーも、ソローが暮らした一九世紀のニューイングランドでは日々の生活に身近な、生きた教訓であった。ソロー自身このバニヤンの著書が愛読書のひとつであり、『一週間』においても「『天路歴程』こそ、(新約聖書から取られた) もっとも素晴らしい説教だと思う」と述べている (『一週間』七二)。神の教えを追究する「巡礼者」であること、そしてその教えに従い日夜努力し「進歩」することが、当時のニューイングランドにおいて文化的な理想とされ典型と考えられたのである。

三 『コッド岬』——歴史の源流を求めて

コンコードとプリマス

ソローが『コッド岬』においてアメリカの歴史の源流を溯り、ピューリタンの巡礼父祖の足跡を訪ねようとしたことは前に触れたとおりである。ここで興味深いことは、ソローが数度にわたってプリマスを訪問していたことである。時期的にもまた地理的にも近接した両地への訪問は、ソローの思考においてひとつのエリアを構成したことは明白であり、その歴史的な土地柄ゆえにソローの旅は巡礼的な性格を帯びるものになったのである。

ソローがはじめてプリマスを訪ねたのは一八五一年七月であった。ピルグリム・ファーザーズが上陸したプリマス湾のクラークス島に四日間滞在した。旅の日誌にも「十二月八日金曜日の夜、浅瀬を探っていたピルグリムたちはクラークス島（メイフラワー号の乗組員にちなんで名づけられた）に上陸し、三夜を過ごして最初の安息日を祝った。そして、十一日の月曜日プリマス・ロックに上陸を決めたのである」（『日記三』三四一）と感慨深げに語り、みずからの旅をピルグリムの父祖の足跡に重ね合わせていた。

プリマスでは一八二四年にピルグリム協会が設立されている。ソローが完成したばかりのピルグリム・ホールを訪ね、「ピルグリムの上陸」というヘンリー・サージェントの絵画を鑑賞したのもこの旅の出来事であったのだ。ソローは「ジョン・ブラウン」の結末で、「合衆国における奴隷解放が、ピルグリムの上陸や独立宣言のようにいつの日か絵画に描かれ画廊を飾る日が来るであろう」（「ジョン・ブラウン」一三八）と締めくくるのだが、この言葉の背景にはピルグリム・ホールで目にしたサージェントの絵が想起されていたことは間違いのない事実であった。

ソローはクラークス島のワトソン家の人々と親交を結び、翌年の五二年にも二度プリマスを再訪して講演を行なっている。五四年の書簡には「世界はいまだコンコードとプリマスを結びつけて考えているようだ」（『書簡集』三三八）と書き送っているのだが、それは単なる儀礼をこえて二つの町が共にアメリカの起源の物語性を共有した事実を語ったのである。

ソローはこの旅の終わりにプリマスの北マーシュフィールドを訪ね、ダニエル・ウェブスターの隣人と言葉を交わしている。ダニエル・ウェブスターというと、「一八五〇年の妥協」によって逃亡奴隷法を容認し、ソローやエマソンら北部の知識人からの激しい攻撃に晒されたのだが、ソローはこの旅において南部に妥協したウェブスターではなく、一八二〇年ピルグリム上陸二百年祭において、「神がかり」とまで云われた「プリマス・ロックの演説」を行なったウェブスターを想起していたのではなかったろうか。

アメリカの叙事詩

『コッド岬』は一八四九年、五〇年、五五年に行なわれたコッド岬への三度の徒歩旅行をもとにして書かれた旅行記である。他の旅行記と同様にコッド岬の地形、植生、風物が詳細に描かれる一方で、『コッド岬』には他の旅行記にはない固有の物語が存在した。一七世紀前半マサチューセッツ湾に漂着したピューリタンの父祖に歴史を遡り、いやそれ以前の一六世紀に遡って、ヨーロッパ人がマサチューセッツ周辺の地形と風土を記述した歴史の痕跡を洗い出したのである。いわば『コッド岬』は旅の見聞録というノンフィクションの体裁をとりながら、アメリカ大陸とヨーロッパ人の出会いと葛藤という歴史の源流を遡り、アメリカ国家の起源を描いた叙事詩であったのである。「世界はいまだコンコードとプリマスを結びつけて考えている」とソロー自身が語ったように、ピューリタンの入植と独立戦争はアメリカという国家をめぐる物語として連結され、コンコード、バンカーヒル、そしてコッド岬はその物語を彩るモニュメントに相違なかったのである。


「独立戦争で有名なコンコードをご存知ありませんか。」

「コンコードを知らんかいって。まさか、バンカーヒルの戦いの銃声を聴いているんだよ、わしは（ここではマサチューセッツ湾をはさんで砲声が聴こえるのである）もう九十だよ、八十八さ。コンコードの戦いのときは十四だったね。あんたたちはその時どこにいたんだい。」

われわれは戦いには参加しなかったことを告白せざるを得なかった。（『コッド岬』六三）

叙事詩の伝統形式である in media res に従うように、『コッド岬』は突然難破の場面から始められる。コハセット沖のセイント・ジョン号の難破は、文字どおり旅の始まりに起こった事件であったのだが、この難破の物語はあきらかにアメリカの起源の物語、マサチューセッツ湾に漂着したピューリタンの歴史の物語と結び合わされていた。

こうした死体に心を煩わす必要などあるだろうか。ウジ虫や魚を除けば、こうした死体に友はない。その持ち主たちはコロンブスやピルグリムと同様に、この新世界を目ざしてやってきた者たちだったが、その岸辺を目前にしながら、到着寸前にコロンブスが思い描いたものとは異なるもうひとつの新世界へと旅立ったのだった。その死という新世界の存在については科学によって発見されてはいないものの、コロンブスがこの大陸について抱いていた以上に普遍的で説得力のある証拠があるのである。(『コッド岬』一〇)

特に注目すべきことは、このピルグリムへの言及によって、セイント・ジョン号の難破のナラティヴは一気に普遍化され、アメリカ的「精神」の物語へと変容した事実である。

セイント・ジョン号はこちら側の港に行き着かなかったが、向こう側の港へは到着したはずである。どんなに強い風も精神を揺るがすことはない。それは精神の吐息である。正しき人の目的は浅瀬や現実の岩に砕かれることはない。いやその志を成し遂げるまで、岩をも砕くものなのである。(同一〇—一一)

ピルグリムの物語

『コッド岬』においてピューリタン言説は一貫している。各章においてピルグリム・ファーザーズやプリマス・ロックへの言及が散りばめられたのである。上陸したピルグリムが先住民からトウモロコシを購入した経緯、害鳥のブラックバードを六羽もしくはカラスを三羽殺すまで結婚が許されなかったこと(三章)、先住民から不当に土地を収奪した事実(同)、ピルグリムの境遇をレッカーに喩えた記述(四章)、ピルグリム同様ソロー自身がハマグリの中毒に苦しんだエピソード（五章）、コッド岬を移動するピルグリム（七章）、ピルグリムが船上からゴンドウクジラを発見し、先住民がクジラを食料にする様を目撃したこと（七章）、プリマス・ロックへの言及（九章）、ピルグリムが上陸したクラークス島への言及（九章）、フランスの入植者がピルグリム同様に苦難の冬を過ごした事実（十章）、ピルグリムの末裔（十章）等々。こうした記述に特徴的なことは、コッド岬の海辺の風景がヨーロッパ移民の原風景でありアメリカ性の起源と捉えられたこと、荒涼とした不毛な土地の描写がニューイングランドの寒村とその精神風土を連想させること、さらにソロー自身がみずからの旅をピルグリムの旅と同一化しようとしていることである。

そして最終章の「プロヴィンスタウン」では、再びピューリタンの上陸の話題へと語りは反転する。セイント・ジョン号の難破の記述にピューリタンの漂着を重ねあわせたこの『コッド岬』のはじまりは、最終章において再びピューリタンの上陸へと円環構造をなし、その語りがもっとも叙事詩的となるのは、ピューリタンの上陸からさらに歴史を遡って、コッド岬そしてマサチューセッツ湾一帯が一六世紀の航海者や探検家によって記述された痕跡をたどっていることである。ニューイングランドがかつてはニュー・フランスでありニュー・ホランドであった時代、いやコッド岬やマサチューセッツという地名も正確な地図も存在しなかった頃の航海者の記述を、考古学者が歴史の断片をつなぎ合わせるように描写したのである。こうしたアメリカの前史は一見、国家の物語を相対化しているように見えながら、じつは来たるべきピルグリムの到来と国家のはじまりの序奏の役割を演じていたのである。

そしてごく近年、よく知られているように、一六二〇年の十一月十一日、メイフラワー号のピルグリムたちはコッド岬の港に碇を下ろしたのであった。かれらがイギリスのプリマス港を出帆したのは十一月六日であり、『モーツの航海記』によると、「大嵐の苦難をへて、ついに十一月九日、神の恩寵によってわれわれは陸地を発見したのである。コッド岬であろうと考えていたのだが、後になってそのとおりであることが分かったのだった。（『コッド岬』一九七）

四　ピューリタン革命

原点回帰の思想

コッド岬の徒歩旅行はアメリカの歴史の起源をたどる旅でもあったのだが、それはあくまでもコッド岬という場所にまつわるピルグリムの痕跡をたどったに過ぎなかった。いっぽう、ソローはより本質的にアメリカの起源をヨーロッパの歴史に遡って捉えようと考え、ニューイングランドにおけるピューリタンの歴史からさらにその源流ともいえるルターの宗教改革、そして英国におけるピューリタン革命に遡ってアメリカの起源、より正確にはアメリカ性の観念のようなものを捉えようとした。ソローは『ウォールデン』において、社会改革の根本思想を「原点回帰」（"re-origination"『ウォールデン』一五〇）という言葉で表現しているが、この「原点回帰」の思想こそソローの思想的巡礼の根本にある考え方であった。

ソローは一八四〇年八月二一日の日記においてすでに、アメリカにおけるピューリタニズムの源流についての関心を次のように記していた。

ウォルター・ラリー卿の生きた時代というのは本当に激動の時代であった。アメリカ大陸の発見と宗教改革の進展は、この時代の人々に知的、身体的なエネルギーの恰好のフィールドを提供したのである。その父祖となったのはカルヴィンであり、ノックス、クランマー、ピザロ、ガルシラッソ、そしてその直系の先達であるルター、ラファエロ、ベイヤード、アンジェロ、アリオスト、コペルニクス、マキアベリ、エラスムス、カボット、エイメネス、そしてコロンブスである。（『日記一』一七五）

カルヴィンはスイスにおいて、ノックスはスコットランド、クランマーはイギリスにおいて宗教改革を指導した人物であり、ソローの思想において「宗教改革の進展」と「アメリカ大陸の発見」は必然的に結びあわされていた。いわば、ソローはピューリタニズムという宗教の教義に関心を抱いたのではなく、宗教的な因習を改革し信仰を純化するという、ピューリタンの根本精神とそのリベラリズム思想に共鳴したと言えるのである。

ソローが『ウォールデン』において、ピューリタン革命について言及していることはあまり知られていない。「住んだ場所と目的」(Where I Lived and What I Lived For)において、ソローは新聞というメディアの軽薄さを嘆きつつ、英国について価値あるニュースは一六四九年の革命(つまりピューリタン革命)のみであると語っていた(『ウォールデン』九五)。ソローがここでピューリタン革命にふれた背景には、おそらく、ウォールデン湖畔の生活においてトーマス・カーライルの『クロムウェルの書簡と演説』を読んだことがきっかけとなったのだが、エマソンやソローの超絶主義思想を理解するうえで、ピューリタン革命がひとつの重要な洞察を与えてくれることも事実である。なぜなら超絶主義思想の核心は観念論にあり、エマソンとソローは観念論とその理想主義的な傾向のひとつの典型をクロムウェルのピューリタン革命のなかに見出していたからである。一八四五年に出版されたカーライルの著作は英国の歴史におけるクロムウェルの位置を再評価し、その実像を示そうと試みた点において重要な意義を担っていたのである。

三つの伝記

超絶主義の観念論とピューリタン革命との関連を考えるうえで参考になるのが、ソローをめぐる三つの伝記である。ひとつはソローの「ジョン・ブラウン」、二つ目はエマソンによる「ソロー」、そして先に触れたカーライルの『クロムウェルの書簡と演説』である。「ジョン・ブラウン」については三章で詳しく論じたのでここではくり返さないが、一点だけ再度強調しておきたいことは、ソローがブラウンの伝記をアメリカの歴史の起源と結びつけて論じた事実である。ソローの祖父と同様に、ブラウンの祖父は独立戦争に従軍した士官であったと描かれ、ブラウン自身も独立戦争の英雄以上に「より高い原則」(「ジョン・ブラウン」一一二)を身につけた、「アメリカ人のなかのアメリカ人」(同一二五)であったと描かれる。さらにソローはブラウンをピューリタンの末裔であり、クロムウェルの再来であると称賛する。

かれ(ブラウン)はわれわれがしばしば耳にするが滅多にお目にかかれないピューリタンという階層の一員である。かれを殺そうとしても無駄である。かれはクロムウェルの時代に死に再びここに現れた。それもまた当然の成りゆきであったろう。ピューリタンの血筋が海を渡り、ニューイングランドに住みついたと言われている。かれらは父祖の記念日を祝い、昔日を偲んでひからびたトウモロコシを食したのみではなかった。かれらは民主党員でも共和党員でもなく、質素な習慣を身につけ、単刀直入で信仰篤く、不信心な支配者には目もくれず、妥協に走るのでも、また候補者選びに奔走するのでもない。(「ジョン・ブラウン」一一三―一一四)

ソローはここでピューリタンの特質を「質素な習慣」、「単刀直入」、政治的な「妥協」を許さず、いかなる支配者(政府)にも屈服しないと述べているのだが、さらにソローはブラウンを「超絶主義者」であると称賛する。三章において指摘したとおり、ブラウンをピューリタンと見なし超絶主義者とすることは必ずしも矛盾することではなかったのだが、その点をさらに明確にするためにここでエマソンによって書かれた「ソロー」を参照したい。

この二つの伝記はどちらも友人の死(あるいは目前の死)を契機に書かれたものだが、注目すべきはエマソンの「ソロー」とソローの「ジョン・ブラウン」が、その称賛のレトリックにおいてきわめて類似したものであった事実である。エマソンはソローを「生まれつきのプロテスタント」あるいは「極端なプロテスタント」と呼び、「質素」で「好戦的」であり、「妥協」を許さず、「ソロー君以上に真のアメリカ人はいなかった」(『エマソン全集十』四二九)と讃えている。ソローが保守的なメディアに反発してブラウンの個性と行為を汚名から救ったように、エマソンはこの変人とすら思われていた友人をアメリカ人の正統に位置づけたのだった。しかもその称賛の修辞はともにピューリタンであり、超絶主義者であるという言葉であった。

この二つの伝記、エマソンの「ソロー」とソローの「ジョン・ブラウン」に影響を与え、そのプロトタイプとなったのがカーライルの『クロムウェルの書簡と演説』であったと考えるのである。つまり世論やメディアによって形成されたイメージをくつがえし、原理原則に立ち返って再評価する、「原点回帰」の思想のひとつの雛形をカーライルのクロムウェル伝のなかに見出すことができるのである。

「カーライルとその作品」

一八四五年に発表されたカーライルの『クロムウェルの書簡と演説』は、従来のクロムウェル観を大きく転換させるものだった。カーライルによると、歴史は英雄的な個性と思想によって形成され、一七世紀のピューリタンの時代こそ英国における最後の英雄的な時代であると考えられた。市民社会が形成されつつあった一九世紀中葉において、ピューリタンの不滅の精神は理解しがたいものとなり、その精神を体現したはずのクロムウェルですら、過去に書かれた伝記によって大きく歪められた事実を指摘する。

さらに言うならば、一般にそう考えられているのとは裏腹に、このオリヴァー（クロムウェル）が悪徳の人物でないことは明白であった。かれの言葉は重く、当時のほかの誰の声に比べても傾聴に価するものであった。誠実な者なら、こうしたクロムウェルの言葉からその人格と行動が世間一般に信じられているような偽善の寄せ集めなどではなく、まさにその逆であったと推察できるだろう。(7)

カーライルのこのクロムウェル伝はニューイングランドの思想家に大きな衝撃をもたらしたのだが、それはクロムウェル像がアメリカの起源をめぐる物語に直結していたからである。すなわちアメリカの起源（観念）をプロテスタンティズムの源流に溯って捉えようとする際に、クロムウェルとピューリタン革命が再評価されることが必須であった。クロムウェルの人格と意思が純粋なものであり、キリスト教の原理原則に忠実なものであったと再解釈されることが、アメリカの起源をめぐる理想的な言説には必要であったのだ。ソローがこの「理想的なクロムウェルの肖像画」は「ニューイングランドに向けても語られている」と語ったのはそうした意味であったのだ（「カーライル」一九六）。

クロムウェルはわれわれが考えていたような人間とは別の種類の人間だった。これらの『書簡と演説』は、かれの人格の箱を開けるための失われた鍵を提供してくれることになったのだった。たしかにナポレオン以外にも、もうひとりの兵士がいたのである。それは賛美歌の勝利に歓喜する兵士であった。かれにとっては賛美歌が『大憲章』であり『典礼の書』でもあった。またその勝利は「無上の神の慈悲」によるものだった。（同一九七）[10]

ここで注目すべきことは、ソローがカーライルの試みたクロムウェルの再評価にほぼ全面的に賛同し、革命家の人格の偉大さに共感していることである。ソローにとってクロムウェルは「賛美歌の勝利に歓喜する兵士」であり、その「威厳と勇気」を称賛したのである。ソローはクロムウェルの「神聖な狂気」（『日記二』一八八）をともなう常識と実践力を評価しようとを試みているが、プラトンが詩的インスピレーションを「神聖なる狂気」と表現したことは周知のとおりであり、ソローはクロムウェルの革命精神が衆目には「狂気」と映ろうとも、その起源が「神聖」なものであり、純粋で詩的な原理に基づくものであることを指摘したのだった。そして「狂気」にみちた人物の行動を「神聖」な革命と見なし殉教者に祀りあげるレトリックは、このクロムウェル伝と「ジョン・ブラウン」に共通した語りの構図であった。

さらに興味深い事実は、エマソンのクロムウェル観がカーライルの著作を契機として劇的に変化したことである。カーライルの著作の出版以前には、特にエマソンのクロムウェル評は否定的な傾向が強かったと思われる。一八三一年の日記にはこうした一節が見られる。

私はクロムウェルやナポレオンについてその単純さと悪のエネルギーを称賛する一方で、その結末に思いを馳せた瞬間に敬意を失ってしまうのである。かれらはまったく誤っており、甲虫のように盲目でコウモリのように残虐でさえある。かれらはジェイムズ王やジョージ王、あるいはローチェスターやブルメル同様に低俗でありきたりの欲望を追求したに過ぎず、胃袋が、あの巨大な胃袋が欲するままに威風堂々と暮らし、給仕つきで好き勝手に飲み食いし、色欲を貪り、憎しみを満たしたのみであったのだ。この胃袋様が王侯の中の王侯であったのであり、私の敬意には価しないのだ。(『エマソン日記三』二七七)

いっぽう、カーライルのクロムウェル伝が出版されて以降、エマソンのクロムウェル観は大きく修正されたように思われる。様々な社会改革思想、なかでも特に奴隷解放思想の進展において、クロムウェルは象徴的な革命家として理想化されてゆく。エマソンは「逃亡奴隷法」という演説において、クロムウェルの言葉を引きながら、奴隷制反対運動を擁護したのである。

それゆえ、奴隷制に対し自由の信念を実現しようとするならば、あなた自身が神の砦となり兵士となって、独立宣言の生き証人とならなければなりません。クロムウェルは国王の特殊部隊を迎え撃つには、信心深い兵士を味方につけるよりほかにはないと言いました。(『エマソン全集十一』二二一)

こうした意味合いにおいて、奴隷制度に反対しカンザスでゲリラ活動を展開していたジョン・ブラウンはまさにクロムウェルの再来であり、その部隊は「完璧なクロムウェルの部隊」とよばれるに相応しいものであったのだ。

牧師さえいれば、この集団は完璧なクロムウェルの部隊になるだろうな、と誰かが口にしたところ、ブラウンは、牧師を喜んで一員として迎えたいと答えたそうである。もしそれに相応しい人物がいたとしたらである。アメリカ国軍に相応しい牧師であればいくらでもいるのだろうが。ブラウンは野外のキャンプでも朝夕の祈りを欠かさなかったと思われる。(「ジョン・ブラウン」一一四―一一五)

五　聖地としてのマサチューセッツ

「ピューリタニズムの延長」

ソロー、ジョン・ブラウン、そしてクロムウェルをめぐる三つの伝記に共通することは、アメリカという国家を形成したピューリタニズムをどう解釈するかという問題に集約されたのである。なぜならそのいずれもがアメリカの起源をめぐる物語であり、「アメリカ人のなかのアメリカ人」を語る行為であったからである。そしてそれはアメリカの理想を謳いつつ現状を憂える「アメリカのエレミヤ」、さらには本書で述べてきた「コンコード・エレミヤ」というレトリックと不可分であったと言える。

ここでさらに指摘しておかなければならないのは、一九世紀中葉においてピューリタン像が再解釈された事実である。クロムウェル像の再評価はまさにピューリタニズムの再評価においてはじめて意味をもつものであったと考えられる。一九世紀の文学にみられる「アメリカのエレミヤ」というレトリックは、バーコヴィッチが示唆するようにピューリタンの説教形式の伝統がたんに継承されたものではなく、アメリカ合衆国の独立と国家の繁栄、そして国家の起源を語る歴史性の創出において形成されたレトリックであると言える。アメリカという国家の物語が形成されるのと併行して、その起源としてのマサチューセッツ、つまり「聖地」としてのマサチューセッツという物語が形成されたのである。その意味において「コンコード・エレミヤ」こそまさに十九世紀を特徴づけるレトリックであったと言えるのである。

進歩主義思想の浸透した一九世紀においては、あきらかに否定的なピューリタン像が形成され一般に共有されたと考えられる。原罪、教義に対する偏執、魔女裁判。二章の教育改革思想の文脈において引用したオルコットの「人間の暗黒な想像力が創り出したもっとも懐疑的な思想の中でもこれ（カルヴィニズム＝ピューリタニズム）が最悪である」という言葉にも、そうした否定的なピューリタン観が反映されていた。結果としてピューリタン像は大きく歪められ暗黒な過去のイメージが誇張されて、ホーソーンらの作家の想像力を刺激した。

また他方において、ニューイングランド地方ではピューリタン的な倫理と感性が時代をこえて受け継がれ、一九世紀における様々な社会改革の原動力となった、ということも指摘しておかなければならない。むろんカルヴィニズムの厳格な教義、異端者に対する不寛容といったことは歴史的な事実として存在するのだろうが、信仰の純化という、プロテスタントの基本的な考え方とその理想主義的な傾向について人々が敬意を抱き、ニューイングランドの精神風土として共有したことも事実であったのである。そうしたピューリタニズムの再評価の過程において、理想的なクロムウェル像が形成されたのだった。

厳格なカルヴィン主義者メアリー・ムーディの薫陶を受けたエマソンが、ピューリタニズムの伝統に対して深い敬意を抱いていたことは広く知られている。さらに父方の祖父エズラ・リプリーの死に際して、「アメリカに入植し、アメリカを解放した」ピューリタンの末裔であったと讃えたことも事実だった。そこでエマソンは、ピューリタニズムの特質を次のように描いている。

かれ（エズラ・リプリー）はニューイングランド・ピューリタンの旧き制度、少なくとも教会制度と密接に関連づけて語られ（中略）この世に名声を博した偉大な集団、軍隊のしんがりを務めた者たちのひとりのように思われている。なぜなら、このピューリタンの集団は結果的には形式主義に堕したものの、往時にはアメリカに入植し解放することでその力の全盛を祝った者たちであったからである。（『エマソン日記八』五三）

エマソンはここで、ピューリタニズムにおける二つの相反する傾向を示していた。ひとつはピューリタンの宗教が本来アメリカを「解放」し、人々に精神的な自由を与えるものであったこと、そしてもうひとつは、その自由を求めたはずの宗教が最終的には「形式主義」に堕してしまったということである。むろんエマソンの力点は信仰を純化し、魂の解放を願ったピューリタニズムの精神、その思想の原点に置かれていた。個人の魂を社会的・宗教的な因習から解放し、聖書の教えに基づいて信仰を純化しようと試みたピューリタンは、革命家の集団あるいは「軍隊」であり、そうした革命思想の伝統は「ピューリタニズムの延長」（"the continuation of Puritanism" 同五三）として現在もまた存在する、と主張したのである。

エマソンはハーヴァード大学在学中に、「ピューリタンが社会に与えた影響」や「クロムウェル」を論文のテーマとして挙げており、その数年後次のような一節を日記に記している。

熱情の論理というのは真実だと思う。それがどんな出来事に由来するかというのは問題ではない。宗教というのはつねに熱情のひとつの形であろう。ピューリタンほどこの世界に貢献した集団はない。地上の権威を恐れぬかれらの熱い衝動の中から、英国憲法の様々な社会改革が立ち現れた。北アメリカに入植したのもかれらである。

ブラッドフォード、ウィンスロップ、スタンディッシュ、マザー、ジョナサン・エドワーズ、オティス、ホーリー、ハンコック、アダムズ、この国に特徴的な進取の気性と実学的な才能を示すのは、ピューリタンの末裔たちである。（『エマソン日記二』一九七）

さらに牧師を辞職することを決意した一八四二年においてすら、エマソンはみずからの信念について、「われわれの住むニューイングランドが英国のピューリタンの中でもっとも信心深く、理想主義的な人々によって入植された、というのは真実だろう。そうすると、われわれもまた古き英国の民以上に理想主義的であるのは当然であろう」と日記に綴っていた（『エマソン日記八』二五四）。

観念論者ブラウン

こうしてみると、ソローがジョン・ブラウンをピューリタンといいクロムウェルの再来と見なしたことは最大級の賛辞であった言える。ソローはさらにブラウンを超絶主義者と呼ぶのだが、それはブラウンを観念論者、つまり「原理原則の人」（"a man of ideas and principles"「ジョン・ブラウン」一一五）と讃えたに過ぎなかったのである。ブラウンの理想主義的実践が、クロムウェルの革命にも、アメリカに入植したピューリタンにも匹敵すべきものだともち上げたのである。

ソローの「ジョン・ブラウン」の演説の二週間後、エマソンはボストンでやはり「ジョン・ブラウン」という講演を行なうが、そこにおいてもブラウンは「純粋な観念論者」と称賛され、さらにピューリタンと連想づけられていた。

かれ（ブラウン）はまったく透明であり、誰もがその動機を見通せます。かれは勇気と尊厳の尊重されるところではどこでも友を見出す人間です。英雄のなかの英雄、純粋な観念論者であり、私的な目的など顧みない者なのです。多くの方がかれを実際に目にしたことがあるでしょうが、その言葉をいったん耳にすると誰もがその簡素で飾らない善良さと高貴な勇気に感銘を受けることでしょう。比類のないピューリタンの信仰心によってかれの五代目の先祖がプリマス・ロックに到着したように、また独立戦争に従軍した祖父と同じように、かれもまたその篤い信仰の一員となったのです。(『エマソン全集十一』二五二)

「超絶主義者」というエッセイの中で、エマソンが超絶主義思想を「一八四二年に現れた観念論」と定義したことはよく知られている(『エマソン全集一』三二一)。プラトンにおける観念論の基本的な考え方は、世界の本質は観念(イデア)であり、制度や歴史は観念に基づいて形成され、新たな観念によって変革されると考えられた。そして、これはソローが主張した社会改革における「原点回帰」の思想と軌を一にするものであったのである。観念論は、むろん歴史における理想主義でもあり、変革の観念に立ち返って現在の制度を再考し再構築することが求められたのだが、エマソンとソローはその典型をピューリタン革命とクロムウェルのなかに見出していたのである。

まとめ

人生の後半においてソローが大きく自然史(ナチュラルヒストリー)に傾斜していった背景には、エマソン流の観念論に対する違和感のようなものがあったと考えられる。他方において、ソローが超絶主義的な傾向を終生共有していたとすれば、それは物事の起源を探究し原理に忠実であろうとした、その苛烈な程の「純粋さ」にあったと言えるのではないだろうか。ソローはアメリカの歴史の起源を独立戦争やピューリタン革命の理想にまで遡り、それを社会のあるべき「原則」と捉えたのだが、その「純粋さ」は必ずしもソローの希有な個性によるものではなく、むしろニューイングランドの精神風土の系譜のなかにこそ位置づけられる性質のものであったのである。

第六章　病いの思想

ソローは四五歳に充たない若さで他界している。そのかれが長らく結核を患っていたこと、さらに臨終の間際に「インディアン」「ムース」と呟いたということは有名な逸話ともなっているのだが、他方において、ソローの病いが創作活動に及ぼした影響についてはこれまで充分に考察されてこなかったように思われる。

ソローにおけるウォールデン体験とこの慢性的な病いとはいったいどのように関連していたのか。野生児、ナチュラリスト、冒険旅行家、非暴力主義者、奴隷制反対論者などソローをめぐる様々な伝説と物語のなかで、等身大のソロー自身を見つけ出すことこそもっとも困難な作業となっていなかっただろうか。ソローの身体が作品に描かれた若さと健全さのイメージとは裏腹に慢性的な病いに冒されていたという事実は、ソローの思想と作品を再解釈するうえで重要な鍵となるだろう。

六章では、ソローにおける身体の問題に焦点を当て、一九世紀アメリカ社会における肺結核という病いの状況を参照しながら、『ウォールデン』の創作過程への影響について論じてみたい。

一　ソローの病い

兄の死

唐突だが、ソロー文学の出発点に病いと死という暗い現実が存在したと考えるのは大胆すぎる発想だろうか。一九世紀の多くの文学者や芸術家の場合と同じように、肺結核という病いと創作活動がソローにおいても密接に結びついていたと考えられないか。

その代表的な作品を少なくとも表面的に読むかぎり、ソローのテキストの中に病弱な身体と死の恐怖を透視することは難しい。いやソロー文学には病苦の連想を拒否し意識的に隠蔽するなにかが存在している。作品にみられるロマンチックな自然観や意識的に構築されたペルソナがそうさせるのだろうが、より本質的にはソローの語りの核となる部分に病苦の記憶を隠蔽する要素が潜んでいたと思われる。たとえば、『ウォールデン』の冒頭に付されたエピグラフ。「私はここで憂鬱の賦を書くつもりはない。朝を迎えた雄鶏のように元気に叫び（中略）、隣人たちを目覚めさせるのである。」周知のとおり、「憂鬱の賦」を書いたのはS・T・コールリッジだが、病苦や麻薬中毒、あるいはメランコリーをも美のモチーフとして描いたイギリスの（そしてヨーロッパの）ロマン派詩人とは異なり、ソローの場合きわめて合理主義的な創作姿勢が提示されたのである。

さらにこのエピグラフに示唆された朝のイメージが、いっそう病身の連想を難しくしたことも事実だろう。「朝日を限りなく待ち望む気持ち」（『ウォールデン』九〇）で目を覚まし、村人の誰よりも早く起き出して小屋の掃除をし、朝陽を浴びながら湖で沐浴する。こうした主人公の健全なイメージにわれわれはソローの姿をおのずと重ね合わせたのではないだろうか。ここで注目すべきことは、ソローの病身と作品における健康のイメージとの齟齬という問題は逆説でも意図的なフィクションでもなく、病気の記憶の反動、すなわち病気の記憶ゆえに健康を理想として追求したという、ある意味ではごく自然な内情に由来するものであったということである。

『ウォールデン』というテキストに健康のイメージが横溢しているという事実は、つまるところ、作者のソロー自身が健康という身体の問題についてきわめて自覚的であったという事実を示すに過ぎない。そしてみずからの心身の健康について、あるいは自然の健康ということについて過敏なほどの意識を抱かせたのは、ウォールデンの森の生活に先立つ数年間の体の不調と死の記憶であったということである。

実際、一八四〇年代の前半、ソローがウォールデン湖畔でひとり暮らしを始める前の数年間は、ソローがみずからの心身の健康についてもっとも苦悩した期間であった。なかでも四二年の一月に起きた兄ジョンの死の衝撃は痛切だった。一月一日、髭剃りの準備をしていたジョンは誤って剃刀で左手の薬指の先を切り裂いた。包帯をしたまま放っておいたのだが、数日後、傷口が大きくふくれあがっているのに驚き、村の医師バーレットの元へと駆けつけた。その日の夜かれは高熱と神経の麻痺に襲われる。ボストンから呼ばれた医者は非情にもジョンに破傷風という診断を下したのである。破傷風は当時なす術のない死病であった。ジョンが息をひき取るまでの十日間、ソローはジョンに献身的な看病をした。ソローが兄に対して抱いていた追慕の情、そしてその死に対する衝撃の深さは、ソロー自身が兄の死の直後から体調を崩し、同じ破傷風の症状を顕わしたことからも推察されるだろう。

ソローの暗い心理に追い打ちをかけたのが、二週間後に起きたエマソンの長子ウォルドーの死であった。猩紅熱によるものだったが、エマソン家に滞在しウォルドーに深い愛着を抱いていたソローにとって、それは兄の死同様に衝撃的な死であった。みずからの体調不良、そしてジョンとウォルドーの死の記憶を引きずりながら、ソローはその心身のぎくしゃくした感覚を一ヶ月後の日記にこう記していた。「近頃、私の心と体はよろめき続け、慣れないシャムの双生児のようにひっくり返り、つまずいたりしている有り様である」(『日記一』三六五―六六)。

ソローの研究者にとってジョンやウォルドーの死、さらにはソロー自身の体調不良という問題はすでに周知の事実だろうが、私がここで強調したいのは、こうした身近な最愛の人物の死という出来事がウォールデン体験のわずか三年前に起こっていた事実である。ソローがウォールデン湖畔でひとり暮らしを始めた動機のひとつに、兄ジョンと過ごした川旅の記録の執筆があったことを考えると、ウォールデン体験とソローの文筆活動の原点に兄の死という問題が存在したことをわれわれは改めて確認しておく必要がある。

「病んだ神経の束」

さて、ソロー自身の身体の問題に話を戻そう。ソローが結核を発病したのは一八三六年の春、ハーヴァード大学在学中のことだと考えられている。[1] 以下、ウォルター・ハーディングの伝記をおもに参照しながら、ソローにおける肺結核の経過を辿ってみよう。ソローは四一年二月二三日の日記に体の不調、特に肺の状態について率直な感想を漏らしている。

身体を気づかうことは、分別心のもっとも高貴なあらわれであろう。もし私が肺にこの不調をもたらしたのだとしたら、その経緯について冷静に、客観的に思いめぐらし、真実を見きわめて適切な判断もしよう。忍耐すればもっと賢明になるだろう。われわれの知恵を動員して、身体の修理に励もう。(『日記一』二七二)

翌四二年に起きた兄ジョンの死が、そうしたソローの身体状況に追い打ちをかけたことはすでに指摘したとおりである。実際、ソローは数週間病いの床に伏して危険な状況に陥っており、さらに嗜眠症と身体の不調にともなう定期的な抑うつ状態に苦しんだとも言われている。[2] 四三年一月の日記には、みずからを「病んだ神経の束」に喩え、「これほど惨めなものを誰が思いつくことだろうか」「この屍をひきずりながら、いや引きずられながら、もうしばらくは生き続けることになるのだろうか」(『日記一』四四七)と絶望を表白した。

四三年三月、ソローはニューヨークのスタテン島に旅立っている。エマソンの兄ウィリアムの家の家庭教師となることが表向きの目的であったが、転地による体調の改善がその隠された目的であったことは明らかだった。旅立つソローについて、隣人のナサニエル・ホーソーンもその体調不良を日記に記していた。[3]

ソローにとって、四五年の夏からウォールデンで過ごした日々と、その前後の数年間がもっとも健康に恵まれた、もっとも充実した期間であったのだが、一八五五年の早春には早くも病いが再発し、ほとんど身動きできない状況にまで追いつめられている。

この二、三ヶ月間というもの、私は体調が悪く、なすすべもなく床に伏し、何かが起きるのをじっと待っている状態なのだ。(中略)もしその病名がわかれば少しは気も紛れるというものだが、それも叶わないのだ。医者も頼りにはならず、変な病名を告げられても真に受ける訳にもいかないのである。[4]

病状はその後も長引き、五六年には「四、五ヶ月間の体調不良と不甲斐なさ」[5]と表現され、また五七年には「二年越しの体調不良」[6]という言葉に置き換えられている。その後の小康状態も、六〇年十二月吹雪の日に樹木の観察に出かけて体調を崩し、それが直接的な死の引き金になったと考えられている。

ソローは死のちょうど一年前、一八六一年の五月から七月にかけてミネソタ旅行を行なっている。医者からはより暖かい西インド諸島か南ヨーロッパを勧められるのだが、金銭のゆとりがなく、乾いた空気が肺によいと言われていたミネソタを選択した。植物採集をしながらの気楽な旅ではあったものの、体調は回復せず、疲れのためにむしろ体調は悪化したと言われている。同行したホラス・マンの一人息子は、皮肉にもかれ自身が結核に感染し、ソローよりも早く二四歳の若さで他界した。[7]

健康ブーム

一九世紀中葉のボストンやコンコード周辺において、結核という病いは人々にどう受けとめられていたのだろうか。周知のとおり、コッホによって結核菌が発見されたのは一八八二年のことであり、一九世紀中葉のアメリカ社会においては病気の治療法も正しい知識も確立してはいなかった。結核は死病として恐れられてはいたものの、伝染病であることすら理解されておらず、民間療法に頼らざるを得ない状況であった。

一八三〇年代のコンコードの統計によると、結核による死亡者が全体の一四%、その他の発熱による死が二〇%、老衰によるものが八%であり、平均寿命は四八歳であった。(8) ソローの死から五年後の一八六七年に、オリヴァー・ウェンデル・ホームズが教え子の医学生に語ったところによると、ボストンの街を歩く二人にひとりが結核に感染しており、死者の三分の一は結核によるものであったということである。(9) 一九世紀中葉のボストンやコンコード周辺において、おそらく二割から三割の死因が結核によるものであったと考えられる。

こうした状況を背景として民衆の間に一種の健康ブームが起こったとしても不思議ではない。結核についても転地療養のほか、水療法、ミルク療法、民間薬など、ありとあらゆる民間療法が試みられた。広く一般に知られたサナトリウムで療養するといった治療法は一九世紀末以降の対処法であり、結核菌が発見される以前にはむしろ積極的に外気にふれることが最善と考えられていた。というのも結核という病いは、しばしば虚弱な体質や陰湿な生活環境と連想づけて考えられていたからである。ソローがウォールデン湖畔における独居生活を決意したのも、文学的な理由とともに、結核による体調不良という隠された目的があったと考えられるのである。ジョエル・マイアソンによると、一九世紀中葉のアメリカは医療改革の時代であり、ソローのウォールデン湖での沐浴はあきらかに水治療を意識した行為であったと言う。(10) ソローにとって朝陽のなかの沐浴が「宗教的な行為」であったのは「身体という寺院」という思想を考え合わせてはじめて理解できる、とマイアソンは指摘した。

一八六九年の『アトランティック・マンスリー』には、ボドウィッチという医者による「アメリカにおける肺結核」

という記事が一月から三回に分けて掲載されている。[11] その中でボドウィッチは結核の原因を生活環境、遺伝、伝染、職業に分けて分析し、治療法として日光浴、室内の換気、栄養ある食事等を提起している。野外の新鮮な空気に触れ、日光を浴びることが当時最良の治療法と見なされていたのである。エマソンの最初の妻エレン・タッカーの死は結核に対する当時の人々の受け止め方を理解するうえできわめて示唆的であった。若い女性の死、虚弱な体質、透き通るような肌、宿命的な結末、結核にまつわるこうしたイメージがこの病いをしばしば美化し、神秘化された死の物語を付与したからである。さらに当時の治療法を反映して、エレンは医者から外気にふれ新鮮な空気を吸うことを強く勧められている。衰弱し微熱のつづく身体をおして、エレンは夫のエマソンとともにたびたび馬車で遠出をするという、今から思えば皮肉で涙ぐましい努力を続けていた。[12]

水治療

ここで水治療についてひと言触れておこう。ソローの朝の沐浴を水治療との連想でマイアソンが論じたことは前にも触れたが、実際、『ウォールデン』には水治療を想起させる描写が散見されるのである。

一九世紀に起こった水治療ブームはおもにシレジアの農民ヴィンセント・プリスニッツによって創始されたものであった。[13] それ以前にも水療法的な慣習は行なわれていたのだが、「治療」として体系化したのはプリスニッツだった。その療法はおもに沐浴（水浴び）、患部への湿布、それに飲料水としての服用であったが、特に結核に対する療法というのではなく（むろん、結核という病いそのものが医学的に確立されていなかったのだが）、多くは心身の健康の増進や体調回復のために用いられたものであった。

ソローとの関連で重要なことは、かれのウォールデン体験とアメリカ北東部における水治療の流行とが時代的にほぼ重なっていた事実である。プリスニッツの水治療がアメリカに広まったのは一八四〇年代であり、その先駆的な役割を担ったジョエル・ショーが『水治療ジャーナル』を創刊したのは四五―四八年、すなわちソローのウォールデン滞在と時期的にほぼ一致していた。水治療のプロセスそのものよりも重要なのは、この療法がしばしば医療改革の一環として論じられたことである。公衆衛生、食事療法、禁酒、菜食主義、あるいは骨相学等との関連において健康を増進するひとつの手立てと考えられたことである。マサチューセッツの施療院で実践されていた水治療には食事療法のほか運動療法も取り入れられており、冷水による沐浴の後、自然の中を長時間歩行する内容も含まれていた。ソローは「歩行」というエッセイにおいて、一日少なくとも四時間は野山を歩かないと心身の健康を保てないと述べているが、その背景には水治療を含めた医療改革の思想があったと言えるかもしれない。

さらに興味深い事実は、英国においてもアメリカにおいても多くの作家が水治療を実践し、その効果を讃えていたことである。英国の詩人テニソンは一八四四年、水治療の施療を受けて「体の中から多くの毒が出たようだ、いかなる薬もそうすることができなかったのだが」と述懐していたし、[14] 合衆国ニューイングランドでは『アンクル・トムの小屋』で有名なストウ夫人がヴァーモント州ブラトルボローの施療院で一年間を過ごしていた。さらにはウィリアム・ギルモア・シムズは「ハイドロパシー——水治療」というエッセイをみずから主宰する雑誌に掲載した。

冷水の効能というのは非常に大きく、場合によっては他の療法よりも優れていると言える。(中略)というのも、われわれのような文学者や読者というのは研究生活に伴う肉体的苦痛にしばしば苦しめられるのだが、逆症療法やホメオパシーではいっこうに効き目がないのである。そうした人は水療法を試してみることをお勧めする。[15]

ここで注目したいのは、シムズが水治療を文学者の観点から論じている点である。この療法が特に讃えられたのは頭痛や憂鬱症などの心身症を対象としたからではなかったろうか。水治療が流行した四〇年代の前半、断続的な抑うつ状態に苦しめられていたソローにとって、この療法の効果を見聞し(あるいは人から勧められて)、心身の回復を願って朝の沐浴を実践したとするのは十分に考えられることである。

結核の蔓延という事実からも推測されるように、当時のコンコードでは長命なものと短命な者とが明確に分かれていた。ソローの家族を例にとると、兄ジョンと妹ヘレンがそれぞれ二七歳と三七歳で亡くなり、エマソンの家系では、父が四二歳、最初の妻エレン・タッカーが二〇歳、弟のチャールズとエドワードが二八歳と二九歳で他界している。こうした背景からすると、四四歳九ヶ月というソローの生涯はけっして例外的に短いというわけではなかった。他方において、ソローの周辺には長命な者も多く、エマソンが七九歳、妻のリディアンは九〇歳、またコンコードに集まった作家や文学者をみても、海難事故で亡くなったマーガレット・フラーを別にすると、ホーソーンが六〇歳、ブロンソン・オルコットが八八歳、エラリー・チャニングが八四歳、オレスティーズ・ブラウンソンが七二歳と長命であった。一八三〇年代のコンコードでは五人に一人が七〇歳まで生きたという報告もある。[16] ソローは詩人の寿命ということに触れて、「若死にしてはなんにもならない。もっとも偉大な天才は若死にしない。（中略）人生は、あざけりや嘲笑の的にならぬためにも、ある程度長生きしなければならないのだ」と日記に記すのだが、[17] その背景には肺結核による寿命の大きな落差があったと考えていいだろう。

二　自然という健康――『ウォールデン』と病い

死と再生

ウォールデン湖畔に暮らし始めてまもなく、ソローは日記に「病みあがりの者だけが自然の健全さを意識的に感じている」という示唆的な一文を記していた（『日記二』二〇九）。ソローにとってウォールデンで過ごした二年二ヶ月の日々は健康に恵まれた期間であったのだが、『ウォールデン』に描かれたテーマの多くは〈病いの思想〉という抑圧された記憶の反動として表現されたと考えられないか。換言するならば、ソローにおいて自然が「健康」でなくてはならない背景には、病いに冒されたソロー自身の身体の問題が潜んでいたと考えるのである。「私は人生でないものは生きたくなかった。生きるということはそれほど大切なことなのだ」(『ウォールデン』九〇)という『ウォールデン』の根幹をなす主張は、「病みあがりの者」の切実な主張と見ることではじめてその真意が理解できるだろうし、「人生の精髄を吸い尽くす」("suck out the marrow of life" 同九一)という核心的なメッセージのなかに、外気にふれた自然生活で「いのちの髄液」を吸収しようとするソロー自身の病身が見え隠れする事実に気づくだろう。ニューイングランド文化史研究の泰斗ペリー・ミラーは、『コンコードの意識』の「序」において『ウォールデン』に触れ、それは「巧みに偽装された死のうたであり、再生の讃歌」であったと指摘している。[18]

実際、『ウォールデン』には自己の死に関する言及が散見される。右に挙げた一節のあとに、ソローは「死ぬ時になって、これまで生きてこなかったなどとは思いたくはない」(同九〇)と記し、「もし本当に死ぬ時になったのなら、喉の奥に断末魔の喘ぎを聴き、手足の先が冷たくなるのを感じていたい」(同九八)と続けている。こうして見てみると、『ウォールデン』というテキストの背後に「病気こそこの世の定め」(『日記四』三五)と考える作者の姿が透けて見えるのである。

『ウォールデン』の主題のひとつが「再生」というテーマであったこともまた注目すべき事実であろう。それは厳しい冬のあとに春が訪れるという自然のサイクルを、あるいは物質主義の風潮に流されるコンコードの住民を「覚醒する」という精神的な「再生」を意味したのだが、この主題の中にわれわれはソロー自身の心身の「再生」を読み取ることも可能だろう。春の到来、夜明け、そして「目覚め」というモチーフは、精神的な覚醒を核とした一連のアナロジーであるとともに、嗜眠症という病いも含めて、ソローにおける身体の「再生」への願望が書き込まれていたと考えられるのである。

「春」(Spring)の章において、ソローは朝陽を浴びた風景に「死者を呼び起こす」「不滅の、力強いいのちの証明」(同三一七)を直感しており、野性の中に「冒すことのできない自然の健全さ」(同三一八)を感じ取っていた。「ああ、死よ、汝の毒牙はどこにあるのだ。ああ、墓場よ、汝の勝利はどこなのだ」（同三一七）。ソローにおいて自然は「健康」、「活力」、「野性」、「生命」とほぼ同義であり、それがソローの自然観の特異性でもあった。ほかならぬその自然の表象の背景にソロー自身の身体の問題、さらには結核という病いに対する一九世紀アメリカ社会の考え方が大きく反映されていたと考えるのである。

雄鶏とフクロウ

「音」（Sounds）の章では、フクロウの鳴き声と朝の到来を告げる雄鶏の鳴き声が対比的に描かれている。闇夜に鳴くフクロウの声は「自然の中のもっとも憂鬱な音」（同一二五）であり、「人間の死に際のうめき声」（同一二五）と表現され、「健康で勇敢な思想が壊疽にやられ、黴が生えてどろどろとした状態の精神」（同一二五）に喩えられた。むろんフクロウの鳴き声は自然そのものの不健全さを表現したものではなく、「あらゆる人間が持っている黄昏の気分や満たされぬ思い」（同一二五）の表現であり、そこにソロー自身の沈鬱（「病んだ精神の束」）、あるいは抑圧された病いの記憶を読み取ることも可能だろう。「生まれてこなければよかった」というフクロウの声の聞きなしは、ユーモアに富んだ表現でありながら、「憂鬱」と「健康」の間を揺れ動いたソロー自身の精神状態を示唆する言葉でもあったのである。

いっぽうそれとは対照的に、雄鶏の鳴き声にはソロー自身の理想が投影されていた。

> その声（雄鶏の声）はすべての国家の目を覚まさせるだろう。日に日に朝早く、もっと早く起き出して、言い様のないほどに健康に、豊かに、そして賢明になりたいと願わぬものがいるだろうか。かれの健康はつねに良好で、肺は強く、その気力はけっして衰えることはないのだ。（同一二七）

この一節は『ウォールデン』の冒頭に置かれたエピグラフを想起させずにはおかない。その題詞において、ソローは「憂鬱の賦」など書くつもりはなく、朝を迎えた雄鶏のように元気に叫ぶことを約束するのだが、雄鶏は精神的な覚醒の象徴であるとともに、健康の象徴でもあったのだ。肺を病み、しばしば「憂鬱」な気分に冒されていたソローにとって、みずからの理想像としての雄鶏は健康で、丈夫な肺と、けっして衰えない気力を持ち合わせていなければならなかったのである。

野性の発見

「自然のなかで心静かに暮らす者には、暗黒の憂鬱は訪れない」(同一三一)とソローは次章「孤独」(Solitude)に記している。「自然の筆舌に尽くしがたい無邪気さと恵み深さ(中略)こうしたものが健康と喜びを永遠にもたらしてくれるのだ」(同一三八)。ソローは心身の回復を約束する「万能薬」について、こう記している。

われわれをすこやかに、静かに満ち足りた心持ちにさせてくれる薬とはなんだろうか。それは、おそらく曾祖父ではなく曾祖母の自然から受け継がれた、どこにもある植物性の薬であろう。自然はそうしてみずからを若々しく保ち、いにしえの君主よりもいのち長らえ、その朽ちた脂肪によって健康を培ってきたのである。私の万能薬には、(中略)混じりけのない朝の空気を一息吸わせてほしい。朝の空気。(中略)私が崇拝するのは、あの年老いた薬草師アスクレピオスの娘ヒュギエイアではなく、ジュピターの酌人であり、ユーノーと野生のレタスの娘であらゆる神々と人間に若い活力を与えたヘーベである。彼女こそおそらくもっとも健やかであり、健康で逞しく、彼女が赴くところはどこもつねに春なのである。(同一三八―一三九)

ここでも、春、夜明け、若さという一連のモチーフが「再生」のテーマと関連づけて語られているのだが、この一節に限って言えば、精神的な覚醒という意味合いよりも、むしろ心身の回復そのものに焦点が当てられている。ソローが「朝の空気」を「私の万能薬」としてことさら強調した背景には、当時の医療行為からみた結核の療法を意識してのことだったと考えられる。

この一節ではギリシア神話を引用しながら、ソローの自然観と、自然に対する身体のかかわり方が明確に示されていた。ソローは自然のなかに「健康」と「活力」の源を見出し、「若い活力」を蘇らせる「野性」の崇拝者となったのである。もっとも自然を癒しの場とし心身の回復を読み込む思想は、広く古今東西の文学にも見られ、ロマン主義の系譜という観点からするとルソーやワーズワスによって典型的に作品化されたとすることもできよう。しかし、一九世紀半ばのアメリカ社会において「野性」という概念に注目し、それを「健康」、「活力」、「崇高さ」と同義と見なし積極的に追究したのはソローであり、おそらくロマン主義の系譜においても、また古典文学との比較においてもきわめて特異な位置を占めていたと思われる。その思想の背景にソロー自身の「病いの記憶」が色濃く影を落としていたと考えるのである。

『ウォールデン』には古代ギリシアの英雄に比された人物が登場する。「訪問者」(Visitors)に描かれた木樵のアレックス・シーリアンである。ソローがこの木樵の身体的存在を理想化し、みずから同化しようとしたことは注目に価する。アレックスはソローと同じ二八歳、ごく簡素で自然な暮らしをし、木樵の技術は誰よりも卓越していた。陽気な性格で「動物的な気性」に富み(同一四六)、時にはウッドチャックをむさぼり食べるような野性的な一面を持ち合わせていた(ソロー自身、ウッドチャックを生きたままむさぼり喰いたい衝動に駆られている)。ソローにおける〈病いの思想〉の関連で言えば、アレックスについて書かれた次の一節は示唆的であろう。

この世に暗い影を投げかける悪徳も病気も、かれにとってはなんら存在しないもののように思われた。(同一四五)

アレックスの精神的な未熟さと限界を十分に踏まえながらも、それでもなおソローはこの木樵の本能的で身体的な存在に「ある肯定的な独創性」（同一五〇）を見出していたのである。

ひとつの理由として、ソローがギリシア古典に通じ、古代ギリシアの思想や文学にみられる身体と精神の調和という理想に深く共感したということが挙げられるだろう。アレックスを「真にホメロス的な人間」（同一四四）と描いたことからも、ソローが古代ギリシアの理想に共感していたことが理解できる。ソロー研究の草分け的な存在であるシーボルドは、ソローのウォールデン湖畔での実践を「ホメロス的な実験」と見なし、古代ギリシアの理想に感化された「身体と精神の調和をめざした行為」であったと指摘している。(19)

三　身体とリアリティ

ソローの身体感覚

これまで肺結核という病いの視点から『ウォールデン』を論じてきたが、ソローの思想と作品をたんに〈虚弱さ〉という視点から解釈することに限界があるのは自明であろう。ほとんど人跡未踏ともいえるメインの森に分け入り、コッド岬で夜間の徒歩旅行を敢行した、その強靭な身体と行動の軌跡をわれわれはどう理解したらいいのだろうか。不規則な病状という結核の性質もさることながら、むしろここで問題なのは病いと健康を極端にまで揺れ動いたソローの身体性であり、そうした経験を通して培われた身体の思想であった。

エマソンはソローにむけた弔辞において、その「身体と精神の見事な調和」（『エマソン全集十』四三〇）を賞賛した。エマソンはソローの死に際してその身体を賞賛したのである。少なくとも、この身体の逆説性をソローの人生が孕んでいたのは事実であり、その生と死の緊張関係をソローは生きたと言えるのではないか。肺病を患いながら雄鶏のように「元気に叫ぶ」ことを望み、嗜眠症に苦しむが故に「目覚め」ていることの必要性を説いたのだ。「病気こそこの世の定め」と考えるからこそソローはきわめて鋭敏な身体感覚を身につけたのであり、身体の理想を追い求めたのではなかったろうか。「もし本当に死ぬ時が来たら、喉の奥に断末魔の喘ぎを聴き、手足の先が冷たくなるのを感じていたい」（同九八）と願うほどにソローは身体感覚に自覚的であり、その身体を通して経験のリアリティに迫ろうとしたのである。ソローはこの一節の直前に、「生であれ死であれ、われわれはリアリティのみを渇望する」（同九八）と書いているのだが、ソローにおける身体の問題と経験のリアリティ（現実感）についてわれわれは再度考察してみる必要があるだろう。

『ウォールデン』の根幹をなす主張にリアリティの追究という主題があったことは明らかだろう。ソローがウォールデンの森に入ったのは「人生の本質的な事実に直面する」ためであり、それは社会生活の慣習や虚飾を脱ぎ捨てて、経験のリアリティに迫る試みであったと言えよう。人生にとって必要最低限のものを見きわめるという主張は、従来シンプルライフの理想、あるいは自然と文明の対比という文脈において捉えられたのだが、より本質的には、不変の真理の追究という超絶主義の思考の枠組みに由来するものであった。超絶主義思想においてしばしば〈移ろいやすいもの〉と〈不変なもの〉が二元論的に対比され、現象世界や感覚的な経験を排しつつ、不変の真理と法則を直観的に把握することが主張された。[20] その二元的な対比をエマソンが悟性と理性という、カント哲学の用語で説明しようとしたことも周知のとおりであろう。

しかしソローはこうした二元的な思考の枠組みに陥るのではなく、不変の真理を追究しながら、他方において「移ろいやすい」感覚世界、身体を通した経験世界に認識の基盤を置いたことは確認しておく必要がある。つまり不変の真理は理性のみによって幻視されるとしたエマソンとは異なり、ソローは身体的な経験世界のなかに個々の真理のリアリティを見出そうとしたと言えるのではないか。「人生の本質的な事実に直面する」ということは、「人生でないものすべてを追い払い」、「人生を隅に追いつめ、ぎりぎりの線にまで切り詰めて」、それがつまらないものであれ崇高なものであれ、「経験によって知ること」（同九一）であったのである。

ウォールデン湖畔で暮らし始めるほんの二、三年前に、兄の死とみずからの体調不良によって死というものを強く意識したソローにとって、人生の本質にのみ意識を集中したいと願うのはむしろ当然のことであったろう。「人生といえないものは生きたくなかった」という真摯な願いは、生活をできるだけ「簡素化」し、人生の意味合いそして経験のリアリティに迫ろうとする姿勢に直結していたはずである。超絶主義者の多くが現象界一般を〈移ろいやすい〉（リアルでない）ものと見なしたのだが、ソローは社会生活の問題に視点をずらしてその慣習や虚飾を暴こうとしたのである。「まやかしや幻想がもっとも確かな真実として敬意を払われ、他方においてリアリティは架空のものとされている」（同九五）。「教会、郡庁舎、刑務所、店舗、宿屋を見やりながら、本当のまなざしの中で物事がいかにリアルに存在するかを述べてもらえば、すべての事物は霧散してしまうだろう」（同九六）。

ここで注目したいことは、つづく一節においてソローが人生の本質、経験のリアリティを川の流れのイメージを用いて表現したことである。川の流れの描写は単なる文学的な修辞に留まらず、ソロー自身の身体経験を踏まえた表現となっているように思われる。つまり、ソローが世界のリアリティを認識し表現する際に身体経験が深く関わっているように思われるのだ。「なぜわれわれは抵抗をやめて川の流れのままに流されなければならないのか。正午の浅瀬にいながら、ディナーと呼ばれる激流や渦にのみ込まれ転覆してしまう、そうした危険を回避しようではないか」（同九七）。「世論や偏見、伝統、妄想、見せかけといったぬかるみ」をくぐり抜けて、「われわれがリアリティとよべる固い底や岩にいたる」ことこそ大切なのではないか。いわばナイル川の水深を計測するナイロメーターではなく、「時代をこえて押し寄せた虚飾や見せかけの洪水」の深さを計るリアリティの計測器（リアロメーター）こそ必要ではないのか（同九八）、そうソローは主張するのである。それに続いて、あの有名な一節が記されている。

時というのは私が魚釣りに出かける小川のようなものである。私はその水を飲み、その間に砂地の底を見つめて、その流れの浅さを知る。浅い水は流れ去り、その後に永遠のみが残る。私はより深く飲みたい。そして星が小石のように散りばめられた空に釣り糸を垂れていたいと思うのだ。（同九八）

この一節は、一見〈移ろいやすい〉時の流れと〈不変の〉「永遠」を対比しているように見えながら、実際にはソローは時の流れの水を「より深く飲む」ことを願っているのだ。その過程において、きらめく星のようなリアリティを垣間見ることを欲したのである。この印象的な文章そのものが、ソロー自身の身体経験に根ざした感覚的なイメージで描かれていることが、リアリティの認識における身体性の意味合いについて多くを語っていたように思われる。

「道具を知る」ということ

ソローの身体性を考えるうえで重要なことは、ソローが元来職人的な身体感覚を身につけていたことである。ソローがコンコードで鉛筆製造業を営む両親の元に生まれ、ソロー鉛筆とよばれるほどの名品を作り上げたことは周知の事実だが、ソローは道具を身体の一部と考えるような感性と思考を身につけていた。言ってみれば、ソローは詩人である以前に鉛筆職人であり、超絶主義者であるとともに測量技師でもあったのである。ソローの思想形成において、職人的な感性と身体感覚がその核心にあったと言えるのである。

ソローの鋭敏な身体感覚については様々な逸話が伝えられている。一ダースの鉛筆をひと掴みで取りあげたというエピソード、あるいは足の歩幅で正確に測量したこと等々。ソローはまた道具や工具の使用においても卓越した技術をもっていた。ソローの測量技術は無類の正確さで知られていたし、何よりも、焼きレンガ千個を用いてセラーを築き煙突を構築したウォールデンの小屋の建設そのものが、ソローの確かな身体感覚の記録であり証左であったはずである。

ソローは「原則のない生活」の冒頭において、「道具を知っているかのように」（"as if acquainted with the tool"）（二五四）という印象的な言葉を書き残している。依頼を受けた講演の内容に関して述べた比喩的な表現だが、こうした言葉にもソローの職人的な身体感覚が的確に示されていた。経験論の哲学者でソローとも面識のあったウィリアム・ジェイムズは知のあり方について、「関する知識」（knowledge-about）と「経験による知識」（knowledge by acquaintance）とに二分し、[21]後者に思想的な可能性を見出しているが、まさに「道具を知る」ことは経験知のひとつの典型例であったと言える。

一八四二年、コンコードの旧牧師館に移り住んだホーソーンは、ソローからマスケタキッドと名づけられたボートを譲り受けている。漕ぎ方の手ほどきを受けながら、ホーソーンはソローの巧みな操作に驚嘆している。

オールが二本であれ一本であれ、ソロー君はボートを完璧に操作した。ボートはかれ自身の意のままに動き、身体的な苦労もなく方向を変えた。ソロー君の言うところによると、数年前、数人のインディアンがコンコードを訪ねてきた時に、教わったわけではないが、カヌーの漕ぎ方と舵取りを正確にマスターしたということだった。[22]

ホーソーンは翌日の日記にもこう記していた。

ソロー君は私にこう言い聞かせるのだった。ある方向にボートを進ませようと意図しさえすればいいのだ、と。実際、そうすれば、ただちにボートはその方向に進み出すのだった、あたかも舵取り人の精神が乗り移ったかのように。[23]

こうした描写について興味深いことは、ソローの身体とボートとが完全に一体化し、ソローの身体と神経がボートの舳先にまで押し広げられたかのように描かれていることである。「ボートはかれ自身の意のままに動き」（"it seemed instinct with his own will"）、「舵取り人の精神が乗り移った」（"imbued with the spirit of the steersman"）と表現されるのだが、こうした身体感覚をソローは「道具を知る」という言葉で表現したのではなかったろうか。ホーソーン自身、前掲の引用に続けて、「われわれ（私とボート）がもっと知り合えば」（"better acquainted"）[24]とソロー同様の表現をしていたのである。

さらにホーソーンの日記の記述は、ソローの意識においてカヌーの操作と先住民の身体感覚とが密接に連想づけられた事実を示唆していた。『メインの森』でもカヌーにまつわる先住民の身体性がいたるところで素描されるのだが、ソロー自身「カヌーの名手」というインディアン名を授けられ、先住民の身体性とソローのそれとが重なり合っているように思われるのである。

『メインの森』

『メインの森』において、ソローが先住民ガイドの身体の動きや声を注意深く観察し素描したことは注目に価する。たとえば、第二部の「チェサンクック湖」ではヘラジカ狩りの模様が描かれているのだが、ソローの視線はガイドであるジョー・エイティオンの身振りを忠実に追っている。「土手をのぼり、森をぬけるかれの足取りは速かった。しなやかに、音もなく、忍び寄る特有の足取りである。地面の左右を見つめ、傷ついたヘラジカのかすかな痕跡を追っていた。（中略）私はヘラジカの足跡よりもジョーの身振りを見つめながら、後を追っていた」（『メインの森』一一一―二）。その直後には、ジョーの手によってヘラジカが解体される場面が克明に描かれる。ソローはまたインディアンによるカヌー造りの過程にも強い関心を抱き、「私はカヌー造りを注意深く観察した。一シーズンその仕事に弟子入りしたいとさえ思った」（同一四九）と述懐しているのだ。

ソローが五〇万語におよぶ「インディアン・ノートブックス」とよばれる資料を作成していたことはよく知られて

いるが、あきらかにソローの関心はインディアンの身振りや感覚をとおして、西洋近代の知の枠組みとは異なる認識のあり方、世界の捉え方を見出すことにあったと言える。特にソローが注目したのは、先住民文化における世界と身体との密接なかかわりであり、それを基盤とした認識、生活技術、言語、うた、神話であった。それは文化人類学的な関心というよりも、ソローの思想に貫かれた合理主義の——「実践」、「野性」、あるいは「経済」（ムダのない循環）という概念に結びつけられた——ひとつの文化の理想として捉えられたということであった。

第三部「アレガッシュ川と東支流」において、ソローは先住民のガイド、ジョー・ポリスの優れた方向感覚に驚嘆し、かれが唄う声の抑揚に「アメリカ大陸発見以前の時代に連れ戻された」ような錯覚を憶える（同一七九）。ジョーは蛇の鳴き声にも敏感に呼応する。そうしたなかで、ソローは生まれてはじめて燐光を目にするのだ。いわば、先住民の文化に触れることでソローの感性は研ぎ澄まされ、世界と交感し共鳴する機会を与えられたのである。そうした先住民の世界観は西洋近代の科学的な認識とは大きく異なるものであった。

> そこでは科学的な説明とよばれるものは、まったく場にそぐわなかった。それは薄明にこそ相応しいもので、科学的な反論などというものは眠くなるだけであった。無知こそすばらしい機会であったのだ。もし人間が眼を二つもっていたとしたら、見るべきものがあるということをそれは教えてくれたのだった。私は今までになく迷信深くなっていた。森は住人不在というのではなく、つねに私と同じような正しき精霊に満たされている。つまり化学反応だけが起こるからっぽの部屋ではなく、住まわれた家であるということだ。そのほんの少しの時間私はかれらと交感したのである。（同一八一）

他方において、先住民には「抽象観念を理解する能力が欠如」していると、ソローは指摘している（同一四〇）。それを裏付けるかのように、ガイドのジョー・ポリスは「リアリティ」、「知性」（インテリジェンス）という抽象的な言葉の意味が理解できないと訴えるのだった(同一六八)。先住民の言語において「リアリティ」という抽象概念が存在しないことは、とりもなおさず、意識と世界、言語と経験との間に距離感もズレも存在しないことを示唆しているのだが、逆に言えば、ソローは文明社会においてそうした距離感とズレが広がり、経験のリアリティが失われつつあることに危機感を抱いたと考えられるのである。

「完全な身体」を求めて

『コッド岬』には「足の幾何学」という興味深い一節が記されている。自分の足腰をあたかも測量の「コンパスや四分儀のように」用い、片足を上げただけで溝を跳べるかどうか判断するという男の挿話なのだが、ソローはユーモアを混じえつつ男の動作を解説し、「ちょっとした足の幾何学」に興味を抱いたと振り返る(『コッド岬』六八―九)。ソローが歩幅によって正確に測量したという逸話は前に紹介したとおりだが、ソロー自身足腰を測量道具と見なすような身体感覚を身につけており、「足の幾何学」に自覚的であったと言えるだろう。結核という病いを抜きにしてはソローの人生が語れないように、こうしたソローの確かな身体感覚を抜きにしては、その人生と思想は語ることができないのである。

ソローの身体そのものよりも興味深いことはかれの身体観であり、特に詩論における身体の意義であった。実際、ソローは比較的早い時期から身体に関する省察を行ない、創作活動における身体の重要性を語っていた。「ひとは頭でものを考えると同じように手と足で考える」ものであり、「詩人の言葉は、『身体の思想を語れ』ということであり、私もそう断言する。」[25]さらに詩作に関して、「私は身体を通してでなければ、本当にインスピレーションを感受したとは思わない」と語っている。なぜなら「われわれの生というものは、魂がその果実である身体によって表現されたものであるからだ。ゆえに、人間のすべての義務をひと言で言うと、完全な身体を作れ、ということである」(『日記一』一三七―三八)。身体は魂の「果実」であり、純粋な身体感覚は詩的インスピレーションを感受する媒体であった。

こうしてみると、「自然の健康」はソローにおける病いの記憶を反映するものであるとともに、「完全な身体」という詩的なヴィジョンを示唆していたことになる。「完全な人間をつくるには、魂は身体のごとく地を離れすぎてはならず、身体もまた魂のようでなければならぬ。片方が他方を否定し抑圧することがあってはならぬ」(『日記二』二四〇)。ソローの主張は西洋思想における精神と肉体の乖離を批判し、その序列を問い直すものであったと言えよう。

四　身体の詩学

自然哲学の流れ

エマソンを中心とした超絶主義者のグループにフレデリック・ヘンリー・ヘッジという学者肌の人物がいた。ニューイングランドの精神はエマソンの思想とヘッジの学識によって進展したと言われたほど影響力の強かった人物だが、そのヘッジが「コールリッジの文学的性格」という論文において、超絶主義哲学と自然哲学の相違について、次のような興味深い指摘を行なっている。

すべての学問には二つの要素あるいは極が関係している。それは主観と客観であり、自然と知性である。この対立する二つの極に応じて、二つの根本的な学問の流れが存在する。ひとつは自然から発して知性に至る自然哲学であり、もう一方は知性から発して自然に終着する超絶主義哲学である。(26)

ソローがヘッジのエッセイを読み、自然哲学と超絶主義哲学の方向性の相違について自覚的であったかどうかは、推測の域を出ない。しかしエマソンを中心とした超絶主義思想の枠組みの中にソローの思考を位置づけようとするとき、おのずとこの方向性の相違が明らかとなるのではないか。

エマソンの超絶主義思想の核心に、キリスト教唯一神への揺るぎない信仰、新プラトン主義的な観念論の流れ、あるいはカントの「理性」論の影響、という三つの大きな思考の枠組みがあったとすると、そうした主観性の盲点にソローは意識的であったはずである。自然は精神の終着点ではなく「果実」であり、自然の個々の事実や身体感覚の中にこそ真実の発現を見出していたのである。ソローが『ウォールデン』で述べたように、「神はいまこの時頂点に達している」(『ウォールデン』九七)のであり、「われわれはただわれわれを取り囲むリアリティを吸収し身を浸すことによってしか崇高で高貴なものをつかむことはできない」のである(同九七)。「吸収し身を浸す」("instilling and drenching")という言葉に示唆された世界に対する身体的なかかわりこそ、ソローの認識論の根底にあるものであったのである。

この意味においても、エマソンがソローの弔辞において、プロティヌスの身体観とソローの身体を対比して描いたことは示唆的であったと思われる。

プロティヌスは自分の身体を恥じていたと言われている。それも故なきことでなかった。かれにとって身体は役に立たぬ召使いでしかなかったからである。抽象的な知性の持ち主にふさわしく、物質的な世界に対処する術を持っていなかったのである。いっぽう、ソロー君はきわめて有能で適応した身体を有していた。(『エマソン全集十』四三〇)

この一節は、あきらかにプロティヌスを信奉したエマソン自身への自嘲をこめた言葉であったのだろう。興味深いのは、これに続けてエマソンがソローの自然へのかかわり方が「有機的」であると述懐したことである。つまり、全身体的に自然とかかわり、その美に浸りながら精神の法則を見出したと言うのである。

かれは自然の個々の事実にも同様に興味を抱いていた。その深い感知力によって自然の中に行き渡る法則の類似性を見出し、ひとつの自然の事実から普遍の法則を推察する稀な才能を持っていた。かれは衒学の徒ではなく、その目は美に開かれ、その耳は音楽に耳をすましていた。(同四四二)

ソローの思想には、こうした自然哲学の流れがあり、そこからかれ特有の実践主義思想が育まれたと考えられるのである。実際エマソンのエッセイを特徴づけたのは、ソローの鋭敏な身体感覚とその「有機的な」世界とのかかわりであった。ソローの観念論者(超絶主義者)としての一面、またプロテスタンティズムの倫理についても指摘はあるものの、このエッセイの大半においてその人生の全体像として示されたのはソローの身体性であり、その実践の具体例の一つひとつであったのである。

言語の受肉

エマソンはこのエッセイの結末において、ソローの「表現の力と文学的な素晴らしさ」(同四四九)を指摘し印象的な文章のいくつかを挙げている。ここで注目すべきことは、エマソンがソローの文章力、その表現の核心に身体性を見出している点である。例として挙げられた文章の大半は視覚、聴覚、味覚といったソローの身体的経験にもとづくものであり、その経験を奇抜なイメージとアナロジーによって描き出したものであった。自然に対して「有機的な」関わりを求めたソローであるだけに、その文章表現においても身体的な経験に根ざしたものであることを、いわば、言語と経験世界とがより親密に「有機的な」関係にあるものであることを、エマソンは指摘したのである。

つまりソローの創作活動における身体の意義を指摘したのであり、さらに詳しく言えば、ソローの文章のリアリティの基盤をその身体的な経験に見出したと言えるだろう。ソローの「身体と精神の素晴らしき調和」を指摘したあとで、エマソンはさらにこう付け加えている。「精神に対する身体の関係は、今まで述べてきた以上に細やか」であり、「かれの歩行の距離の長さが、全体として、その文章の長さを作り上げたのだった。もし家に閉じ込められたとしたら、かれはまったく書けなかっただろう」(同四三一)。

ソロー自身、言語のリアリティにきわめて自覚的であった。詩人でありナチュラリストであったソローにとって、表現された言葉が事実に忠実であり、経験によって裏付けられたものであることは根本的な関心事であったはずである。文明社会において「リアリティの計測器」の必要性を述べたソローであってみれば、その経験世界を構成する言葉の現実性に意識的であるのは当然といえば当然であった。

文明社会において交わされる言葉のリアリティの欠如について、ソローはかれ特有のシャレを用いて次のように語っていた。

われわれが客間(parlors)で話すことばは、活力を失った、ただのおしゃべり(parlaver)にすぎない。われわれの生活はことばが象徴するものからあまりにも隔てられ、食事が給仕用のワゴンと無口な召使いによって運ばれるように、ことばの比喩は遠回しで不自然である。いうなれば、客間というものが台所や仕事場からあまりにも遠く離れてしまったのだ。食事でさえ、一般に食事のたとえ話(parable)でしかない。あたかも、自然と真実とともに暮らし、そこから直接ことばを引き出すことができるのは未開人だけであるかのように。(『ウォールデン』二四四—四五)

“parla-”というシャレにはいかにも人々の言葉がペラペラと上滑りする様が捉えられているのだが、ことばが「活力を失」い、その「象徴」や「比喩」が「遠回しで不自然な」ものになれば、われわれの生活の行為そのものがもうひとつの「たとえ話」になるしかない。ソローは言語のリアリティを「自然と真実」という、原初的な光景に立ち返ることで回復しようと試みたのである。

まとめ

ソローの身体について考察する際にきわめて示唆的な一文が『ウォールデン』の「村」(The Village)に記されている。コンコードの村で遅くまで過ごしたソローは、夜の森を手と足の感覚のみを頼りとして進み、無事小屋まで到着する。

時折暗く蒸し暑い夜に家に戻ったときなどは、目には見えぬ小径を足で確かめながら進んだものだが、その間中ボンヤリと夢見心地で、小屋の掛け金を外さねばならぬことに慌てて気づいて目覚めるのだった。そんなとき、私はどのように歩いて帰ったのかまったく思い出せず、たとえ主人が見捨てたとしても私の身体がおのずと帰り道を見出したのだろうと考えたものだ。食事の時手がなんの助けもなしに口に行き着くように。(『ウォールデン』一七〇)

ここで注目すべきことは、目(視覚)と手足の感覚という、一般的な知覚の序列が覆されている事実である。闇夜においては、当然ながら視覚は用をなさない。ソローは行動の規範を手さぐり足さぐりという、きわめて動物的な身体感覚に頼ることしかできなかったのである。ソローの身体は、「たとえ主人(精神)が見捨てたとしても」、その役割を充分に果たしたのである。

視覚と触覚、精神と肉体、あるいは意識と無意識という認識の二重構造、暗黙裡に了解されたその序列はここにおいて逆転した。いわば日常的な規範から解放された闇夜の世界において、ソローの身体はいきいきとその本領を発揮したのである。この身体の復権ということこそ、ソローにおけるウォールデン体験のひとつの大きな意義であったとみることができるだろう。

第七章　ソローの耳とエマソンの眼球

ソローがクラシック音楽に興味を寄せていたという事実はあまり知られていない。当時レコードがいまだ普及していなかったという時代の背景や、その禁欲的な思想のために音楽との連想が遠ざけられたのだろうが、実際にはソローは音楽に深い関心を抱いていた。

ソローがフルートをウォールデン湖畔で奏でていたことはよく知られており、植物採集には「楽譜入れ」を持参したとも言われている。ソローはまた若い時分から音楽、音、あるいは沈黙ということにきわめて自覚的であり、その鋭敏な感性の一端を『ウォールデン』の「音」(Sounds) という章に記してもいた。

前章では、ソローの病いという問題を手がかりとして、その身体観と創作活動における身体性の意義を考察した。ソローの身体が脆弱さと強靭さの間を揺れ動いたという事実、生と死、病いと健康という二つの極を大きく振幅した事実について考察し、その緊張関係のうえにソローの思考が成立していたことを指摘した。七章ではさらに考察を進めて、身体感覚のなかでも特に聴覚に注目し、ソローの認識のプロセスと詩的言語の形成について考えてみたい。

一　ソローと音楽

ソローのフルート

『若草物語』で知られるルイザ・メイ・オルコットがソローの死に際して、「ソローのフルート」という一篇の詩を書き記したことは示唆的であった。なぜなら、コンコードの知人たち間でソローの存在はしばしば音楽との連想において記憶されていたからである。ホーソーンの妻ソファイアはソローの講演を聴いた夜、「私の耳には音楽が鳴り響いています」と語っていたし、[1]オルゴールの音色をソローとともに楽しんだホーソーンは、「ソロー君はふたたびこの天球の音楽に耳を傾けた。われわれの気ままな楽しみのために、天球の音楽をオルゴールの中に詰め込んでおいてくれたのである」と日記に記していた。[2]

またソローの声や朗読が音楽的であったことは知人の回想録の中にも指摘がある。メアリー・ホスマー・ブラウンの回想記には以下のような記述がある。

エマソンとは対照的に、ソローは生来の音楽家でした。フルートの演奏も上手でしたし、歌を歌うのに適した音楽的な声をもっていました。ソローの耳は自然の様々なメロディに敏感に呼応し、ほかの者には聞こえない音でも聴き分けてしまうのでした。その音楽的な感覚によって、鳥や動物の鳴き声を正確に聞き分けることができたのでした。かれは家の窓のひとつに竪琴を設えていましたし、森の切通しのところで樹々が自然のアイオロスの竪琴を形成し、風が吹いたら鳴りだすことに気づいていました。[3]

ウォルター・ハーディングによると、ソローはフルートやオルゴールの音色を愛したばかりではなく、歌や踊りを好み、姉たちが演奏するピアノにあわせて歌う家庭人でもあったということである。[4] ソローというと孤高さや偏狭さが強調されがちだが、こと音楽に関するかぎり家庭の団欒を愛した人だった。

ソローのオルゴールの所在は不明だが、かれが愛したフルートは現在コンコード博物館に所蔵されている。おそらくソローは愛用のフルートをハーヴァードではじめて手にしたのではなかったろうか。[5] というのもソローが在学した一八三〇年代後半のハーヴァードには、「ピエリアデエスの会」(Pierian Sodality) という音楽同好会が結成されてクラシック音楽への関心が高まっており、初心者が最初に手にする楽器がフルートであったからである。[6] 当時「ピエリアデエスの会」を主宰していたのは、ブルックファームに三年間滞在し、ソローとも親交のあったジョン・S・ドワイトであった。

ソローは「奉仕」(“The Service”) という初期のエッセイにおいて「音楽はいかが」(“What Music Shall We Have?”) という断章を記している。その中でソローはベートーヴェンに言及する。「平和と愛にみちた世界において音楽は普遍の言語であり、人々が野良で交わす言葉さえベートーヴェンが遠くから声をかけるのと同様に美しい調べである」(「奉仕」一三)。この一節を読むかぎり、ソローはベートーヴェンの音楽について語っているわけではなく、野良の音楽の比喩として用いたにすぎない。

しかしベートーヴェンが引かれた背景にはおそらくコンコードにおいて、あるいはボストン周辺において、ベートーヴェンこそ最高のクラシック音楽であるという考え方が浸透していたからであろう。その最大の要因は、やはりドワイトの存在であったと思われる。ドワイトは一八五二年から『ドワイトの音楽誌』という音楽批評を主宰したアメリカ音楽批評界の草分け的な存在だが(ソローの『ウォールデン』の書評をいち早く取り上げたのも、この『ドワイトの音楽誌』であった)、[7] そのドワイトがもっとも強く崇拝したのがベートーヴェンの音楽だったのである。[8] レコードもまだ普及していなかった時代に、ソローとクラシック音楽はかぎりなく接近したのだった。

天球の音楽

ホーソーンが日記の中で「天球の音楽」という言葉に触れたのは偶然ではなかった。おそらくこの言葉を持ち出したのはソローであったろう。なぜならソローはこのピタゴラス学派の概念に強く惹かれており、一八三八年の日記に二度「天球の音楽」という断想を記していたからである（『日記一』五〇、五四）。天上の空間には響きあう心地よい「純粋な音楽」が存在し、自然の音は浄化され「純粋なメロディの領域」に昇華される。回転するオルゴールの音はまさに「天球の音楽」のひとつのモデルであり、その「空間の音楽」が詰め込まれた玩具であったのである。

宇宙はいくつもの天球から成り、その軌道の周期の差によって調和音が奏でられる。神によって奏でられるこの音楽は人間には聞こえない天の調べである。そうしたピタゴラス派の主張をソローは信奉したのだが、「奉仕」においても、ソローはベートーヴェンの言及につづけて「天球の音楽」に触れた一節を記していた。

> この世のものはすべて徳にならい音楽にならう。音楽とは美徳のさきがけであり、神のみ声である。そこには求心的な力と遠心的な力がある。宇宙が神聖な神のメロディを聴きつけると、星は定められた場所に戻り、真の天球を形成する。（「奉仕」一三）

ソローと音楽の関係を考えるうえで、「天球の音楽」という概念には二つの重要な要素が含まれていた。ひとつは、ソローにとって音や音楽は空間の波動によって生み出されるリズムでありハーモニーであるということ。そしてもうひとつは、「天球の音楽」とは詩と啓示の瞬間であり、ソローの超絶主義的認識の一面が示されていたということである。人間には聞こえないはずの「神の声」を志向しながら、たんに「直観」によるのではなく、自然音が沈黙に溶け合い調和する瞬間に耳を澄まし、そこに「普遍の言語」を読み取ろうとしたのである。

メアリー・ブラウンは回想録の中で、ソローが「他のものには聞こえない音でも聴き分けることができた」と述べたのだが、これはたんにソローの聴覚の鋭敏さを指摘したものではなかった。ソローは「天球の音楽」という、文字どおり、人間には聞こえない「神のメロディ」に耳を澄まそうとしたのであり、ソローの「耳」は認識のメタファーとして機能した事実こそ注目すべきだったのである。

沈黙の音

ソローは一八三八年十二月、つまり「天球の音楽」という断想を記した直後に、「音と沈黙」("Sound and Silence")という断想を残している。この断想はのちに『コンコード川とメリマック川の一週間』に挿入されるのだが、そこにおいてソローは「空間の音響効果」("acoustics of space")という言葉を用いていた。森や湖の岸辺では静かに響く音が似つかわしいように、「沈黙こそ空間の音響効果には相応しい」(『日記一』六五)と言うのである。自然の物音が沈黙を背景として反響し、沈黙の中にかき消される瞬間に「もっとも純粋なメロディ」が聴かれるというのである。

> 音はすべて沈黙と似通っている。それは沈黙の表面にできた泡沫のようなもので、いまにも消え去り、底流の力強さと豊かさを示すものなのだ。音というものは、沈黙のかすかな響きであり、沈黙を背景としてはじめて聴覚に心地よく響くものである。それに応じて、つまり音が沈黙を高め強める度合いにおいて、そこにハーモニーが生まれ、純粋なメロディが創られる。(『日記一』六五)

音や音楽の「純粋さ」は究極的に沈黙の中に存在する。「心地よい音はすべて沈黙を味方」(『日記一』六六)にし、「もっともすばらしい会話も最終的には沈黙にいたる」のである(『日記一』六四)。

こうした断想で問われたことは、沈黙や音楽のもたらす内面性であり精神性であった。ソローのいうメロディの「純粋さ」とは、つまるところ、聴覚という感覚的な体験が内面化され、想像力と融合し、象徴的な意味合いを帯びる過程にあったと言える。そしてそれは詩的、宗教的啓示の瞬間でもあったのだ。音楽は「神の声」であり「美徳の使い」でもあったのである。「沈黙とは意識的な魂がみずからと語らうとき」（『日記一』六四）であり、同時に「内なる耳」に働きかける「神聖な音」なのである。

われわれの内なる耳に囁かれたこの神聖な音は――そよ風とともに吹き込まれ、湖に反響して、――ざわめきもなく伝わり、岩場に静かに立っているわれわれの魂の社を浸すのである。（『日記一』六五）

二　『ウォールデン』の「音」

「音楽はいかが」

ソローにおける身体感覚（五感）の問題については、これまでも幾度となく批評の俎上にのぼってきた。ソローとエマソンの思想を対比的に捉える試みとして、あるいはソローの詩学を位置づける試みとして、身体感覚や悟性の問題が取り上げられたのである。その先鞭をつけたのがF・O・マシーセンであり、それを深化させ展開したのがウォルター・ハーディングやジョエル・ポータであった。[9] 特にポータはその著書『エマソンとソロー』において、エマソンとソローの思想上の相違を身体の感覚に基づく悟性の問題を中心に論じている。

マシーセンのソロー論が、エマソンの「ソロー」に大きく依拠していたことは事実であったろう。ソローの言語観、あるいは文学的なイメージの根底に、感覚的な経験が内在した事実を鋭く指摘したマシーセンではあったが、それはエマソンの弔辞に書かれたソローの身体性の意義を反復したに過ぎなかった。エマソンが述べた「身体と精神の見事な調和」(『エマソン全集十』四三〇)という言葉を、マシーセンは「身体と精神の有機的な調和」[10]と言い換え、それをソローの言語にみられる「シンボルの有機的な構造」[11]へと進展させて論じたのであった。この有機性の指摘についても、エマソンが述べた「ソローの自然史に対する決意は有機的であった」(『エマソン全集十』四四〇)という印象的な一文を踏まえていたことは明らかであった。

ここで興味深いことは、ソローの身体経験および言語における五感の重要性を指摘しながら、エマソンとマシーセンが二つの異なる身体感覚をその特徴として取り上げたことである。エマソンが注目したのは嗅覚であった。いっぽうマシーセンがおもに注目したのは聴覚であり、「音楽はいかが」というソロー自身の言葉をその認識に特徴的なモチーフと考えたのである。マシーセンによると、「リズムに対する深い呼応はソローにとって本質的な経験であった。」[12]ここで重要なのは、ソローが音やリズムに特異な嗜好を示したということではなく、ソローの超絶主義者としての一面、つまりその象徴主義の特質を聴覚というモチーフによって示そうとしたことである。エマソン的な視覚ではなく、聴覚のイメージを用いて観念と経験世界との「有機的な」調和を説明しようと試みたのである。

ここではさらに、聴覚にまつわる認識のモチーフのいくつかを検討しながら、ソローにおける詩的言語形成のプロセスについて考察してみよう。

「隠喩なしの言語」

『ウォールデン』の「音」という章に関してまず興味深い事実は、「読書」(Reading)という章と併置され、活字文化との対比において捉えられたことである。「音」の冒頭において、ソローはこう述べている。

たとえどんなに選び抜かれた古典であっても、それ自体は方言であり地方訛りでしかない。本の世界に閉じ込められ書き言葉の中だけで物事を考えていれば、あらゆる事物が隠喩なしに話す言語というものを危うく忘れてしまうものである。それが唯一の標準語であり幅広く用いられる言語でありながら。多くは公表されているが、印刷されるのはごく一部なのである。(『ウォールデン』一一一)

文字がつまるところ恣意的な記号とコードの体系であるとすれば、それによって捉えられた世界というのも、狭隘で部分的なものとならざるを得ないだろう。自然界の音こそ「隠喩なし」で話される言語であり、世界をよりリアルに表現する生の声にちがいないのだが、その多くは文字言語の網目からはすり落ちてしまう。「多くは公表されているが、印刷されるのはごく一部なのである。」

その意味において、文明を象徴する鉄道の音からこの章が語られたことは示唆的であった。ソローはここにおいて自然と文明、野性と人間社会を対比的に描いたのではなく、あらゆる文明活動の基盤としての自然、意識の世界を取り巻く野性という問題について論じようとしたのであり、章の構成も文明から野性へ、活字文化から「隠喩なし」の「自然の声」("articulation of Nature" 同一一三)へ、さらには意識から無意識へと掘り下げられてゆく。

鉄道の音や教会の鐘の音にしても、自然の一部であるかのように描かれる。列車の音は「エリマキライチョウの羽音のように」遠くから近づき、その汽笛は「タカの叫び声のよう」でもある(同一一五)。教会の鐘の音は「自然のメロディ」のように森に反響し、そのこだまは「森の声」となり「森の精の歌う調べ」になる(同一一三)。つづいて家畜の牛、人家に巣食うヨタカの鳴き声が描かれるが、ソローの視点はさらに野性的な自然へと向けられていく。フクロウの鳴き声は「陰鬱な湿地」という「未開の自然」を連想させ(同一二五)、ウシガエルの鳴き声は真夜中の祝祭のイメージで描かれる。最後に描かれるのは夜明けの雄鶏だが、それにしても「インディアンのキジ」として「先住民よりもさらに土着の」「家畜化されない」野性の鳴き声であった(同一二七)。こうしてウォールデンの小屋の周辺には「家庭の音は欠落」し「窓べりのすぐ下まで囲いのない自然が迫っていた」のである(同一二八)。

ソローはここでウォールデンの森が野性の原生林であることを言おうとしているのではない。そうではなく、すべての文化活動の基盤としての野性を想定し、その自然の活力によって人間の活動が健全に保たれている事実を指摘したのである。「読書」によって示された活字文化の背景には、「隠喩なし」に話される野性的な自然の言語が存在し、共鳴し反響している事実を指摘したのである。

三　視覚から聴覚へ

認識のメタファー

これまでソローにおける聴覚の問題に焦点を当てて、音や音楽に対する鋭敏な感覚と詩的想像力の関係を論じてきた。ここで重要なことは、五感という身体感覚の中でことさら聴覚の鋭敏さが際立っていたということではなく、聴覚が「天球の音楽」というモチーフと結び合わされて認識のメタファーとして前景化されたという事実であった。いわば自然と精神の法則、その調和を把握し理解するプロセスとして、音楽やリズム、あるいは沈黙といった聴覚的なイメージが用いられた事実であった。そして、そのメタファーのプロセスを考察することは、ソローの詩論の核心に光を当てることでもあったのである。

こうしたソローの姿勢は、エマソンが視覚をおもな認識のメタファーとしたこととはきわめて対照的であった。エマソンが「透明な一個の眼球」によって世界（自然）を論理化し秩序づけようとしたとしたら、ソローは聴覚をとおして自然の法則、あるいはその本質に迫ろうとしたのではないか。「ソローは自然の意味を定義しようとはしなかった」と書いたのはエマソンだが（『エマソン全集十』四三九）、観念としての自然とは別の意味において、ソローは「自然の意味」を知ろうとしたのではないか。視覚から聴覚へ、この認識のメタファーの対比あるいは変容によって、どのように異なった認識の位相が立ちあがることになるのだろうか。一九世紀前半の文化的コンテクストを踏まえて、そこにおけるソローの「耳」の意義を考えてみたい。

第六章の結末において、ソローが闇夜の森をぬけてウォールデンの小屋にたどり着いたエピソードを紹介した。視界を失い、手と足の感覚によってごく自然に小屋に行き着いた驚きを語った文章だが、「たとえ主人（master）が見捨てたとしても私の身体がおのずと帰り道を見出したのだろう」という表現には日常生活における知覚の序列が示されていた。すなわち手足という身体の動きに対して精神を「主人」と見なしているのだが、その主体を形成したのはおもに視覚であった。

視覚の時代

「われわれの時代は視覚の時代である」と述べたのはエマソンだが、認識の主要なイメージとして、目あるいは視覚が前景化されたのは十九世紀前半においてであった。自然科学は観察を通してめざましい進歩を遂げており、[13]一八世紀後半のヨーロッパではピクチャレスク美学が一世を風靡し、自然を風景画のように鑑賞する姿勢が形成されていた。[14]こうした影響のもと、一九世紀のアメリカ社会においてもピクチャレスク美学が浸透し始めていた。エマソンが『自然』の中で「私は一個の透明な眼球になる」と述べたことはあまりにも有名だが、そのエマソンの『自然』とハドソン・リヴァー派を代表するトーマス・コールの「アメリカの風景について」が同年に出版されたことは視覚にまつわる象徴的な出来事であったのだ。それはピクチャレスク・ツアーの流行にも見られるように、身体感覚の中でも特に視覚がクローズアップされた時代であったのである。

エマソンの『自然』に一貫して示されたのは〈視覚の支配〉という思想だった。目（eye）が主体（I）を形成し、視覚がおもな認識のメタファーとされたのだが、他方において自然は客体化され、視覚によって捉えられた〈絵〉と見なされたのである。

本当のことをいうと、自然を見ることのできる大人はきわめて少ないものだ。多くのものが太陽を見ることができないでいる。少なくとも、表面的にしか見ていないのだ。大人にとって太陽は目にしか映らぬものだが、子供については目と心に入り込むものなのである。(『エマソン全集一』一四)

この一節を読むかぎり、視覚以外の感覚は人間と自然との間に存在しない。メルヴィルの『白鯨』に登場する黒人少年ピップが警告するように、「オレ見る、アンタ見る、かれ見る、オレたち見る、アンタら見る、アイツら見る」、[15]そうした視覚中心的な世界観が形成されていたのである。

ソローやエマソンに大きな影響を及ぼした英国のロマン派詩人にウィリアム・ワーズワスがいる。エマソンがそうであったように、ワーズワースもまた〈視覚の支配〉に関心を寄せた詩人だった。ワーズワースは『序曲』第十一巻においてピクチャレスクの軽薄な風潮を揶揄しながら、いっぽうにおいて「目」と「視覚」の支配を強調する。

今ここでわたくしが述べている状態というのは
目が心の主人となり
人生のいかなる時期においても
五感のなかでもっとも独裁的なこの力が
わたくしの心を絶対的に支配するほどまでに
勢力をのばした状態のことである。(一七一―一七六行)[16]

むろん、ここでワーズワスとエマソンの影響関係を論じようと言うのではない。指摘したいのは、ワーズワスが視覚と聴覚の対比について、あるいは認識のメタファーとしての視覚から聴覚への移行という問題についてきわめて自覚的であった事実である。

ワーズワスは、自然の外観に心奪われ自然との交感に無関心であったのは、五感における「視覚」の比重の大きさからであると述懐する。目が「心の主人」であり、「独裁的」であり「絶対的な支配」を行なったと言うのである。むろん詩人が本当に言いたいのは、自然がそうした視覚の「独裁」を抑え、五感を解放して調和した状態を回復し、外なる目がいつしか「内なる目」に変容する啓示の瞬間であったのである。

わたくしがここで明らかにしたいことは、
自然がこうした目の独裁を、
絶えまなく抑制し、すべての感覚を
呼び覚ましてバランスをとり
五感とその対象を、自由と力という
偉大な目的のために捧げる過程を
述べてみたいと思うのだ。(一七八―一八四行)

五感が解きほぐされて自然と自由に交感する様相を詩人は描きたいと願うのだが、視覚に代わって中心的なメタファーとなるのが聴覚であった。呼応し、共鳴し、反響する音のイメージこそ自然のいのちと人間の交流を端的に示すメタファーとなり得たのではなかったろうか。湖に反響するフクロウの鳴き声に呼応して鳴きまねをする昔日の少年の姿は、記憶と認識が交差する「時の点」であるとともに、自然との交感のひとつの典型的なイメージであったのである。

目の独裁

エマソンの『自然』において、人間の目は自然を知覚するに留まらない。人間の目は自然の風景を創り上げる「もっともすばらしい芸術家」（『エマソン全集一』一四）であり、自然は「人間の目の造形力」（同一四）によって創られた被造物となる。エマソンが「透明な一個の眼球になる」と述べたとき、おそらくかれは自然に対して創造者の視点を獲得したのではなかったろうか。それは視覚によって風景を作り出すという意味ではなく、視覚を通して神（＝創造主）と一体となるという超越論的な意味においてであった。すなわち、「透明な眼球」（"transparent eye-ball"）は同時に「超越的な眼球」（transcendent eye-ball）でもあり、自然の光景（sight）は神に対する内なる光景（insight）でもあったのだ。予言者とは、文字どおり、「見る人」（seer）であった。

> 森のなかで、われわれは理性と信仰に立ち返る。わたくしにはすべてが見える。普遍者の流れがわたくしのなかを流れ、わたくしは神の一部になる。（『自然』二四）

むろん、「透明な眼球」とは身体感覚としての「視覚」を意味するものではなかった。エマソンにとって自然の輪郭や美を知覚する「目」は「動物的な目」（『エマソン全集一』五四―五五）でしかなく、身体という自然の「呪縛」を象徴するものだった。人間が身体感覚を超越し、霊的な存在として普遍者（神）と交感するとき、エマソンの「眼球」は「理性」の隠喩的な表現となっていた。そしてこの「理性の日」は「すべてを見る」目でありながら、自然の事物とその多様さを仮象として「透明化」し、消滅させてしまう〈まなざし〉でもあったのである。

エマソンの自然観において、自然は被造物として沈黙させられている。自然は実体のない仮象にすぎず、魂に対する〈他者〉であり〈声〉をもたぬ存在として扱われている。笹田直人は「まなざしの帝国主義――エマソンの自然・隠喩・

拡張」という論文において、「意識的に視るという行為は、主体を確立する一方で、視る対象から主体をひきはがす」と述べ、「視覚中心主義」が必然的に自然の服従化をもたらす、と指摘している。[17] 視覚中心主義という考え方はおのずと自然に対する人間中心主義的な思考をもたらすものだったのである。

呼応と共鳴

エマソンは認識のメタファーとして「眼球」および視覚のイメージを用いたのだが、ソローが『ウォールデン』の「音」において述べた聴覚の役割はそうした人間中心主義的な支配の論理を相対化するものであったろう。認識のメタファーが視覚から聴覚へと移行することで、世界を見つめる〈まなざし〉という支配の論理から、「自然の声」に呼応し共鳴する共感の論理への転換である。

「音」の章にはロマン派詩を想起させる印象的な場面が描かれていた。ソローはウォールデン湖畔に反響するフクロウの鳴き声に耳を傾けるのだが、これはワーズワスが昔日の少年の日湖にこだまするフクロウの声に鳴き真似で呼応した記述と重ならないだろうか。むろんフクロウの鳴き声に「未開の自然」を直感するソローと、巧みな鳴き真似でフクロウに呼応したワーズワス少年を単純に比較することはできないのだが、少なくともこの比較を通して、認識のメタファーとしての聴覚の意義を前景化することができるのではないだろうか。

一九世紀のロマン派文学において、詩や音楽はしばしば風のイメージで描かれていた。M・H・エイブラムズの指摘を引用するまでもなく、[18] 精神（spirit）の語源（spiritus）は「吐息」「風」を意味し、詩的インスピレーションは文字どおり「息を吹き込むこと」、「霊感を吹き込むこと」であった。ロマン派詩人にとって、風が吹くと音楽を奏でるアイオロスの竪琴は詩的インスピレーションの恰好の比喩であり、外なる風と内なる風の「呼応」を端的に示すものであったのである。

ソローもまた、この「呼応する風」というロマン派特有の思想に無縁ではなかった。『ウォールデン』には、早朝の風を「天上の」音楽あるいは詩的インスピレーションと結びつけた、次のような描写がある。

私の小屋を通り過ぎる風は、山の峰を吹く風と同じものであり、途切れがちに聞こえる地上の音楽の、その天上的な部分のみを運んで来た。朝の風は吹き止むことはなく、創造の詩は途切れることはない。しかし、その音に耳を傾けるものはきわめて少ないのだ。神々の集うオリュンポスはわれわれの間近いたるところに存在する。（『ウォールデン』五七）

一八五一年七月一六日の日記においても、音楽と風と詩的体験がほぼ同義語として語られている。

この大地はもっとも輝かしい楽器であり、私はその音楽の聴衆のひとりであった。われわれに美しい印象を残し、そよ風からうまれた恍惚感を与えてくれる！（『日記二』　三〇七）

「そよ風からうまれた恍惚感」が詩的エネルギーを孕んだ詩人の内面を示すものであることは間違いない。ecstasy という語は、語源的に「常軌を逸した状態」という意味であり、それは創造力に充ちた狂気とほぼ同義であった。そしてここに描かれた大地の「もっとも輝かしい楽器」とは、アイオロスの竪琴にほかならなかった。自然の外なる音楽と人間の内なるメロディとの「呼応」によって、そこに詩的創造の空間がうまれたのである。

アイオロスの竪琴

『一週間』の中には「アイオロスの竪琴のささやき」（"Rumors From An Aeolian Harp"）という詩編が含まれているが、そこには次のような一節が含まれていた。

誰も知らない谷間がある。
（中略）
そこでは愛は温かく、若さは若い。
詩はいまだ歌われず、
美徳はそこに旅に出て
自由な空気を吸うという。

耳を澄ませば聴こえてくる
日暮れの鐘と
気高きひとの足音が
空と語らいゆくさまが。（『一週間』一七六）

この詩編では「音と沈黙」に記された内容がくり返されている。音楽は「美徳のさきがけ」であり、ハーモニーの発現である。「耳を澄ませば」、聞こえないはずの「天球の音楽」が聴かれ、人の心を純粋で原則に忠実な行為へと誘うのである。

ウォールデン湖畔の小屋の軒先には、風が吹くと音をたてる「アイオロスの竪琴」という意匠が凝らされていたのだが、ソローはしばしば大地や自然の風物を「竪琴」のイメージで描いていた。一八三七年一二月の日記には「氷のハープ」（『日記一』一四—五）という断想が綴られているし、風に鳴る電報線を「アイオロスの竪琴」に喩えたことも有名である。「大気のなかにはつねにアイオロスの竪琴が響いている。（中略）開かれた耳には、この世界そのものが竪琴なのだ」と日記に記し、「その音は聴いたすべての者に神聖な狂気をもたらすのだ」と言うのである（『日記三』三二一三）。「神聖な狂気」とは、むろんエクスタシーであり、詩的インスピレーションの源泉であった。

「天球の音楽」という概念にしても、さらに「アイオロスの竪琴」というロマン派のモチーフにしても、それは詩的なハーモニーを意味する同一のイメージであった。「創造の詩」とはかならずしも詩人によって歌われた詩を意味するものではないだろう。それは詩という言語が生じる以前の、自然の感覚的な美やリズムであり、「地上の音楽」が想像力によって「天上の」ものに高められ精神化された体験であった。アイオロスの竪琴とは、つまるところ、自然の風物に存在するのではなく、人間の心の中に存在したのだが、竪琴のイメージと「天球の音楽」が融合したのもまさにこの内面の領域においてであった。

人間の魂というのは、神の合唱隊の静かな竪琴のようなものだ。その弦は神聖な吐息にかきならされ、創造のハーモニーと呼応する。一つひとつの鼓動は、コオロギの鳴き声と調和している。（『日記一』五三）

「天球の音楽」は人間の耳には聞こえない。しかし人間の魂はその「神の合唱隊」の一部でしかなく、想像力の働きによって万物のハーモニーと呼応する。

四　野性の詩学

自然の声

ソローが文字言語と「隠喩なし」で話される言語（自然界の音）との間に、深い亀裂があることを意識していたことは前にも触れた。つまり文字という記号によって表象された虚構の世界と、現実の世界とのズレに意識的であったことである。詩的言語が現実の世界をよりリアルに掬い取るものであるとすれば、表象されたものと現実の世界とのズレをどう埋めるのかという問題に意識的にならざるをえなかったのである。

文字言語が自然の比喩であり「隠喩」であるという認識は、エマソンとソローに共通していた。ヒエログラフに典型的に示されたように、文字は自然のアナロジーに起源を発している。エマソンが『自然』において述べるように、言語の起源は「絵文字」であり、その意味において言語は「化石化した詩」であったわけである（『エマソン全集三』二六）。この意味においてソローが言語の起源、つまり語源に深い関心を抱いていたことは興味深い事実であったのだが、いっぽう、言語が記号化し「化石化」するプロセスにおいて、自然の原質から疎外さてしまうことも必然的な成りゆきであったのである。

ソローの「自然史に対する決意は有機的であった」と書いたのはエマソンであったが、ソローの詩論についても同様のことが言えるだろう。言語が単なる記号ではなく「象徴」として、——つまり、指示することばと指示される世界（自然）との間に「有機的」なつながりがある状態で——表現されることが追求されたのである。ウォールデン湖がその深さと清らかさゆえに「ひとつの象徴」となりえたように、「ことばというものは、ケルトの原語にまで遡れるものこそ自然と調和し、しっかりと根をおろしているものである」（『日記四』一九一）。

ソローは「歩行」というエッセイにおいて、以下のような断想を綴っている。

自然を表現する文学とはどこにあるのだろう。そよ風や小川を意のままに使い、自分のために語らせることができるのは詩人であろう。春、霜によって持ち上げられた柵の杭を農夫が打ちつけるように、詩人はことばを原初的な感覚に打ちつけ、根っこに土塊がついたままページに書き写すのである。そのことばは真実で、新鮮で、自然状態のままであり、たとえ図書館のかび臭い本のなかに埋もれてはいても、春の知らせとともに蕾をふくらませるものだ。そうして周囲の自然と共鳴しながら、おのが性質のままに花ひらき、忠実な読者のために毎年実を結んでくれるのである。(「歩行」二四四)

ここで主張されたのは、習慣化された言語をふたたび「原初的な感覚」に置き直し、その自然性(身体性)を回復するということであった。図書館に眠る「書物」(leaves)が、文字どおり、「葉」(leaves)となり、本来の意味合いを回復して「根っこに土塊がついたまま」表現され、詩的な言語として「花ひらく」瞬間でもあったのだ。むろん、言語の「根っこ」(roots)とは語源(roots)にほかならなかった。

ことばが文字どおり「葉」をのばし、自然や風土という「根」をもち、ひとつの真実に「花ひらく」というイメージに示されたように、ソローの詩論は「有機的」なものであったのだ。それはたんに詩型の問題ではなく、世界のリアリティに触れようとする詩的言語の探求であるとともに、実践をとおした生きる姿勢でもあったのである。

野性の強壮剤

ソローが「歩行」において、「野性にこそ世界を保存するものがある」(同二三九)と書いたことはよく知られている。ソローの文明観において、都市はその周辺に広大な未開の自然を抱えてこそ活力に溢れ、豊かな文化を育むものと考えられた。

原始の森が頭上にそよぎ、他方では原始の森が足元に朽ちている、そんな町こそトウモロコシやジャガイモの栽培ばかりでなく、次の時代の詩人や哲学者を育むに相応しい。そのような土地からホメロスや孔子などが現れ、そうした野性の白然からイナゴや野性の蜂蜜を食べる「改革者」が現れるのである。(同二四二)

さらにソローは「文学においてわたくしを魅了するのは、野性的なものだけである」(同二四四)とも書き、「ハムレットやイリアス、さらに世界のあらゆる教典や神話において私たちを悦ばせるのは、学校で学ばれた教養ではなく、文明化されない自由で野性的な思考である」と続けていた(同二四四)。「本当に良い本というのは、西部の草原地帯や東部のジャングルで見出された野性の花のように、自然で、ハッとして言葉にならない美しさと完全さをもっている」(同二四四)。こうした観点からすると、シェイクスピアを含めた英国の文学は「本質的に飼いならされ、文明化された文学であり、ギリシアやローマの模倣でしかない」(同二四四)、というのがソローにおける野性の詩学の核心であった。

まとめ

これまでソローの音、あるいは音楽に対する関心を手がかりとして、詩と音楽の関係を考察してきた。ソローは詩というものの本質を言語以前の自然のリズムに求めたのであり、「隠喩ぬき」の「声」が呼応し反響する「原初的な感覚」に置き直して捉えようとした。いやむしろ、言語というものがコード化された記号の体系である以上、反復され消費される過程のなかで世界の実質から乖離することは必然的であり、言語の起源に立ち返ることでリアリティを回復しようと考えたのである。

「歩行」においてソローは「すべて善きものは野性的であり自由である」という主張を再度くり返し、次のように続けている。

楽器にしても人間の声にしても、音楽の調べの中には(中略)、なにか原始の森に響く野性の獣の叫びを想起させるものがある。(「歩行」二四六)

ソローは詩の本質をしばしば「音楽の調べ」ということばで表現しており、そうしたことを考え合わせると、詩的言語はその内に含まれる「野性の森」を回復することで確固としたリアリティと、豊かなイメージに満ちた表現力を獲得したと言えるのである。

第八章　果てしなき宇宙

一　希望のレトリック

「エレミヤの嘆き」という語りの修辞が自己批判の文学であることは、本書の第一章において触れたとおりである。ソローはコンコードの自己矛盾について住民の意識を啓発しようと試みたのだが、他方において、コンコードの歴史と、その〈特別さ〉が大きくクローズアップされたことも事実であったろう。いわばソローはコンコードの暮らしの現状を「嘆き」ながら、コンコードの歴史的伝統を形成し、理想化しようと試みたのである。

バーコヴィッチは、アメリカのエレミヤが自己批判のレトリックでありながら、同時に来たるべき千年王国の約束された希望のレトリックであると指摘している。(1) その楽観性こそアメリカのエレミヤの特徴であり「アメリカの象徴性」であると指摘したのである。ソローの作品や演説がコンコードの住民にとって説得力をもったのは、エレミヤというレトリックのもつ楽観性であり自己肯定性であったとも言えるだろう。

「アメリカのエレミヤ」に見られる理想主義は、『ウォールデン』の「ベーカー農場」(Baker Farm) の一節にも明確に示されていた。ここでソローはアイルランド移民の暮らしぶりを引き合いに出しながら、アメリカのあるべき理想について、いやアメリカの観念性について語っている。

かれ（ジョン・フィールド）は、ここで紅茶やコーヒーや肉料理を毎日口にすることができるだけでもアメリカに来た甲斐があったと考えているようだった。しかし唯一の本当のアメリカというのは、こうした嗜好品なしの生活を追求できる自由を有する国であり、奴隷制や戦争、あるいはこうした嗜好品の使用によって直接間接的に生じる諸々の不必要な経費を賄うために、国家が税金を強制するような国ではなかったはずである。（『ウォールデン』二〇五）

ジョン・フィールドの貧しい暮らしぶりが、「経済」で述べられたコンコード住民の「静かな絶望」（同八）のひとつの典型として描かれたことは明白だった。ソローは「唯一の本当のアメリカ」という国家の理想を語りながら、実際には、住民一人ひとりの暮らしの「原則」と人格を問題にしていたのである。

もしエレミヤが希望のレトリックであるとするなら、コンコード・エレミヤによって理想化されたのは何であったのか。おそらくそれはピューリタンの神学ではなく、究極的には、個人の人格であり精神性であったことだろう。『ウォールデン』という書物はコンコード住民の暮らしぶりを徹底的に批判しながら、人間精神の可能性を限りなく称揚した逆説的なテクストであったのである。

こうした逆説性は『ウォールデン』の構成に明確に示されていた。第一章「経済」において人々の暮らしぶりを「静かな絶望」と表現したソローは、最終章「結論」において、人間の豊かな内面世界の存在と可能性を神話的な次元に高めて描いている。その一例として挙げられたのがクールーの芸術家の場合であり、芸術家の信念と美の観念が身体的な制約を超えて永遠性を獲得する過程が描かれたのである。そこにおいて語られたのは、個人の精神や観念性が時間と空間を超越するという超絶主義的な構図であった。

内面世界の無限の拡大という、このロマン主義的言説を、一九世紀における科学の進展、特に天文学の急速な進歩と関連づけて論じることはできないだろうか。近代天文学による宇宙空間の発見と自己の内面性の創出を平行して考察し、宇宙の広がりが人間精神の可能性を示唆するメタファーとして機能した経緯を指摘したいのである。

二　天文学の進展

ハーヴァード天文台

人類による宇宙の発見が科学技術の発達と密接に関連していたことは異論の余地がなかろう。特に近代天文学の進展は望遠鏡をめぐる技術の競争と、その技術によって獲得される知識の集積と独占によるものであったと言える。そのひとつの典型的な例をアメリカの天文学の歴史に見ることができる。

アメリカの天文学は一九世紀に飛躍的な進歩を遂げている。アメリカにおける天文学の歴史は浅く、一八二〇年代まで天文台すら存在しなかったのだが、以後半世紀というきわめて短期間のうちに、世界をリードする研究成果を産み出すまでに成長する。その拠点のひとつがハーヴァード大学天文台であった。

ハーヴァード天文台が創設されたのは一八三九年である。当初は設備らしい設備もなく、台長ウィリアム・C・ボンドが手さぐりで研究を行なっていたのだが、四六年に天文台が正式に創設され、翌四七年にはアメリカでも最大規模の一五インチ型望遠鏡が配置されている。(2) すなわち、ソローがウォールデンの森で生活し、エマソンが超絶主義者との知的交流を続けた時代にハーヴァード天文台は創成されたのであった。それ以降、ハーヴァードの観測天文学は急速に進展し、わずか数年の間に世界に先駆けて天体写真の技術を獲得するまでに至っている。その後ハーヴァード大学天文台はボンドの息子ジョージに引き継がれ、一九世紀末にはエドワード・ピカリングがペルーのアレキーパに二四インチのブルース望遠鏡を配備して世界をリードするようになる。(3) 二〇世紀に入ると、ハーロウ・シャプリーがハーヴァード天文台を観測天文学のメッカとしたのである。

一八四七年に新しく設置された望遠鏡について、エマソンは「ケンブリッジの望遠鏡」と日記に言及している（『エマソン日記十』一一四）。天文学に深い関心を抱き、イタリアのフィレンツェに収色顕微鏡の発明者ジョヴァンニ・バティスタ・アミチを訪ねたこともあるエマソンにとって、(4) ハーヴァード天文台の望遠鏡の設置は注目すべき出来事であったのだ。

いっぽう、ソローは一八五一年七月九日にハーヴァード大学天文台を実際に訪れ、台長のボンドと話している。

ハーヴァードの天文台を訪ねた。ボンドの話によると、ワシントンでは星のカタログを作成しているとのこと？いや、しようとしている。ケンブリッジ（註ハーヴァード大学の所在地）ではやらないらしい。かれらの望遠鏡の性能では無理だそうだ。拡大観察を行なうだけの性能を備えていないのである。小さな望遠鏡でなにかやれることはあるのかと訊ねると、そりゃあ、あるさ、望遠鏡を使わなくても観察できることはたくさんある、たとえば、星の明るさの変化等々。もちろん、いい目をもった観察者がやればの話だが、そんな答えが返ってきた。——天文学者の立場から見て、裸眼がいまだ重要視されていることを知るのは愉快なことだった。（『日記三』二九六—七）

この一節は天体観察に対するソローの関心の強さを示すばかりでなく、ソローの思想、そして当時の天文学の方法論等を知るうえで示唆に富んだ記述であった。たとえば望遠鏡による天体観察と裸眼での星の観察との対比について、一八五四年三月一二日の日記の中でこうくり返されている。

天文台の数は増えているが、天体にはほとんど注意が向けられてはいないという有り様である。望遠鏡で武装した者たちよりも、肉眼の方がたやすく遠くまで見通せるからである。その目を通して誰が観察するかが問題なのである。人間の目以上にすばらしい望遠鏡など作られてはいない。大きな望遠鏡を使えば、拡大率も大きいがブレも大きい。詩人の目であれば、その美しき飛翔によって地上から天上へ一気に駆けめぐるのだが、天文学者の目にはそんなことはありえない。その目は天文台のドーム屋根からさらに遠くを見渡すことはないのである。天体の目に見える現象に比べると、科学的な説明というやつはつまらぬ、取るに足りないもののように思われる。人間の目こそ本当の星の発見者であり、流星ハンターなのである。（『日記六』四七一）

天文学という近代科学に対するソローの批判的な姿勢については後でさらに詳しく述べるとして、ここではいったん所長のボンドとの会話に話を戻そう。というのも、そこには当時の天文学の傾向を知るうえで貴重な指摘がなされているからである。ひとつは、星の分類（カタログ）ということ、もう一方は星の明るさの観測ということであり、こうした作業は、おもにイギリスの天文学者ウィリアム・ハーシェルとその息子ジョン・F・W・ハーシェルによって確立された手法だった。

エマソンとハーシェル

ウィリアム・ハーシェルとジョン・ハーシェルは、一八世紀後半から一九世紀にかけて活躍したもっとも偉大な天文学者であった。父ウィリアムは一七八一年の天王星の発見によって広く知られているが、その功績には数々の星雲や連星の発見と研究、太陽の黒点や月のクレーターの観測などが挙げられ、巨大な望遠鏡を用いた徹底した観測と星の体系的な研究によって知られている。[5] また、息子のジョンは南アフリカに観測所を設けて、南半球の星の分類と体系化を試みた。ジョンの数々の著作の中にはホメロスの『イリアス』の翻訳も含まれ、文学に対する関心が深かったことを窺わせる。従来の天文学者の関心がおもに太陽系の星の位置と運動にあったことを考えると、ハーシェル父子の天文学上の最大の貢献は、太陽系を超えた宇宙の果てしない空間を研究し体系づけようと試みたことだと言えるだろう。もしここで、こうした天文学上の発見とアメリカ文学史との接点を見出そうとすれば、それはハーシェル父子がエマソンの思想の展開に決定的な影響を与えたという事実であった。

エマソンはハーヴァード在学中にすでにウィリアム・ハーシェルの著作に親しんでおり、一八二一年（エマソン十八歳）の日記にそのもっとも早い言及が見られる（『エマソン日記一』三三〇）。同時代人であったジョン・ハーシェルについて、エマソンは南半球の星の分類に関して知的な金字塔として称賛し、『英国気質』のなかで次のように紹介している。

ジョン・ハーシェル卿は、北半球の星のカタログを作成した父上の仕事を完成すべく、みずから喜望峰に赴いて数年間過ごし、南天のカタログを完成させ、帰国後、さらに八年間をかけて論考をまとめあげたのである。その仕事の価値は三十年という歳月を経てようやく注目され始め、以後、歴史に残るもっとも重要な記録と見なされるに至ったのである。（『エマソン全集五』九〇）

エマソンの思想に決定的な影響を与えたのは、ジョン・ハーシェルの二冊の著作、『自然哲学序説』（一八三一）と『天文学論』（一八三三）であった。一八三二年に『自然哲学序説』を読んだエマソンは、その感動を「まさに真実は小説より奇なり」と日記に記していた。

天文学の発見に比べると、われわれが想像力によって創り出したものなど取るに足りぬものであろう。ハーシェルやサマヴィルほどにわれわれを驚かし高揚させるものが、ミルトンの『失楽園』のなかに描かれていると言えるだろうか。観察された事象の途方もない空間と時間、それと対照をなす観察者の卑小さ。あたかも卵の殻（註天文台のドーム屋根）をつけた目が宇宙の中を漂っているようなものだ。（中略）カルヴィン主義者あるいは無神論者でいられる者などこの世にいるだろうか。神は、われらが神学を正し精神を教化すべく、こうした知識をわれらに開示されたのである。(『エマソン日記四』二四)

エマソンはハーシェルの知性と学識を尊敬したばかりではなく、学者としてのあらゆる美徳をハーシェルのなかに見出していた。ハーシェルの著作がエマソンの思想に与えた影響については次節で述べることにして、ここではソローと天文学の関係に目を転じてみよう。

天文学と占星術

ハーシェルに対するエマソンの熱烈な傾倒とは対照的に、ソローの著作のなかにはハーシェル父子への言及は見られない。いやハーシェルどころか、ガリレオ以降発達を遂げた天文学への言及はほとんど見られないのである。ソローと天文学の関係を詳しく調べた小野和人は、天体への深い関心にもかかわらず、ソローは「近代天文学の成果に対してはむしろ冷ややかであり、天文学者に対しても批判的であった」と述べている。(6) 天文学にかぎらず、ソローが近代科学の方法論に対しきわめて懐疑的な視線を投げかけたことは事実であったろう。

『ウォールデン』の中には、人々の多くは「星を天文学的にではなく、せいぜい占星術的に読む」という一文が記されている(『ウォールデン』一〇四)。実際、ソローは天体観察についても天文学と占星術を対比的に捉えており、非科学的とも言える占星術の価値を強調するのである。

天体は一般に、われわれの天文学同様干凋びたつまらぬ事実の集積に見えてしまう。つまり、単なる星の集団であり、後者について言えば、そのカタログである。天の川(ミルキーウェイ)はミルクを産み出さないのだ。距離や尺度など驚嘆すべき数字を挙げながら、科学の中にはいくらか興味深い話もあるにはあるが、そこには星と人間の関係についてはほとんど書かれていない。たとえば土地の測量や航海には役立つかもしれないが、人生の方向の決め方は教えてくれないのである。いっぽう、占星術はこれよりも崇高な真実をうむ可能性を秘めている。星座というものは天文学者よりも馬車の御者にとって意味があり本当に神聖なこともありうるのだ。今では誰も星を見ていないようだ。公立学校で天文学を教わり、太陽までの距離が九千五百万マイルなどと学んでいるようだが、そんなことは私にはなんの意味もないことなのだ。そんな距離を私は歩いたこともないし、信じろと言われても信じることができないのである。しかし、それでも太陽は輝いているのである。（『日記五』四四七）

「馬車の御者」という表現は唐突のように思えるが、おそらく「人生の方向を決める」という直前の表現に掛けた言葉であったろう。この一節は一八五三年一月二一日の日記に記され、のちにエッセイ「月」としてまとめられソローの死後出版されている。「月」として改稿された文章には、「天文学者は、現象の意味あるいは無意味さについては盲目である。鋸を引きながら、木屑から目を守ろうと眼鏡をかけている木挽師のように」（「月」二二─二三）という一節も見られる。この一節は、あきらかに『ウォールデン』の中の一節「人はそんな衛星（海王星の衛星トリトン）の発見ができても、自分の目の中の塵は見出せないものだ」（『ウォールデン』五一）と呼応しているのだが、これらの箇所を引用した小野は「天文学による新知識や情報が、そのままでは人生の糧になりにくいということ、また天文学者が客観的な事実のみを追求し、人間の生き方には全く無関心であること等に集約される」と解説する。(7)

ただここで注意したいのは、天文学と占星術との対比に見られる認識のあり方の違いである。おそらく、占星術の根底には神話的な世界観と感性が存在している。天体が客観的事実として認識されるのではなく、未分化の状態におけるより人間的な物語の体系が存在したはずである。いわば天体そのものの事実としてではなく、人間性の比喩として解釈されたのである。そうした比喩性にソローはもっとも関心を抱いたのではなかったろうか。

小野論文はあくまでもソローの作品と天文学との関連を探ろうとしたものだが、ここでは少し視点を変えて、天文学の比喩とソローの超絶主義的な認識がどう連結していたのかという問題について考察を加えたい。すなわち天文学の比喩を用いることで、自己の概念あるいは自己の内面性がいかに創成され、拡大されたのか、いわば天文学の比喩と“moral sublime”というロマン主義的な言説がいかに融合していたのか、そうした問題について考察しようと思うのだが、超絶主義思想の影響に関してはまずエマソンの考察から始めなくてはならないだろう。

三　説教「天文学」から『自然』へ

新たな神学を求めて

ハーシェルの二つの著作『自然哲学序説』『天文学論』が発表されたのは、それぞれ一八三一年と三三年であった。エマソンは前者の一部を三一年に、そして後者を三三年のヨーロッパ旅行中に読むのだが、ここで注目すべきことは、エマソンがその精神的な危機の時代にこれらの著作を読んでいた事実である。最愛の妻エレンの死、牧師職からの離脱、いわば旧来の神学から新たな宗教観へと移行した危機的な時代と一致していたのである。ハリー・クラークは、エマソンが牧師職を辞した背景には天文学への傾倒があったと指摘するが、(8) 天文学を含めた自然科学に対する関心と宗教形式に対する反発とはエマソンの問題意識の表裏をなしていたと言えるだろう。

より具体的に、ハーシェルの著作のどの部分がエマソンの思想に影響を与えたのかということについては推測の域を出ない。しかし『自然哲学序説』の第一章に記された主張にはエマソンの自然観と共通する点が多く含まれていた。ハーシェルによると、科学は自然哲学の一分野であり、宇宙（自然）はカオスではなく法則によって秩序づけられた世界であると考えられた。そこには神（創造主）の意思が反映され、科学の対象は個々の現象ではなく、あくまでもその秩序を形成する法であるとされたのである。たとえば、第一章には次のような指摘がなされている。

自然哲学の目ざすところの対象は、現象や個々の孤立した事実ではなく、原理であり法であることをわれわれは忘れるべきではない。真実はひとつで首尾一貫しており、原理というものはもっとも見慣れた単純な事実の中にも、またもっとも驚くべき常ならぬ現象の中にも完全に、そして明確に顕われるものなのである。(9)

前にも触れたように、ジョン・ハーシェルは文学の造詣も深く、次の一節に見られるようなシェイクスピアの言及にもエマソンは強く惹きつけられたのではなかったろうか。

科学的な探究心を身につけ、その原理を生起する事象のなかにただちに応用する習慣を身につけた精神は、みずからのうちに純粋で刺激的な思索の尽きぬ泉を抱えていると言えるだろう。シェイクスピアが思索好きの人間を指して次のように描く時、そうした科学的な精神を思い描いていたと推察される。その精神が見出すのは、

木立に言葉、せせらぎには書物、
石のうちに説教話、すべての中に美徳、である。(10)

一八三三年九月ヨーロッパ旅行中であったエマソンは、同年に出版された『天文学論』を船上で読み、その感動をこう表現していた。

ハーシェルの功労によって、天文学は様々な可能性を約束してくれる。天文学は現状よりもさらに高い状態を私に示してくれるのである。いわば、物それ自体よりも物事の陰影部を考えることの方が楽しいのである。(『エマソン日記四』二三八)

この一節は、エマソンにおける天文学の意義を考えるうえで曖昧性を含んでいた。「物事の陰影部」(“the penumbra of the thing”)とは天文学によって導かれた「さらに高い状態」を意味する言葉であったろう。天文学という科学的な事実ではなく、その事実の背後にあるもの(たとえば、精神的な法則)を示唆する言葉でもあったと思われる。いわば物理学(physics)に対する形而上学(meta-physics)の主張であり、科学的な客観性でなく超越論的な観念論に対する関心であった。この一節は、ハーシェルによって展開される天文学の思想的な可能性とその限界を同時に示唆していたのである。

エマソンはハーシェルを代表的知識人として崇敬するいっぽう、天文学者と「アメリカの学者」との間に微妙な距離を置いていたように思われる。一八三七年に書かれた「アメリカの学者」では、学者の自己信頼をハーシェルの人生と微妙に対比させる形で描いている。

フラムスティードやハーシェルのような天文学者は、人々の善意に支えられて真新しい天文台で星のカタログを作成している。成果は顕著で素晴らしく、有益である。おのずと名声も高まるというものだ。いっぽう、学者はプライベートな天文台で、まだ人の思いの及びもしない、朧げな人間精神の星雲のカタログを作成しているという訳なのだ。数日、いや数ヶ月もの間、ほんの二三の事実の発見のために観察を続け、過去のデータを修正しつつ、見栄も今日の名声も犠牲にしなければならぬ。いやさらに、世の中の芸事については無知無能ぶりに甘んじ、有能な人々の侮蔑を受け、つま弾きにされるという有り様である。(中略)あらゆる困難と侮蔑に対して、何の報いがあるというのだろうか。いや、かれは人間性のもっとも高貴な役割を果たしていることに慰めを見出すだろう。個人的な思慮から頭をもたげ、民衆のための素晴らしき思想を語り、そのために生きるのだ。かれは世界の目であり、かれこそ世界の心なのである。(『エマソン全集一』一〇一―一二)

あきらかに、エマソンにとって重要なのは天文学の比喩性であった。天文学者が宇宙の広がりを探求するのと同様に、「考える人間」としての学者の役割は人間の〈内なる宇宙〉を探求することであったのだ。そして、この曖昧性――ハーシェルに対する賞賛と距離、事実と隠喩、科学と宗教――こそ、エマソンの天文学に対する興味の核心であったと言える。エマソンの思想において天文学は哲学の一分野と捉えられたのであり、天文学の新たな発見は神と人間精神を貫く法の発見と考えられたのである。天文学は「より高度な状態」を示唆するメタファーとして歓迎されたのだった。

結論を急ぐ前に、もう一度エマソンにおける天文学への関心を、一八三二年に行なわれた「天文学」(“Astronomy”)という説教を中心に検証してみたい。

説教「天文学」

一八三二年五月二六日、エマソンはハーシェルの著作に触発された天文学への興味を以下のように記していた。

天文学には優れた役割がある。まず最初に提案された問題がいかに示唆的かということである。果てしない空間が宇宙に広がっていると信じられるだろうか。このとてつもない考えをじっくりと思い描いても見給え。その空間においていかなる存在や集団もただの点に過ぎず、中心や天使の概念も宇宙のへりすら説明できないとしたら、観念論のほうがより有効に思えないだろうか。偉大な夜の胸に抱かれて、すべてが失われてしまうからである。次に、天文学は人間の思い上がった考えを修正するということである。(中略)天文学は着実に精神的な法則を築き上げるだろうし、一時的なシステムを拒絶し霧散させてしまうことになるだろう。時間の試金石にかければ、あらゆる誤謬は消え失せ、永遠の目には真理のみが行き渡るのである。(『エマソン日記四』一一五―一六)

天文学の進歩が従来の神学を是正し、新たな「精神的な法則」を確立するという思想は、エマソンの中に燻り続けていた聖職に対する深い懐疑を決定的なものとするとともに、超絶主義という新たな神学の萌芽を約束したと言えるだろう。

この日記の記述は、一八三二年に行なわれた「天文学」という説教に結実する。エマソンはこの説教において、まず、自然の創造者と聖書の神が同一のものであり、自然には神の「意図」が書かれたとする「自然の本」という思想を展開する。これは、一七世紀の思想家ウィリアム・ペイリーの「目的論的証明」(Argument from Design)に基づくもので、神の「意図」が創造物の「しくみ」に顕われるとするものであった。創造物に示された神の意図、つまり自然の意味は、その物理的な法則のなかに隠されていたのである。そうすると宗教と科学は矛盾するどころか同一のものであり、エマソンの言葉で言うと、「神の創造物への知識を深めることは、神の御言葉をよりよく理解する」ことであった。(11)いわば天文学が約束したものは、不変の軌道という現象によって示される法の概念であった。宇宙は神の「意図」によって秩序づけられ、法の支配する空間であった。法は同時にイデアであり、宇宙の空間は人間の精神の隠喩と見なされたのである。

目に見えぬ同様の案内人がハチの軌道も、そして惑星の運行をも導いています。その案内人が全体を形成し、部分を完全なものにし、すべてのものに美と秩序と生命と役割を与えています。ですから、皆さん、私はこう言いたいのです。人類にとって天文学の発見は自然の偉大さと人間精神の偉大さを和解させるものだ、と。かつて、神はこの世の統治者と見なされましたが、今では、神は無限の精神と感じられています。素晴らしく、讃美される存在であり、その御心は愛に満ち、その叡智は人智の及ばぬものなのです。(12)

天文学による果てしない宇宙空間の発見は、人間の「精神の偉大さ」を予感させ、その起源としての神の「無限の精神」を約束した。この説教の特徴は、科学の進歩によって従来の神学の限界を指摘しながら、他方においてペイリーに代表される Argument from Design という旧来の思考の枠組みを借用したことであった。天文学の進歩によってもたらされたものは、神の存在の否定ではなく、創造者としての神の偉大さであったのである。この説教のレトリックが「エレミヤの嘆き」を連想させるように、その内容も天文学という新たな題材を扱いながら、古めかしい結論に終止するものであった。「天文学による貴重な成果は、神に対するわれわれの考え方を修正し高めるものであるとともに、われわれ自身の見方を謙虚なものにすることでもあった。」[13]

「透明な眼球」の誕生

天文学という科学が超絶主義思想に与えた影響について考えるために、ここで説教「天文学」と『自然』との関係性を検討してみたい。『自然』は、周知のとおり、天体の描写から始められている。

孤独になるためには、社会ばかりか書斎からも身を遠ざける必要がある。読書や書き物をしているうちは、そばに誰もいなくても孤独にはならないものだ。孤独になりたいのなら、夜空の星を見ればいい。天体から届く光がかれの存在と手に触れる世界とを切り離す。この大気が透明であるのは、われわれに天体の中に崇高なものの永遠の存在を感じさせる意図があるからではないかとさえ思われるのだ。街中の雑踏からでも、いかに壮大なものに見えることであろうか。もし星が千年に一度現れるものだとしたら、人類はいかに信心深く崇拝するだろうか。そしてそこに現れた神の国の思い出を数世代に渡って保ち続けることだろう。(『エマソン全集一』一三)

孤独になるという振舞いは「崇高な存在」との合一を求めた宗教的な行為であったのだが、ここにおいて大切なことは視覚が認識の主要なメタファーとして前景化された事実である。光と目というエマソン特有のメタファーは、「透明さ」というもうひとつのイメージと結びつけられている。社会から離れて孤独になることは、人間の感覚を「透明化」

して、神の「意図」を明確化することでもあったのである。すなわち、この一節は、「卑しい自己執着は消え失せて、私は一個の透明な眼球になる」(『エマソン全集一』一六)というあの有名な一節の雛形であり序曲であったと言える。夜空の星を見つめるのは「一個の透明な眼球」であった。

先に引用した一八三三年の日記の中で、エマソンは天文学者を「卵の殻をつけた目」("a mere eye sailing about space in the eggshell")と表現しているが、それは宇宙空間における人間存在の卑小さを示唆する表現であるとともに、一八三六年に出版された『自然』における「透明な眼球」につらなる〈生まれたての目〉であると言えないだろうか。つまり望遠鏡というもうひとつの「目」を通して宇宙を見る天文学が、超絶主義思想の萌芽に決定的な影響を与えたと考えることはできないであろうか。『自然』に描かれた観念論が超絶主義思想の核心であるとすれば、時空を超えた「精神の法則」を直感的に把握する「理性の目」は、天文学者が宇宙の物理的な法則を発見した「永遠の目」と重なるだろう。「目と光を創り、この地球を透明な大気で被われた主は、創造された者たちに星を観察させ、その法則を書かせ給う。こうして主は、かれらの宗教を修正し、その心を訓育されるために、この天体を開かれ給うたのだ。」(14)

エマソンは『自然』の「唯心論」において、「理性の目」を「動物的な目」と対比的に描いていた。人間の感覚で捉えられた自然は、「理性の目」が開眼するやいなや消滅してしまうという超絶主義的な構図であった。ここにおいて、人間の悟性に対する理性、あるいは物質的な自然に対する精神的な法則の優位性という、『自然』に一貫して述べられた超越論の核心が語られるのだが、この構図はすでに三三年の説教「天文学」にもその萌芽が見られたのである。

太陽系あるいはこの世の創造物に対する見方がどのように押し広げられようとも、真理、道徳的な真理、いやイエスが示し給う真理にはほんの少しの影も落とすことはない。けっして影を落とすことはない。そればかりか、比較によってすべての明るさと偉大さは失せてしまうのである。人間の精神において、外の事象に心惑されているうちに突如声が聞こえるときがある。正しさを求める飢えであり渇きである。その御言葉は昼間にのぼる朝日のようなものだ。新たな天地が開けたのである。これまで偉大に思えた外なる創造物は色あせ、暗くつまらぬものに見えてしまうのだ。たとえ新たな幾百万の太陽と銀河系が無限の闇の中に広がっていたとしても、問題にならぬのである。それは単に数字や規模の足し算に過ぎず、たとえどんなに遠く広がっていても、いのちが通わず、われわれの壮大な感覚に触れはしない。ひとつの勇気ある行為、愛、そして献身的な行動を前にして、あらゆる高度や距離というものは意味を持たなくなり、星たちはその輝きを減じるのである。これこそが唯一リアルで絶対的であり、あらゆる状況と変化から独立しているのである。[15]

天文学は、たしかに人間精神の「偉大さ」を表すメタファーを提供したのだが、他方において、宗教的な真理はそうした科学的事実によって示唆される時間と空間を超越したものであることを、エマソンはこの説教の最後で指摘したのである。つまり、科学的な「事実そのもの」よりも「その事実の背後にあるもの」に対する関心であった。

四　天文学と超絶主義思想

内面の宇宙

アメリカロマン主義文学の特徴のひとつは、「自己」という概念によって創出された精神世界の広がり、内的宇宙の発見であった。少なくともエマソンによって創出された「自己」は、エゴイズムや我執という〈閉じられた〉個性の対極に位置する、いわばより〈開かれた〉普遍的な人格であり自己のイデアであったはずである。エマソンは「アメリカの学者」の自己信頼について、天文学者との比較において語るのだが、そこにおいて強調されたのも自己の普遍性であった。すなわち神と交流した状態においてもっとも強烈に「自己」は意識されたのであり、「普遍者の流れ」

が内面世界の拡大を促すのだった。

アメリカロマン主義文学において「牢獄」のイメージがきわめて象徴的に用いられた事実を四章で考察したが、それは自己の内面が拡大し膨張するモメンタムと表裏一体をなすものであったろう。ここで注目したいのが、ソローやエマソンらの著述にしばしばみられる「果てしない」(boundless)という形容詞である。「境界」を越えて広がろうとする精神のベクトルが"boundless"あるいは"expansion"という修辞表現に特徴的に表された事実である。超絶主義思想とは、文字どおり、あらゆる時空の制約を乗り越えようとする思想であり、そのひとつのイメージとされ根拠とされたのが天文学による宇宙空間の発見であったと考えるのである。

ハーシェルの著作に触れたその感動を「果てしない(boundless)空間が宇宙に広がっていると本当に信じることができるだろうか」と日記に記し、天文学の発見が「自然の偉大さと人間精神の偉大さを和解させた」とエマソンは述懐したのだが、エマソンはあきらかに天文学による宇宙の「果てしない」広がりをメタレベルにおいて内的宇宙の広がりと重ね合わせたのである。「ある意味では、人生の目的はみずからの内に宇宙を取り込むことではないだろうか。(中略)むこうの山がかれの精神に移動しなくてはならぬ。そしてついには彼方の壮大な天文学を移行させ、月、惑星、至点、周期、流星などそれぞれの関係と法則を理解することで心の中に取り込まなければならないのである」(『エマソン全集十』一三一)。

エマソンは人間の存在、特にその精神性の「果てしなさ」あるいは「境界」(限界)のなさをくり返し強調している。「人間の可能性に限界(bound)など設けることができるだろうか」(『エマソン全集一』六八)と問いかけ、さらに、人間の精神は「その始まりも終わりも見出すことができぬほど完全で、果てしない(boundless)」(『エマソン全集一』八七)とくり返すのだ。「人間の生というのは自転する円のようなものであり、限りなく小さな円からあらゆる方向に放射され、新しいより大きな円を形成する。(中略)もし、魂が速く強ければ、あらゆる方角に境界(boundary)を越えて溢れ出し、偉大な闇にもうひとつの拡大された軌道を形成する」(『エマソン全集二』二八三―四)。

さらに、天文学によって発見された宇宙の法則が、メタレベルにおいて精神の法則と同一視されたのも事実であったろう。「人間精神の純粋な抽象である幾何学が、惑星の軌道の指標となることを天文学者は発見する」（『エマソン全集一』八七）のであり、「詩人だけが天文学、化学、植物学、動物学を理解しているのは、かれがそうした事実にとどまるのではなく、その事実を記号として用いるからである」「それこそが真の科学なのである」（『エマソン全集三』二五）。文学が人生に新たな視点を与えるのは、「天文学者が地球の軌道の直径を知り、他の星との視差を見出す起点とする」のと同様である（『エマソン全集二』一九一）。

ここで確認しておきたいことは、「自己の拡大」というモチーフはこれまで一九世紀における領土の拡張という帝国主義的な政治言説との関連で論じられてきたことである。たしかに拡張する時代精神が文学的な修辞に表われたことは事実であったが、いっぽう、そうした政治言説が主流になる四〇年代以前にも、こうした内面の発見とその拡大が論じられたのであった。特に超絶主義者と呼ばれた知識人の間でそうした内的拡大が論じられていたのである。その背景には宗教的なリベラリズムというもうひとつの流れが存在し、その流れが政治言説と融合する形でこうした文学的な修辞を可能にしたのである。(16)

認識のフロンティア

ウォールデンでひとり暮らしを始めた直後、ソローは「境界」というメタファーを用いてウォールデンの体験を語っていた。

私はときおり自分にふさわしい土地を見出したかのように、思いもよらぬ高揚感と長らく忘れていた満足感に満たされながら、野原を歩いたものだった。日常生活の境界（"the usual daily boundaries of life"）は消えさり、自分が立っている土地がどういうものか理解した。（『日記二』一七七）

「日常生活の境界」からの離脱は、ソローにおけるウォールデン体験の核心をなすテーマであったろう。それは社会的な価値観からの逸脱であるとともに、「思いもよらぬ高揚感」（"unexpected expansion"）を体験する啓示的な詩的体験でもあったはずである。ソローにおける超絶主義的な認識がしばしば音楽のメタファーを用いて描かれたことは七章に論じたとおりだが、次の日記の一節では音楽のイメージと超絶主義的な自己拡大がやはり「果てしない」（boundless）という形容詞で描かれている。

音楽の調べがもたらしてくれる眺望を忠実に描くとすると、私の人生が果てしない（boundless）平原ように開ける感じなのである。一歩一歩の歩みが輝かしく、その結末に死も失望も存在しないように思われるのである。つまらぬ卑小な物事は霧散し、私自身が立派な行動に相応しい人物になったように思われるのだ。この気分の高揚のあとには些細な出来事も人とのしがらみも存在はせず、音楽の調べに照らして考えれば自他の区別などつけようもない。(17)

ソローの言葉をくり返し引用するとすれば、「現実の境界というのは、想像力の柔軟さに応じて堅くもなく硬直化したものでもなくなり」（『日記六』一六二）、「目に見えぬ境界を通り過ぎると、新しく普遍的で、より自由な法則が心のうちにも身の回りにも確立し始める」（『ウォールデン』三二三）のであった。「宇宙はわれわれが考えているより広大で」あったのだ（同三二〇）。

ここにおいて注目したいのは、「現実の境界」はしばしば言葉によって創られ、反復される事実である。反復される言葉の壁を打ち破ることなくしては、「認識の境界」に到達することも、真実の表現を見出すこともできなかったのである。ソローが「誇張」（extravagance）という修辞によって意図したものは、「現実の境界」から逸脱し、真実を語ることであったのである。

私がおもに恐れていることは、私の表現が十分に誇張的でなく、日々の経験の狭い枠組みを越えて自由にさまよい、私が確信した真実に相応しいものとなっていないのではないか、ということである。枠を越えて行くこと。それはあなたがどれだけ囲われているかにも依る。（中略）私は境界などないところで話をしたいと思う、目覚めた瞬間の人間が目覚めた瞬間の人間に語りかけるように。（同三二四）

ソローの場合、「現実の境界」の向こうに何があるのかという問いは本質的な問題ではなかった。むしろ「現実の境界」を押し広げ、あるいは相対化することによって、新たな世界との関係を築くことこそ重要であったのだ。「冒険を求め」（同二〇七）、「自分自身を探検すること」（同三二二）、そして「世界全体がアメリカ、つまり新世界になる」（『日記四』四二一）ことを願っていたのだ。

『ウォールデン』の「結論」の冒頭にはウィリアム・ハビントンの詩が引用され、自己の「内なる宇宙」が強調されている。

あなたの目をまっすぐに
内側に向けよ。そこにはいまだ発見されぬ
幾千もの大陸が横たわる。
旅人となれ、
そして、内なる宇宙の達人となれ。（『ウォールデン』三二〇）

「内なる宇宙」（"home-cosmography"）という言葉によって示唆されたものは、人間の内面の無限の広がりであり、さらに「外なる」空間に対する優位性であった。ソローはさらにこう続けている。

あなた自身のより高い緯度の領域を探検しなさい。（中略）いや、あなたの内面にあるいくつもの新大陸や世界を発見するコロンブスになりなさい。そして金儲けではなく、思考の水路を切り開きなさい。一人ひとりの人間はそれぞれが一国の君主であり、それに比べると、この世のロシア皇帝も小さなつまらぬ領土をもつ帝国にすぎず、氷のかけらほどのものでしかない。（同三二一）

ここでは空間の広がりが内面性を創出する比喩として用いられたのだが、実際には、自己の精神によって物理的な空間が超越される可能性を示唆していたように思われる。

まとめ

アメリカ超絶主義思想の核心が観念論的思考にあったことは今さら確認する必要はないであろう。『ウォールデン』の「結論」に描かれたクールーの芸術家の挿話は、美の観念が時空の制約を超えて永遠性を獲得するという超絶主義の寓話であった。「神は現在の瞬間にこそ顕現される」（『ウォールデン』九七）という言葉に示唆されるように永遠性の観念は瞬間に感知されるのだが、他方において、こうした啓示の体験はしばしば宇宙的な空間と時間の比喩表現を必要としたように思われる。エマソンやソローの文学において提起された「自己」は観念論に支えられた中心性を基軸としながらも、そこに豊かな内面世界のひろがりの比喩を必要とした。いわば、「自己」という概念によって人間の内面の無限の可能性と「果てしない」空間が創出されたのだが、その比喩表現が形成された背景には天文学という科学によって発見された宇宙の広大な空間概念が存在したと言えるのである。

最終章　コンコードと日本

ひとつの出会い

本書をまとめる過程において、ある種のもどかしさのようなものがつねに私に付きまとっていた。現代の日本に暮らす者が一五〇年前のアメリカ、それもピューリタンの伝統を色濃く残したマサチューセッツの寒村の精神風土にどこまで接近することができるだろうかという疑問であった。

なるほど、近年の再版ラッシュや書籍のデジタル化によって一九世紀の資料や回顧録が容易に手に入るようになり、本書もそうした回顧録を大きな手がかりとした。さらにソローが暮らした当時の町の詳細な地図も作成されており、私自身、その地図を片手にコンコードの街を幾度となく散策したのも事実だった。少なくとも、本書に登場する人名や地名について具体的に頭に想起し地図上で確認しながら執筆を進めたつもりだったが、正直なところ、文章が独りよがりに陥らず、少しでもコンコードの精神風土に届いているのかどうか心もとなかったのである。そうした私の中にあるコンコード社会への距離感は、本書の性格上大きな問題であるように思われた。

そうした折、コンコードを一層身近に感じさせてくれる書物に出会ったのである。二〇〇四年に刊行された高崎哲郎著『お雇いアメリカ人青年教師ウィリアム・ホィーラー』（鹿島出版会）である。ウィーラー（Wheeler）家はコンコードを代表するピューリタンの旧家だが、その八代目の末裔にあたるウィリアムが北海道開拓使の招きによりクラーク博士らと共に来日し、札幌農学校の設立と運営に関わっていたのである。高崎氏は、内村鑑三や新渡戸稲造など明治の俊英を札幌農学校が輩出したひとつの大きな要因として、ウィーラーの存在を浮かび上がらせたのだった。

高崎氏の著作はウィーラーが学んだマサチューセッツ農科大学（現マサチューセッツ大学）から資料を取り寄せ、さらにウィーラー家に残された日記等を広範囲に盛り込みつつ構成されたものだが、この図書の英訳本が二〇〇九年に北海道大学から出版されている。(1)それにより、ウィーラーの日記やマサチューセッツ大学から取り寄せられた資料の大半に原文で接することが可能になったのである。

一九世紀のコンコードをより身近に感じさせてくれる人物を心から欲していた私にとって、高崎氏の著作との出会いは、いわば、ひとつの幸福な事件であった。むろん高崎氏の著作は文学書ではなく、ソローやエマソンを研究対象とする者にとって直接の関わりはない。しかしながら、コンコードという町を研究対象とし、その歴史と精神風土を考察するうえで、この著作は貴重な文献であるように思われたのだ。高崎氏の著作にソローやエマソン、あるいは超絶主義思想についての言及はあるものの、それはジャーナリスティックな視点からなされた解説であり、必ずしも文学的な洞察が試みられている訳ではない。本章ではむしろ、その文学的な視点を補うかたちで、ウィーラーとコンコード、そしてその精神風土から育まれたソローやエマソンの文学について考察したいと思うのである。

一　ウィーラーの家系

ピューリタンの旧家

まず高崎氏の著作を参照しながら、ウィリアム・ウィーラーという人物とコンコードとの密接な関係について考えてみたい。私が関心を抱いたのは、札幌農学校の創設にかかわったウィーラーがたまたまコンコード出身であったという事実ではなく、このウィーラーという人物を通して一九世紀のコンコード、その精神風土について考察を深めることができるのではないかというある種の希望だった。そしてそのコンコードの精神性、おそらくそのもっともよき部分を受け継いだ子孫が明治の日本と出会った瞬間を想像してみたかったのである。
おそらくウィーラーはわれわれが想像しうるもっとも代表的なコンコード市民であった。ウィリアム・ウィーラーは一八五一年コンコードの南部ナイン・エーカー・コーナーという農場に生まれている。八人兄弟の四番目であった。ナイン・エーカー・コーナーは牧草地の広がる人里離れた農場であったが、父エドウィンは貧しい農夫から身を立て、のちには州会議員を務めた人物であった。[2] エドウィンは一八一七年の生まれであり、ソローと同じ生年である。ウォールデン湖の西、ソローが愛したフェアヘイヴンの丘陵地からさらに西に位置するこの牧草地で、かれはしばしばウィーラー家の人々の暮らしを目にしていたはずである。[3]
ウィーラー家はピューリタンの旧家であった。多くのコンコードの住人がそうであったように、ウィリアムはコンコードの土地（soil）と精神（soul）を受け継ぐ家系に生まれたのである。父祖のジョージ・ウィーラーは一六三八年ごろマサチューセッツに移住し、遅くとも一六四〇年にはコンコードに移り住んでいる。[4] いわばコンコードに入植したもっとも初期のピューリタンであったのだが、ウィリアムはその八世代目の子孫にあたる。母方もまたピューリタンの旧家だが、両家はコンコードを開拓したサイモン・ウィラードの直系に当たっていたのである。[5] ウィリアム自身、こうしたウィーラーの家系に深い関心を抱いて調査を続けており、ピューリタンの父祖によって切り開かれたコンコードの町に強い誇りを抱いていたのである。

名誉市民

一八八〇年、四年間の日本滞在から戻ったウィーラーはコンコードの「火曜日クラブ」のメンバーに推挙されている。[6]「火曜日クラブ」は、由緒ある「ソーシャル・サークル」の中からさらに選ばれたもののみが加入を許された名士会であったが、ウィリアムは二十代の若さで推挙されたのである。

ウッドロー・ハドソンの「回想」によると、「ウィーラーは教育委員会の委員長を三年間、厚生委員会に七年、地区電灯委員会に一七年、コンコード公立図書館の理事に三九年、そのうち二八年間は理事長を務めた。コンコード財団の理事を二六年務めた。一九一七―一九一九年に憲法制定会議の地区代表に選ばれたが、その際には『コンコードの名誉市民』とさえ呼ばれたのである。」(7) いわばウィーラーはその人生の大半において、つねにコンコードの自治組織の中枢にいたと言っても過言ではない。

ここで思い当たるのが、コンコード図書館からの「ハックの追放」である。第一章において触れたように、コンコード図書館からトウェインの『ハックルベリー・フィンの冒険』が禁書処分とされたのは一八八五年であった。その年ウィーラーは間違いなくコンコード図書館の理事を務めていたはずである。八二年に逝去したエマソンの記憶がコンコード市民に敬愛されていたこの時期、エマソンをかつて夕食会において茶化し、詐欺師に喩えたトウェインの最新刊が悪書扱いにされたのだった。奇しくも、一八八五年はコンコード入植二百五十周年にあたっており、盛大な式典が企画されていたのだが、その実行委員に選ばれた町の名士のなかに、エマソンの息子エドワードとともにウィーラーが名を連ねていたのだった。ひょっとすると、『ハック・フィン』を追放したのは、ウィーラー自身であったかもしれないのだ。

かつて日曜学校で教えたほどの敬虔なクリスチャンであり、若き内村鑑三に大きな影響を与えたウィーラーだが、そのかれがトウェインの『ハック・フィン』を追放したとしても不思議ではなかっただろう。それを「お上品な伝統」という言葉で片付けることも可能だろうが、それ以上に、ウィーラーの心にはエマソンに対する個人的な感情と思い出が深く刻まれていたのではなかったろうか。

エマソンの推薦状

ウィーラーが北海道開拓使から招聘をうけるに際して、かれのために推薦状をしたためたのはエマソンであった。新渡戸稲造によって発見されたその推薦状の訳文は以下のようなものであった。

マサチューセッツ州コンコルドに於て、　一八七六年三月九日

ウヰリアム・ホウヰーレル氏の為善美の性質にして、農学に於て誠実誠業の者なる事を、在ワシントン日本公使に推轂するは余が喜ぶ所なり。幼年の時より実地耕作の事を知り、アマーストに在るマサチュウセッツ州農学校を卒業し、近来リンコルン湖より水溝を以て、コンコルド邑の人家に水を通ずる為め同邑に雇われ、完全に工を竣えたり。他に就き調べたるに同氏は凡て相知る人に信敬を得てあり。

アル・ワルド・エメルソン(8)

きわめて簡潔な、ある意味では事務的な推薦状であったのだが、日本政府にしてみれば著名な思想家のお墨付きを得ただけで十分満足のゆくものであったのだろう。ハドソンの「回想」によると、この推薦状をめぐってエマソンとウィーラーの間で短いやり取りがあり、その様子がウィーラーの日記に記されていた。

クラーク先生があなたの（エマソンの）名前を挙げられたのは、私たちが親しい間柄にあるとか、私のことをよくご存知だというようなことではなく、エマソンさんが世界的に知られ、その名前が重みをもつためであろうと思いますと申したところ、それに応えて、「いやいや、そりゃあ、古きコンコードという有名な町の住民であるからだよ、われわれが。そのコンコードの人々と歴史が文明世界に知れ渡っているからだよ」と言われた。その知名度が、この地に住むアメリカの「聖人・哲学者」によるものであることには無頓着な様子だった。(9)

この会話が交わされた当時、エマソンは七二歳、ウィーラーは二五歳であり、当然二人が親密な関係であろうはずも

なく、この会話にも微妙な距離感が感じられるのだが、冒険心を抱く若者の将来のためにエマソンが快く短い推薦文を引き受けたというのが真相であったろう。

クラーク博士の後を継いでウィーラーは札幌農学校の第二代教頭の位置に就くのだが、開拓使から医学教授の推薦を求められたかれは、エマソンの息子エドワードを第一候補として推薦している。[10] たしかにエドワードはハーヴァードの医学部を卒業したエリートではあったものの、それ以上にウィーラーとエマソン家のつながりを印象づける出来事であった。エドワードは老齢の両親の世話を理由にこの推薦を断っている。すでに医者として地位を確立し、文筆の才能にも恵まれていたかれにとって開国間もない日本へ赴くことはあまりに大胆な冒険に思われたことだろうし、長男ウォルドーを幼くして亡くしたエマソン夫妻にとって、次男エドワードの船出はあまりにも危険な賭けに思われたことであろう。歴史に「もし」はないが、エドワードが札幌に赴任していたとしたら、日本とコンコードとの距離はさらに縮まっていたにちがいない。

二　ソローとウィーラー

「古きコンコードの住人」

さてここで気になるのが、ソローとウィーラーの接点である。先にも述べたようにソローはウィーラーの父エドウィンと同じ生年であり、ソローが他界した一八六二年、ウィーラーは十一歳の少年だった。ウィーラーが生まれたナイン・エーカー・コーナーはウォールデンの西、フェア・ヘイヴンからさらに西のサドベリー川を隔てた牧草地帯である。ソローがしばしば出かけたフェア・ヘイブンの丘のコケモモ摘みに、ウィーラー少年は加わっていたであろうか。おそらくもっとも可能性が高いのは、ソローの死に際して、その葬列に参加した三百人の子供の中にウィーラー少年が含まれていたことである。

ソローとウィーラーには現実にはほとんど接点はなかったのだが、両者が受け継いだコンコードの精神風土と価値観には多くの共通点が見られるように思う。まず、ソローとウィーラーがコンコードの歴史とみずからの血筋に深い関心と誇りを抱いていたことである。ウィーラー家はピューリタンの旧家であることは述べたとおりだが、ウィリアム自身、こうしたウィーラーの家系に深い関心を抱いて調査を続けており、ピューリタンの父祖によって切り開かれたコンコードの町に強い誇りを抱いていた。日本から帰国したウィーラーはナショウタックの丘に「マルヤマ・クワン」(円山公園にちなんで円山館)という豪邸を建設するのだが、その一帯はコンコードの開拓者であり、ウィーラーの遠い先祖にあたるサイモン・ウィラードがかつて先住民から買い受けた場所だった。[11] ウィーラーという人物はそうした歴史と場所の象徴性にこだわる人物だったのである。

ソローがコンコードの歴史性に深い関心を寄せたことは明らかだった。ソローが独立戦争に従軍した祖父を誇りに思い、作品においてコンコード・レキシントンの戦いの英雄にくり返し言及したことは第一章に述べたとおりである。逆に見れば、各々の家柄と血筋が問われ、歴史の起源に連なる革命や戦いに従軍することが良き住民の条件とされるような風土がコンコードに存在したのだった。エマソンが若きウィーラーに語ったように、「古きコンコードの住人であること」、そしてその家系に生まれることが、世界にも誇れるような事柄であったのだ。ソローはジョン・ブラウンをピューリタンの末裔と見なし、コンコード・レキシントンの戦いの英雄に比肩すべき人物と讃えたのだが、その背景にはあきらかにコンコード言説が存在した。いわば、廃止論者の一ゲリラに過ぎぬブラウンを英雄そして殉教者に変貌させたのは、ソローでありコンコードでもあったのだ。

測量の技量

ソローとウィーラーの二つ目の類似点は、両者がコンコード周辺の地理について詳細な知識を有していたことである。ソローもウィーラーもともに測量師であった。ソローが測量によって生計を立てていたことはよく知られているし、その正確な技量はウォールデンの詳細な測量図にも見てとれる。いっぽう、ウィーラーもみずからの測量によってコンコードの地図を作成している（現在、コンコード公立図書館に保存されている）。(12) また、ウィーラーはコンコードの水道事業を成功させるのだが、そこにもウィーラーの測量の技量と正確な地理の把握が活かされていた。

それに加えて、ソローもウィーラーも発明の才を有していた。ソローは家業の鉛筆製造においてソロー鉛筆とよばれるほどの名品を創り出しており、あらゆる道具の使用や改良に卓越していた。ソローが的確な身体感覚を有していたことは六章で指摘したとおりである。いっぽう、ウィーラーも手先の器用さ、そして発想の柔軟さという点ではソローに劣ることはなかった。ウィーラーが発明によって生涯取得した特許は一〇〇点にのぼると言われている。なかでもリンゴの「特製皮むき器」や「ウィーラー・リフレクター」（灯火の照明力を増す反射盤）は実用化され人気商品となった。(13) また、札幌の時計台を設計したのもウィーラーだった。

大学を卒業したばかりの若きウィーラーはコンコードの水道事業を成功させるのだが、この水利事業の経緯は『ウォールデン』のテクストにも微妙な影を落としていた。『ウォールデン』の「湖」の章において、ソローはウォールデン湖からコンコードの村に水路を引く計画があることを苦々しく語っている。

そして村人たちはウォールデン湖の位置さえつゆも知らず、湖に出かけて水浴びや水を汲むことなどしたことがないくせに、ガンジス川ほど神聖なこの水をパイプを引いて村まで運び、皿洗いなどしようと考えているのである。蛇口をひねりプラグを回すだけで、かれらはウォールデンを手に入れようと企んでいる有り様なのだ。

（『ウォールデン』一九二）

一八七四年にウィーラーが手がけた水道事業には、ウォールデン湖の東一マイルに位置するサンディ湖から水路が引かれたのだが、サンディ湖は別名フリンツ湖と呼ばれていた。ここで興味深いことは、ソローが「湖」においてウォールデン湖とフリンツ湖をきわめて対比的に描いた事実である。ウォールデンはその透明度の高い水質と深さから神秘的な美しさをもつと描かれ、エデンの園の「原初の水の宝石」（同一七九）、あるいはガンジスの聖水に喩えられた。他方において、フリンツ湖は「比較的浅く、特にピュアであるとは言えない」（同一九四）と記述されている。さらにその名の由来となった所有者のフリントの性格、その拝金主義についてこう断罪しているのである。

フリントの池だって。われらの名前のなんという貧弱さだろう。あの汚らわしく愚かな農夫に湖を命名する権利なんてあるものか。この天の水に農場が隣接しているというだけで、その岸辺の木々を容赦なく剥ぎ取っていった男なのだ。ああしたケチな男なら湖面の美しさ以上に一ドル硬貨、いやキラキラした一セント硬貨の表面の輝きを好むだろうし、そこにあの男のツラの厚さが映し出されるだろう。野性のカモを侵入者扱いにするとは。なんでも鷲掴みにする長い習癖からその指の爪は鉄状に曲がってしまっているではないか。そんな男の名前なんて僕には用はない。僕はそこでヤツに出会ったことも、ヤツの話すら聴いたこともない。ヤツは湖を見たことも、水浴をしたことも、そこを愛したことも保護したことも、褒めたことも神に感謝したこともないのだ。（中略）金銭的価値のことしか頭になく、あの男が来れば岸辺全体の呪いとなり、周囲の土地を搾取し、あわよくば湖水も使い果たして（中略）水を抜き、底の泥さえ売り払ってしまおうと考えているのである。（同一九五―六）

ソローの死からほぼ十年後の一八七四年にコンコードの水道事業は完成するのだが、ウィーラーによって手がけられたこの水利事業を成立させたのは、皮肉にも、ソローがもっとも憎悪した所有者フリントの利権意識であり、拝金主義であったと思われる。(14)

人生の冒険

ソローとウィーラーの共通点をさらに挙げるとすれば、両者が一九世紀という時代を背景として開拓者精神ともいえる冒険心を抱いていたことである。メインの原生林にほとんど無謀ともいえる探検旅行を試み、コッド岬に夜間の徒歩旅行を敢行したソロー。他方は日本政府の要請に応じ、いまだ未開の地に過ぎぬ北海道の原野に赴任したウィーラー。ソローはアメリカ先住民のガイドとともにメインの森に分け入るのだが、ウィーラーは日本の先住民アイヌとともに北海道の原生林の中を探索する。[15] そのウィーラーの心に「人生の冒険をすること」(『ウォールデン』一〇)、「心配事を捨てて夜明け前に起き出し、冒険を求めよ」(同一三九)というコンコードの先人の言葉が響いていなかっただろうか。「さあ、西の地平線に向かって出かけよう。ミシシッピ川や太平洋にも足を止められず、また古びて疲れた中国や日本につながるのでもない。直接この半球の接線に沿って進むのだ、夏も冬も、朝も夜も、日が落ち月が沈み、最後には地球そのものが沈んでしまうまで」(同二一五)。

冒険心という遠心的な心の衝動がありながら、きわめて保守的な求心力が両者に存在したのもまた事実であった。そしてその求心力の中心にコンコードが位置していたのである。ソローには「コンコードという子午線」(『エマソン全集十』四三七)があったと語ったのはエマソンだが、地形や自然風土ばかりか、プロテスタンティズムの源流にさかのぼるコンコードの精神風土をソローとウィーラーは同様に共有したのである。

一九世紀のコンコードにおいて実利的で合理的な価値観が共有されたことは明らかであったろう。ソローの思考を一貫して貫くものは合理精神であったし、的確なビジネス感覚であったとも言える。家業の鉛筆製造に関わったかれはおのずと商工業者の現実的な価値観を身につけていたことだろうし、それはコンコードに培われたプロテスタンティズムの風土と、それに基づく資本主義の論理から遠く隔たるものではなかったはずである。『ウォールデン』の第一章「経済」はウォールデンという「実験」の会計報告から始められており、一年に六週間も働けば十分暮らしてゆけるという結論は、清貧の思想の実践によるものではなく、徹底した合理精神の表現であったと言える。いっぽう、エンジニアとして活躍したウィーラーが合理精神とビジネス感覚を有していたことは明白であろう。日本からの帰国後エンジニアとして成功したかれは、財においても名誉においてもコンコードの一級市民に相応しい地位を確立したのだった。

コンコードの精神風土をともに基盤としながら、ソローとウィーラーを大きく隔てたものもまた合理精神であり、ビジネス感覚であったのではないだろうか。一方は engineer としてアメリカ全土にわたって働き、ナショウタックの丘に豪邸を建ててコンコードの「名誉市民」と称されたウィーラー。他方はフェア・ヘイブンの丘に子供たちとコケモモ摘みに出かけることを無上の喜びとし、エマソンから「ソローには野望がなかった。そのために、すべてのアメリカのために働く（engineer）ことなく、コケモモ摘みの隊長に終わった」（『エマソン全集十』四四七―八）と揶揄されたソロー。同じコンコードの風土を共有し、その思考や行動において多くの類似点を抱えていた両者は、その人生の設計においてきわめて対照的な生き方を実践してみせたのだった。

三　教育改革の流れ

農科大学の創設

ウィーラーが札幌農学校に赴任するきっかけになったのは、かれがマサチューセッツ農科大学の一期生であったことである。ウィリアム・クラークは農科大学の第三代学長（実質的に教育を運営した初代学長）であったのだが、クラークと共に来日したウィーラー、ペンハロー、ブルックスのいずれもがかれの教え子であり、農科大学の生え抜きの才能であった。

つまり札幌農学校の創設に際して、その構想、理念、教育カリキュラムのすべてにおいてモデルとされたのはマサチューセッツ農科大学であったのだ。『お雇い米国人科学教師』を著わした渡辺正雄は、クラークがマサチューセッツ農科大学の理念について「実地に即した教育を重要視した」と述べ、「彼のこうした教育方針と抱負とは、そのまま札幌農学校の建学精神の中に取り入れられることになるのである」と指摘している。(16) いわば実学を中心とした高等教育の改革思想が、近代化を性急に推進しようと図っていた明治政府の思惑に合致したのであった。

マサチューセッツ農科大学の創設は一八六四年だが、この農科大学の創設にはその二年前に成立したモリル法が大きく関わっていた。広く「土地供与（ランド・グラント）法」として知られるものだが、その根本思想は民衆に高等教育を普及し、特に農業や工業など実学を中心とした専門教育を行なうことを目的としたものだった。連邦政府によって土地供与を受け、その資金をもとに多くの州立大学がこうして誕生したのである。

マサチューセッツ農科大学において行なわれたモリル法制定二十五周年の式典において、ジャスティン・モリル自身が行なった講演の一部をここに引用してみよう。

ハーヴァード大学の著名な演説家がかつて「大学とは何でしょうか」と切り出したことがあります。三十年前までかれは「大学というのは、役に立つ実用的なことを教えるところではありません。大学というのは、サンスクリット語の語源を掘り返しているだけで生活できる、そうした場所においてはじめて成立可能なのです」とみずから答えた、と言われています。（中略）（今日）大勢の労働者階級が農場や作業場、炭鉱や工場、鉄道や様々な職場において、この国の自由と統一のためにつねに献身し、将来においてみずからを向上させ、その恩恵を蒙るためにしっかりとした適切な教育を受ける権利を待ち望んでいたのです。(17)

ランド・グラント大学は、高度のより広範囲にわたる教育が各々の州の手の届く範囲内に置かれるべきであるという理念に基づいて創設されました。（中略）その目的は、こうした多数の階層に自由教育（リベラル・エデュケーション）の扉を開くことであり、距離が近いことで経済的な負担を軽減することでした。しっかりとした文系的な素養ばかりではなく、社会の生産的な活動に従事するのに応用可能な教育を提供することで就学を促そうとするものです。(18)

その根本的な理念において、マサチューセッツ農科大学はあきらかにハーヴァード大学の対極に位置していた。ハーヴァード大学にみられるように、元来大学は聖職、法律、医学、教授職等の専門職を養成するエリート教育の場であった。そこにおいて重んじられたのは、古典語の習得を含めた教養教育であったのだが、他方において、急速に進展し拡大する近代科学、それに基づく実用的な技術の教育が社会から要請されていたのである。さらに社会的なリベラリズムの風潮が教育の普及を大きく推進した。グラマー・スクールに代表されたように、子弟の教育というものが白人の富裕層によって占有された時代は終りを迎え、女子教育ばかりか、労働者階級、移民、黒人あるいは先住民にまで教育の対象が広げられようとしていたのである。

ここにおいて注目したい事実は、マサチューセッツ農科大学の創設が、二章において触れたマサチューセッツにおける教育改革の一環として推進された事実である。オルコットやエリザベス・ピボディによって推進された幼児教育、あるいはホラス・マンによって推進された公立学校の普及という教育改革の流れの延長線上において、大学という高等教育の改革が行なわれ、そのあり方が問われたという事実である。いわばクラークやウィーラーによって行なわれた札幌農学校の創設とそのカリキュラムは、そうした合衆国の、その中でも特にマサチューセッツの教育改革の情熱が明治の日本に飛び火した結果であったのだ。

高等教育における改革思想は、おもに実学、つまりその有益性をめぐって展開されたと言える。「私は、書物のみによって判断を下す人物の意見には何の価値もおかない。」クラークはマサチューセッツ農科大学の教育理念についてこう述べている。「われわれには書物も講義もある。そして学生たちは理論を雄弁に教えられている。しかし、彼らは具体的な事実のあるところまでおりてこなければならない。」[19] 理論と実践の融合、あるいは農業や工業を中心とした実学志向は従来の大学教育に対する批判として前面に押し出されるのだが、こうした大学批判は一八三〇年代、四〇年代においてソローやエマソンらの知識人の間において共有された議論であったのである。

ソローの実学志向

『ウォールデン』の「経済」において、ソローがハーヴァード大学の教育カリキュラムを鋭く批判したことは周知のとおりである。まず、その経済的な負担について「大学側と学生の双方がうまくやりくりした場合に比べて十倍も重い人生の犠牲を強いている」（『ウォールデン』五〇）と述べ、こう続けている。

若者たちが生きることを学ぶのに、今すぐ人生の実験に取りかかること以上にいい方法はあるだろうか。それは数学を学ぶのと同じくらい頭の鍛錬になると思うのだ。たとえば少年に芸術や科学を学ばせたいとしたら、私は世の中のやり方に従って、その子をどこかの教授の元へやり講義や実習を学ばせるというようなことはしない。なぜなら、そこでは人生をより良く生きる術は教えてもらえないからだ。望遠鏡や顕微鏡を通して世界を観察することはしても肉眼で見ることはないし、化学は学んでもパンの作り方は学ばないし、機械学は勉強しても、パンを手に入れる方法は学ばない。海王星の新しい衛星は発見しても、目の中の塵には気づかないのだ。（中略）みずからの手で掘り起こした鉱石を溶かし、それに必要な文献を読んで自分のジャックナイフを作った少年と、その間大学で冶金学の講義に出席し、父親からロジャーズのペンナイフを贈られた少年のどちらがひと月後より進歩したと言えるだろうか。そのナイフで指を切るのはどちらの少年だろうか。（同五一）

ソローがコンコード・アカデミーのカリキュラムにおいて測量体験や鍛冶屋の見学、自然観察などの新たな内容を取り入れたことは二章に見たとおりだが、ソローの教育批判、特に大学教育に対する批判の矛先が知識偏重による現実世界との乖離という問題に向けられていたことは明らかだった。

むろんこうした教育制度の欠如に関する問題意識は、超絶主義者の間で共有された問題であったろう。たとえばエマソンはハーヴァードの卒業生に対して、「本の虫」になってはならぬ、学者には行動こそ不可欠だと語りかけたし（「アメリカの学者」）、ブルック・ファームをはじめとした幾多のコミューンが形成された背景には、精神活動と労働との調和、その有機的結合という理想が掲げられたのも事実であった。

エマソンは「ニューイングランドの改革者」というエッセイにおいて、大学の教育カリキュラムの無用性について次のように指摘している。

しかし、幾百もの高校や大学においてこの常識に反する行為が今でも続いているのである。四年、六年、いや十年と学生はギリシャ語やラテン語の語尾変化を学び、大学を去った途端、と滑稽にも語られるが、これを最後に本を閉じてしまうのである。わが国では毎年数千もの若者が大学を卒業しているが、四十になってなおギリシャ語を読める人の数は片手ほどもいない。私は十人と出会ったことがない。プラトンを読める人は四、五人だろうか。この国のすべての若き柔軟な才能が、その最良の時期に何の役にもたたぬ学問に向けられているのは滑稽なことではないだろうか。その結末はどうなるのだろうか。（『エマソン全集三』二四六）

エマソンはさらに「改革者としての人間」というエッセイにおいて、「若者一人ひとりの教育の一環として肉体労働の必要性」（『エマソン全集一』二二四）を論じていた。

いっぽう、古典文学の高い教養と知識を有していたエマソンやソローが実学的な方向性のみを強調したとするのは早計であろう。ソローは『ウォールデン』の「読書」の章では次のようにも語っていた。「古典の学習はやがて現代のより実践的な学習に取って代わられるだろうというようなことを言う人がいるけれども、冒険的な精神をもった若者なら必ず古典――いかなる言語で書かれ、どんなに昔の話であったとしても――を勉強するだろう。なぜなら、古典とは人間のもっとも崇高な思考の記録であるからだ」(『ウォールデン』五〇、傍点筆者)。ソローが理想としたのは、エリート教育にも実学的な職業教育にも偏らず、「人生の問題のいくつかを理論的に、そしてさらに現実的に解決すること」(同一五)であったのである。

ターナーの報告書

モリル法の制定は南北戦争中の一八六二年だが、モリル法の理論的根拠のひとつとされるジョナサン・ターナーの報告書が一八五三年イリノイ州において発表されている。『ウォールデン』出版の前年のことである。ソローがターナーの報告書を直接参照したとは考えにくいが、ソローがそうした実学教育の動きについて十分把握していたことは明らかだった。いやより本質的に、労働階級の出であり職人的な思考と感性を有していたソローであってみれば、高等教育に関する産業界の問題意識を共有したのは当然であったろう。

ターナーの報告書には「産業教育」という題名が付されている。進歩主義こそ教育の根幹をなす思想であり、全人格的な陶冶が求められている。現行の教育制度は知識偏重であり、特に大学は専門職に特化されており、閉鎖的で、特権化されている。今日そうした教育制度の弊害が表面化している。むしろ将来の職業を考慮に入れて、密接に関連した分野における自由教育(リベラル・エデュケーション)こそ求められているのではないか。特に、農学や工学における文献の蓄積と高等教育の場が必要とされている。ターナーの主張はそうした内容であった。

ターナーの報告には、ソローの教育論を想起させる表現がしばしば見られる。たとえば初等教育の弊害に関して、七歳にもならない幼い子どもたちを神の清らかな日差しから連れ去り、鳥たちや風、野の花や木々から引き離す。

そして日中の六時間、木製の椅子にじっと真直ぐに座らせて、木綿のぼろ布に油でアルファベットや三角形を描いて学ばせ、これを教育と呼ぶとはどうしたことだろう。[20]

あるいは大学における知識偏重の傾向に関して、

教育は生涯にわたる大切なプロセスでありながら――つまり、この世における一人ひとりの大切な人生の仕事でありながら、こうした（知識偏重の）風潮は、教育を学校の六時間に封じ込め、まったく堕落した、男らしくもない、役立たずの無能な者たちを、教育を受けた者と呼んでいるのである。単なる机上の学問に過ぎぬ、指定のコースをどうにか修了しただけで、自分自身のことさえままならず、他人の利益についても十分にわきまえぬまま、世の中に放り出されている有様である。[21]

ターナーは、高等教育を批判するのみならず、教育の対象がすでに民衆に押し広げられ生涯にわたる教育が必要とされていることを強調している。いわば人生をひとつのプロセスと見なし、進歩という概念を基軸とした啓蒙思想が表明されているのだが、全人格的な教育、より根本的には、ソローが主張した「人生をより良く生きる術」の修得が目標とされたのだった。

ターナーの報告書にはまた、ジョサイア・ホルブルックのエッセイからの引用が付されている。ホルブルックと言えばライシーアム活動の唱道者であり、かれが執筆した『アメリカのライシーアム』（一八二九）という冊子には「有益な知識の伝播」という副題が付されていた。「有益な知識の伝播」という文言のなかにも教育の民衆性、実学性、生涯教育の必要性が示唆されていたのだが、コンコード・ライシーアムの幹事を務めたソローは当然こうしたライシーアム活動の性格を十分に周知していたはずである。[22]『ウォールデン』の「読書」の章には、コンコードの村の教育文化事情が次のように描かれていた。

われわれには比較的ましな尋常小学校はあるが、それも幼い子供のためのものである。冬期のなかば涸渇したライシーアム活動や州によってもちかけられた図書館のわずかな兆しを除けば、われわれのための学校はない。（中略）われわれには尋常でない学校をもつべき時が来たのであり、ようやく一人前の男か女になりかけた頃に学校を去るべきではないのだ。つまり村そのものが大学になる時代が到来したのであり、年配の者たちは大学の研究員となって、本当に余裕があれば、余生はそれこそ悠々自適に教養科目でも追求していればいいのだ。学問の世界は、パリやオックスフォードのような所に限定されてよいものだろうか。この村に学生たちを寄宿させて、コンコードの空に下に自由教育（リベラル・エデュケーション）を行なってはどうだろうか。（『ウォールデン』一〇八―九）

ウィリアム・ウィーラーはまさに、こうしたコンコードの教育風土、合理精神、そして実学志向の申し子ともいえる存在だった。ウィーラーがソローやエマソンの著作に親しみ、そのプラグマティックな思想を吸収していたことは明らかであったろうし、[23]そのかれがマサチューセッツ農科大学の一期生としてクラークの薫陶を受け、科学の理論と応用、さらには語学や宗教、弁論術等の自由教養教育のカリキュラムを修得したことは事実であった。いわば、マサチューセッツにおける高等教育の改革思想を体現したのがウィーラーであり、クラークとともにウィーラーが札幌農学校にもたらしたのはそうした教育改革の理想であり実践であったと言える。

四　ウィーラーの見た日本

親日家のアメリカ人

札幌農学校に赴任したウィーラーは教え子から「山羊先生」というあだ名で親しまれていた。近代日本を担う若者たちとウィーラーとの出会いについて大切なことは、ウィーラーが親日家であったという事実である。一方においてきわめて現実的なビジネス感覚を有していたウィーラーだが、札幌農学校の教え子には優しく誠実に接していたことが察せられる。教え子の一人新渡戸稲造の回想録『忘れぬ草』には、以下のような一文が掲載されている。

ホィーラーの渾名はゴート。そのわけは「顔こそ目玉飛び出て、体少しく前方に屈し（中略）殊に赤髭は顎にのみ一寸生えて」如何にもよく似ているからである。で、この山羊先生は彼のコンコルドの哲人エマースンと同郷で、その崇拝者なりしとの事なるが、（中略）「森羅万象を己が有す」と自称せるこの哲人が太鼓判押しただけの事はあって、山羊先生品行方正、人品高尚、文章にも事務にも長じ、今に於いて懐古すれば、クラークを除きては外国教師中その右に出づるはなかるべけりとなん。(24)

ウィリアムの妻ファニーは本国に宛てた手紙の中で、ウィーラーの日本に対する愛着を率直に書き送っている。「ウィルは日本では非常に恵まれていましたし、日本人に好かれていたと思います。かれは最近到着した人たちのようにつまらぬことで悩まされることはまったくありませんでした。」(25)札幌農学校の学生にしてみれば、外国人教授の一視一瞥にもそうした愛着の有無を感じとっていたのではないだろうか。

ウィーラーが日本に対して愛着を抱いた背景にはいくつかの要因があるだろう。ひとつには北海道の気候と風土がニューイングランドのそれに近かったということが挙げられるのではないか。広大な土地、冬の寒さ、新天地の開放感、開拓者精神……。おそらく日本の他の地域には見られない風土と文化的な非連続性を北海道は有していた。ウィーラーは札幌の早春の風景を故郷コンコードの風景と重ね合わせて体験していた。

心地よい春の季節になりました。ほんの二三週間前まで大地を覆っていた五フィートの雪は、明るく温かい日差しのもと瞬く間に消え去ろうとしています。解けてゆるんだ大地は水浸しになり、しばらくぬかるみますが、この光景はナイン・エーカー・コーナー（ウィーラーの生地）の農道や様々な春の風情の記憶を私たちに呼び起こします。[26]

エマソンの思想

そうした個人的な愛着とは別に、ウィーラーのなかに日本人に対して、いやいかなる人種民族に対しても、誠実であろうとする感性と原則が涵養されていたと思われる。肌の色、顔の表情、文化習慣の違いを超えて、相手の精神性を直視するような態度がウィーラーのなかに育っていたのではないか。それは宗教的情操を基盤としながらも、宗派の狭隘さと閉鎖性に陥らず、博愛的な人道主義に昇華された道徳感情であったことだろう。ハドソンの「回想」には、「忠誠心こそウィーラーの特徴だった」と述べた友人の言葉が引かれているが、[27]ウィーラー自身、いかなる人々にも「誠実であること」を日々の祈りにしていたのである。

William Wheeler's Prayer

Ere at the end of day or set of sun I rest
Teach me Thy way, Lord, how best
To live in Truth toward all mankind,
With helping hand, kind heart, just mind.

Restore my soul, O God,
Renew through sleep Thy gifts of power
Rightly to use each waking hour,
And may Thy peace night's vigil keep
To guard the blessed boon of sleep,
And so come rest and peace and sleep.

ウィリアム・ウィーラーの祈り

一日の終わり、日の暮れ、休息の時。
神よ、汝が道を教え給え
すべての人々に誠に生き、

救いの手を伸べ
やさしさと正しき心をもって接する道を。

神よ、わが魂を救い給え
眠りで汝が力を日々新たにし
目覚めの時を正しく使わしめ給え
汝の安らかさが夜の番人となり
眠りの恵みを見守り給え
休息と安らぎと眠りが訪れますように。(28)

こうした性格はウィーラーの人格的な長所であったのだが、それは同時にコンコード的な性質でもあったと思われる。「神よ、わが魂を救い給え」という祈りにはエマソン的な「魂」の影響が影を落としていないだろうか。"Restore"(回復する)という言葉は「魂」が本来健全で活動的であることを示唆したものだろう。眠りによって心身の健康とバランスが回復されるように、神の信仰と交流によって「魂」は健全に保たれたのである。その健全な「魂」の表現として、「すべての人々に誠に生き/救いの手を伸べ/やさしさと正しき心をもって接す」という姿勢が生まれたのだが、これはきわめてエマソン的な思想であった。

札幌農学校の教え子にウィーラーはエマソンの作品を語り聞かせたということだが、日々の祈りにおいてそれを実践したとも言える。エマソンにおける「大霊」の思想、「自己信頼」、あるいは「アメリカの学者」において主張された「活動的な魂」など、道徳的感情に昇華された宗教情操をウィーラーは日々の祈りとし、実践したのだった。そして博愛精神あるいは人道主義につながるそうした精神性に、内村鑑三を含めた札幌農学校の教え子たちは大きな感化を受けたのではなかったろうか。

「ボーイズ・ビー・アンビシャス」

他方において、ウィーラーが日本的なものすべてに愛着を感じていたという訳ではない。むしろ日本的欠如に対してきわめて意識的であり、批判的な意見をもっていたことは事実であった。それを白人の人種意識あるいは文明国の優越意識と決めつけることは容易い。そうした一面が皆無ではないにしても、普遍的な人間性というものを想定し理想としようとしたウィーラーであっただけに、そうした日本的欠如は文化や習慣の違いとして意識され、表現されたのだった。いやむしろウィーラーが「欠如」として指摘したその部分に、きわめてアメリカ的な価値と文化の特質が明確に表現されていたとも言えるのである。

日本文化に対するウィーラーの洞察がもっとも鮮明に見られるのは、日本の教育あるいは学生の資質に関するコメントにおいてである。マサチューセッツ農科大学の校友会雑誌「ザ・サイクル」に寄稿された「日本の植民大学」という文章において、ウィーラーは日本の教育における創造性あるいは進歩主義の欠如を指摘している。(29)

その概要をここにまとめると、封建制の名残をとどめた日本社会では華族と呼ばれる階級の大半が生産活動に従事せず、結果として人民の暮らしを困窮させている。学問においては中国の古典が崇敬されて記憶力や暗唱に重点のおかれた教育がなされており、工芸や産業の領域においても技術の正確な模倣が強調され、「発明の才や実践性の能力」の必要性が看過されている。こうした姿勢は、逆に「もっとも強大な自然の法則、あるいは社会や人間の能力に関する法則と原則」を学ぶ機会を若者から奪っており、日本の学生は欧米の学生に比べて学力は高いにもかかわらず、西洋の「実践的、進歩的、さらに自己主張的な精神」に対して、その後の人生において大きく遅れをとることになる、というものだった。ウィーラーは『札幌農学校第二年報』においても同様の趣旨のコメントを記しているので、教育における日本的欠如はほとんど確信的なものであったのだろう。

ただ一方において、このコメントは日本についての論評でありながら、きわめてニューイングランド的、いやコンコード的な価値観を無意識に投射していたように思われる。教育における記憶力の偏重と創造性の欠如という問題にしても、的確な指摘ではありながら、必ずしも洋の東西における普遍的な相違というものではなかったはずである。なぜなら、こうした議論というのは一八三〇—四〇年代、マサチューセッツにおいて様々な教育改革が推進されるなかでくり返された議論であったからである。教育における進歩主義、あるいは創造性という問題がアメリカにおいて脚光を浴びるようになったのは、ほんの数十年来のことであったのである。

むしろ、この構図は日本の封建社会とアメリカの近代精神との相克を示したものであったと言えるのではないか。急速に進展する自然科学と合理主義思想、民主主義、プロテスタンティズムの精神、そして自己（個人）の主張。おそらく、内村鑑三や新渡戸稲造などの明治の俊英におけるクラークやウィーラーとの出会いの衝撃は、封建的な世界観の縛りから自己を解放し、自然科学の知識による世界の広がりとともに、人間の限りない可能性の教えに触れた衝撃であり、熱狂であったと思われる。そしてそれはウィーラーを通して語られたエマソンやソローの思想、つまりコンコードの思想でもあったのである。

クラークが札幌農学校の学生に向けて語ったとされる「少年よ、大志を抱け」（“Boys, be ambitious!”）という言葉にこそアメリカ近代精神のすべてが表明されていたのだが、そこには、ソローには「大志」（“ambition”）というものがなく「アメリカ国家全体のために働くことはなかった」と語ったエマソンの言葉が響いていなかっただろうか。人生を自己向上のためのひとつのプロセスと見なし、開拓者精神ともいえる冒険心、自己信頼、進歩主義、そして社会貢献の思想に明治の俊英たちは強い衝撃を受けたのである。そしてそれはともにマサチューセッツ出身のクラークやウィーラーが残した精神的遺産であったのである。

高崎氏はクラーク博士の教育方針に関する内村鑑三のコメントを掲載されているが、それはそのままウィーラーの教育に受け継がれ、相通じるものであったであろう。

「ボーイズ・ビー・アンビシャス」の精神は当時のニューイングランドの文献を調べてみれば既に各州に発表されてあった事は疑いのない事実であって、クラーク先生がこの言を発せらるるに至った経路を考えるに、先生の生国即ちニューイングランドにはこの精神が満ち満ちていて、その精神的環境の中から、ブライアント、トロー（註ソロー）、エマースンの如き偉人を生み、又先生を生んだのである。そのニューイングランドのピューリタンの意気が先生を誘うてこの言葉となったのであって、この簡単な言葉の背後に全ニューイングランドある事を考える時に、是れ実に意味深い言葉となるのである。札幌の今日あるを得たのは、クラーク先生を通して、ニューイングランドの気風が大いに貢献した所あるを思う時に、札幌は一層貴いものになる。(30)

まとめ

本章では高崎氏の著作を参照しつつ、ウィリアム・ウィーラーとコンコード、そして明治日本との接点について考察した。ウィーラーの伝記的資料については高崎氏の著作に負うところが大きかったが、ウィーラーの人格と思想をとおして、一九世紀のコンコードの価値観と精神風土をより鮮明に浮かび上がらせるのが狙いであった。日本の近代を築いた思想の発端に、クラークやウィーラーによってもたらされたマサチューセッツ、そしてコンコードの思想の系譜が確固として存在した事実を指摘したかったのである。

脚註

第Ⅰ章

（1）*St. Louis Globe-Democrat,* 17 March 1885, p. 1. Laurie Champion, ed. *The Critical Response to Mark Twain's* Huckleberry Finn (New York: Greenwood, 1991) 13.

（2）Champion 15.

（3）Everett Emerson, *Mark Twain: A Literary Life* (Philadelphia: U of Pennsylvania P, 2000) 108-109.

（4）*Celebrationof the Two Hundred and Fiftieth Anniversary of the Incorporation of Concord, September 12, 1885* (Concord, MA: Concord Town, 1885).

（5）Sacvan Bercovitch, *The American Jeremiad* (Madison: U of Wisconsin P, 1978).

（6）Lawrence Buell, "The Thoreavian Pilgrimage: The Structure of an American Cult." *American Literature* 61 (1989): 175-99.

（7）コンコードの農業事情については、おもに James Kimenker, "The Concord Farmer: An Economic History," *Concord: The Social History of a New England Town 1750-1850. Chronos: A Journal of Social History* 2 (Fall 1983): 139-98 を参照した。

（8）コンコード・ブドウは一八四九年にはじめて Ephraim Bull によって栽培され、その後一八五四年に商品化された。 http://en.wikipedia.org/wiki/Concord_(grape)#History

(9) Lemuel Shattuck, *A History Of the Town Of Concord, Middlesex County, Massachussetts: From Its Earliest Settlement To 1832* (Boston; Russell, Odiorne, And Company, 1835) 205.
(10) Shattuck 230.
(11) Shattuck 217-18.
(12) ソローが村の飲み屋に噂話を度々聴きに出かけていたことは『ウォールデン』にも記されているが、エドワード・ジャーヴィスの回想録においても、コンコードの気風の特徴のひとつに噂話やジョークを好む習性があったと述べられている。Edward Jarvis, *Traditions & Reminiscences of Concord, Massachusetts,1779-1878*, ed. Sarah Chapin (Amherst: U of Massachusetts P, 1993) 101-105.
(13) Jarvis 8-10.
(14) Shattuck 227-28.
(15) Shattuck 228.
(16) Shattuck 228.
(17) Paul Brooks, *The People of Concord: American Intellectuals and Their Timeless Ideas* (Golden, CO: Fulcrum Publishing, 1990) 107-25.
(18) Ruth R. Wheeler, *Concord: Climate for Freedom* (Concord: The Concord Antiquarian Society, 1967) 87.
(19) Jarvis 235-40.
(20) Jarvis 239-40.
(21) Jarvis 107.
(22) Jarvis xxvi-xxvii.
(23) 小野和人『ソローとライシーアム――アメリカ・ルネッサンス期の講演文化――』(開文社、一九九七)三四頁。

（24）Walter Harding, *The Days of Henry Thoreau: A Biography* (New York: Dover, 1962) 442-44.
（25）William Howarth, *The book of Concord: Thoreau's life as a writer* (New York: Viking, 1982) xvii.
（26）Jarvis xix.

第二章

（1）Henry David Thoreau, *The Correspondence of Henry David Thoreau.* Ed. Walter Harding and Carl Bode (New York: New York UP, 1958).
（2）Robert B. Downs, *Horace Mann: Champion of Public School* (New York: Twayne, 1974) 100-101.
（3）Mildred Sandison Fenner and Eleanor C. Fishburn, *Pioneer American Educators* (Port Washington, NY: Kennikat P, 1944) 21.
（4）Downs 98-106.
（5）Downs 104.
（6）Ralph Waldo Emerson, "Historic Notes of Life and Letters in New England," *Emerson's Prose and Poetry,* ed. Joel Porte and Saundra Morris (New York: Norton, 2001) 415.
（7）JoAnn Early Levin, "School and Schooling in Concord: A Cultural History," *Concord: The Social History of a New England Town 1750-1850. Chronos: A Journal of Social History* 2 (Fall 1983) 387.
（8）一九世紀におけるコンコードの教育事情については、前掲のレヴィンの論考を参照した。
（9）Walter Harding, *The Days of Henry Thoreau: A Biography* (New York: Dover, 1962) 52.
（10）Levin 378.

（11） Edward Jarvis, *Traditions & Reminiscences of Concord, Massachusetts, 1779-1878,* ed. Sarah Chapin (Amherst: U of Massachusetts P, 1993).

（12） Dick O'Connor, "Thoreau in the Town School, 1837," *Concord Saunterer,* new series 4 (1996): 159.

（13） ソロー兄弟が開いた私塾については前掲ハーディングの伝記を参照した。 Harding, *The Days* 75-88.

（14） Edward Waldo Emerson, *Henry Thoreau as Remembered by a Young Friend* (Mineola, NY: Dover, 1999) 9-10; 52-54.

（15） Harding, *The Days* 154-55.

（16） Walter Harding, *Thoreau as Seen by His Contemporaries* (New York: Dover, 1960; 1989) 166.

（17） Louisa May Alcott, *The Selected Letters of Louisa May Alcott,* ed. Joel Myerson, et al. (Athens: U of Georgia P, 1987) 105-106.

（18） Henry David Thoreau, *Thoreau: Collected Essays and Poems,* ed. Elizabeth Hall Witherell (New York: The Library of America, 2001) 6.

（19） Richard F. Fleck, ed. *Indians of Thoreau: Selections from the Indian Notebooks* (Albuquerque: Hummingbird Press, 1974) 41.

（20） Martin Bickman, ed. *Uncommon Learning: Thoreau on Education* (Boston: Houghton, 1999) 53.

（21） Sampson Reed, "Observations on the Growth of the Mind," *The Transcendentalists: An Anthology,* ed. Perry Miller (Cambridge: Harvard UP, 1950) 54.

（22） Sampson Reed, "Oration on Genius," Miller 51.

（23） William Ellery Channing, *The Works of William E. Channing,* 6 vols. (Glasgow: James Hedderwick & Son, 1840).

（24） Charles Strickland, "A Transcendental Father: The Child-Rearing Practices of Bronson Alcott," *Perspectives in American History* 3 (1969) 17.

(25) Ruth Baylor, *Elizabeth Peabody, Kindergarten Pioneer* (Philadelphia: U of Pennsylvania P, 1965) 60.
(26) Baylor 32.
(27) Baylor 36.
(28) Henry David Thoreau, *The Writings of Henry David Thoreau: Journal* XIII, ed. Bradley Torrey (New York: AMS, 1968) 67.
(29) Henry David Thoreau, *The Writings of Henry David Thoreau: Journal* XIV, ed. Bradley Torrey (New York: AMS, 1968) 273-74.

第三章

(1) 合衆国における非暴力の伝統と系譜については、Ira Chernus, *American Nonviolence: The History of An Idea* (New York: Orbis Books, 2004) を参照されたい。
(2) Walter Harding, *The Days of Henry Thoreau: A Biography* (New York: Dover, 1962) 418.
(3) David S. Reynolds, *John Brown, Abolitionist* (New York: Knopf, 2005) 402.
(4) ブラウンがコンコードを訪問した経緯については、以下を参照した。Harding, *The Days* 415-16.
(5) エマソンがカンザスの窮状について演説を行なったのは、ケンブリッジで開催された「カンザス救済集会」においてであった。Ralph Waldo Emerson, "Speech on Affairs in Kansas," *The Complete Works of Ralph Waldo Emerson,* XI (Boston: Houghton, 1904) 241-48.
(6) Reynolds 214.
(7) Reynolds 163.

（8）この事件の経緯については以下の図書を参考にした。Albert J. von Frank, *The Trials of Anthony Burns: Freedom and Slavery in Emerson's Boston* (Cambridge: Harvard UP, 1998).

（9）David Herbert Donald, *Charles Sumner and the Coming of the Civil War* (Naperville, Il: Sourcebook, 1960).

（10）ジョン・ブラウンによるポトワトミー・クリークの虐殺の詳細については、Reynolds 171-78を参照した。

（11）Michael Meyer, "Thoreau's Rescue of John Brown From History," *Studies in American Renaissance*, ed. Joel Myerson (1980): 301-16.

（12）Robert D. Richardson, Jr., *Henry Thoreau: A Life of The Mind* (Berkeley: U of California P, 1986) 371.

（13）Reynolds 221-22.

（14）Richardson, Jr. 371.

（15）一八五〇年代のマサチューセッツにおいてブラウンを支持した奴隷解放論者の間で、ブラウンはしばしばクロムウェルと比較され連想づけられていた。「秘密の六人」とよばれるブラウンの熱狂的な支持者の間で、ブラウンの行為がピューリタン革命との比較において捉えられていたことはEdward J. Renehan, Jr. *The Secret Six: The True Tale of the Men Who Conspired with John Brown* (Columbia, SC: U of South Carolina P, 1997) 113に指摘があり、さらにレノルズもクロムウェルの崇拝が理想的なブラウン像の形成につながったと考えている。Reynolds 230. 筆者も「ソローとピューリタン革命」（九州アメリカ文学会口頭発表、二〇〇四年）において、「ジョン・ブラウン」とカーライルによるクロムウェル像の再評価について比較検討をおこなった経緯がある。

（16）Renehan, Jr. 117.

（17）William Cain, ed. *William Lloyd Garrison and the Fight against Slavery: Selections fromThe Liberator* (Boston: Bedford Books, 1995) 156.

（18）Harding 342.

（19）Richardson, Jr. 332.

（20）Harding 74.

（21）この事件の経緯については、John C. Broderick, "Thoreau, Alcott, and the Poll Tax," *Studies in Philology* 53 (1956): 612-26に詳しい。

（22）Wesley T. Mott, ed. *Encyclopedia of Transcendentalism* (Westport: Greenwood, 1996) 82.

（23）Frederick Law Olmsted, *The Cotton Kingdom*, ed. Arthur M. Schlesinger (New York: Knopf, 1953) 619.

（24）Meyer 311.

第四章

（1）Walter Harding, *The Days of Henry Thoreau: A Biography* (New York: Dover, 1962) 202-03.

（2）サミュエル・ステイプルズとソローはもともと旧知の仲だった。のちにステイプルズに直接面会したサミュエル・ジョーンズによると、ステイプルズは何事も冗談にしてしまうような陽気な性格であったらしい。アイルランド系の移民であり、宿屋（飲み屋）の主人から身を起こし、四年間コンコードの収税吏と刑務所の看守を務めた後、のちにはマサチューセッツ州議員にも選出されており、陽気な性格とともに「抜け目のなさ」を兼ね備えた人物であった。ソロー自身が日記に記しているように、ステイプルズは「悪気のない」男でありながら「ケチな」ところもある人物でもあったのだ。その年収税吏の仕事から身を引こうと考えていたステイプルズは税金の未払い分を整理しておく必要に迫られていたのである。Samuel Arthur Jones, "Thoreau's Incarceration," *Thoreau Amongst Friends and Philistines and Other Thoreaviana*, ed. George Hendrick (Athens, Ohio: Ohio UP, 1982) 60; Raymond R. Borst, *The Thoreau Log: A Documentary Life of Henry David Thoreau 1817-1862* (New York:

G. K. Hall, 1992) 465-66, 603.

（3）Harding 159-61.

（4）Harding 159-61.

（5）Jones 60.

（6）Borst 119.

（7）Henry David Thoreau, *Walden and Resistance to Civil Government,* 2nd edition, ed. William Rossi (New York: Norton, 1992) 241n.

（8）Sacvan Bercovitch, *The American Jeremiad* (Madison: U of Wisconsin P, 1978)11.

（9）Alan Woods, "Introduction" to "The Night Thoreau Spent in Jail." *Selected Plays of Jerome Lawrence and Robert E. Lee* (Columbus: Ohio State UP, 1995) 455.

（10）ソローにとってコケモモは、コンコード川の川旅で亡き兄ジョンとともに「神聖な気持ち」で味わった思い出深い果実であったし、『ウォールデン』にも記されたように、商品経済とは相容れない、野生の果実でもあった。ソローの作品には「コケモモ」という自然誌のエッセイがあり、そこでもこの果実は「本当の神の食物」と理想化されている。Thoreau, "Huckleberries," *Wild Apples and Other Natural History Essays* 187.

（11）Borst 119.

（12）Harding 73-4.

（13）Sandra Harbert Petrulionis, *To Set This World Right: The Antislavery Movement in Thoreau's Concord* (Ithaca: Cornell UP, 2006)

（14）William E. Cain, ed. *William Lloyd Garrison and the Fight against Slavery: Selections from the Liberator* (Boston: Bedford Books, 1995) 29.

(15) たとえばエマソンは一八五三年十二月の日記において、ギャリソンらの廃止論者の思想と行動が「きわめて危険である」と記していた。「（ウェンデル）フィリップスやギャリソン、あるいはその他の者たちについて言えば、かれらはある朝目が覚めて、これまで重大な過ちを犯してきたことに気づくだろう。自分がみずから考えていたような人間でないことにきっと気づくはずである」と語っていた。Stephen E. Whicher, ed. *Selections from Ralph Waldo Emerson* (New York: Houghton Mifflin, 1957) 356.

(16) Cain, "Introduction: William Lloyd Garrison and the Fight against Slavery," *William Lloyd Garrison* 1-57.

(17) Harding 314-17.

(18) Harding 315-16.

(19) アメリカにおけるリベラリズム思想の展開については、Fred Gladstone Bratton, *The Legacy of the Liberal Spirit: Men and Movement in the Making of Modern Thought* (Boston: Beacon Press, 1943) 183-200; Thomas P. Neil, *The Rise and Decline of Liberalism* (Milwaukee: The Bruce Publishing, 1953) を参照した。

(20) 一九世紀前半における合衆国の政治史については、Carl N.Degler, *Out of Our Past: The Forces That Shaped Modern America*, 3rd edition (New York: Harper, 1959) を参照した。

(21) 一九世紀中盤における合衆国の急速な市場経済の発達については、Michael T. Gilmore, *American Romanticism and the Marketplace* (Chicago: U of Chicago P, 1985) の "Introduction" 1-17, および "Walden and the 'Curse of Trade'" 35-51 を参照した。

(22) Borst 412.

(23) Sculley Bradley and Harold W. Blodgett, eds., *Leaves of Grass* (New York: Norton, 1973) 29. 以下、『草の葉』からの引用についてこの版に依るものとし、ページ数を付した。

(24) 今日の環境思想において、動植物を含めた自然の生存権を保障するという思想と運動が活発化している。「自然の権利」に関する思想史については、Roderick Nash, *The Rights of Nature: A History of Environmental Ethics* (Madison: U of Wisconsin P, 1990)、邦訳松野弘『自然の権利』（ちくま学芸文庫、一九九九）を参照のこと。

（25）Bradley and Blodgett 377n.

（26）Nathaniel Hawthorne, "The Haunted Mind," *The Centenary Edition of the Works of Nathaniel Hawthorne, Vol. IX: Twice-Told Tales* (Columbus: Ohio State UP, 1974) 306.

（27）たとえば「ロジャー・メルヴィンの埋葬」（"Roger Malvin's Burial"）では罪の意識に苛まれた主人公ルーベンの内面が「心の墓場」（"the sepulchre of his heart"）と描かれているし、「金剛石の男」（"The Man of Adamant"）においては、「牢獄」にも似た洞穴で死んだディグビーの心理が「暗く冷たい墓場のおぞましい孤独」（"the horrible loneliness of his dark, cold sepulchre"）と描かれる。

（28）Nathaniel Hawthorne, *The Centenary Edition of the Works of Nathaniel Hawthorne, Vol. I: The Scarlet Letter* (Columbus: Ohio State UP, 1962) 以下、『緋文字』からの引用についてはこの版に依るものとし、ページ数を付した。

（29）Herman Melville, *Moby-Dick or the Whale*, eds. Harrison Hayford, et al (Evanston: Northwestern UP and the Newberry Library, 1988). 以下、『白鯨』からの引用についてこの版に依るものとし、ページ数を付した。

（30）メルヴィルにおける幽閉、牢獄のテーマについては、Harrison Hayford, *Melville's Prisoners* (Evansoton: Northwestern UP, 2003): 3-25 に詳しい分析がされている。それに先駆けて、一九九九年の日本アメリカ文学会(於北九州大学）でのシンポジウム「アメリカ文学と幽閉」において安河内英光が「メルヴィルと幽閉」という発表を行ない、『アメリカ文学とバートルビー現象――メルヴィル、フォークナー、バース他』（二〇一一）に収録している。

（31）Leo Marx, " Melville's Parable of the Walls," *Sewanee Review* 61 (Autumn 1953): 602-27.

（32）たとえば、リチャードソン・ジュニアも、ソローの中に「バートルビー的な静けさ、つまり墓場のような静けさが存在する」と語っている。Robert D. Richardson, Jr., *Emerson: the Mind on Fire* (Berkeley: U of California P, 1995) 462-63.

第五章

（1）Edward Waldo Emerson, *Henry Thoreau as Remembered by a Young Friend* (Mineola, NY: Dover, 1999) 49.

（2）Roland Wells Robbins, *Discovery at Walden* (Concord: Thoreau Foundation, 1947).

（3）Lawrence Buell, "The Thoreavian Pilgrimage: The Structure of an American Cult," *American Literature* 61 (1989): 175-99.

（4）Buell 176-8.

（5）ニーナ・ベイムはエマソンとソローにおける水のイメージの意義について考察しており、その中で「反映」（reflection）のモチーフがソローの作品に特徴的に用いられていると指摘している。Nina Baym, "From Metaphysics to Metaphor: The Image of Water in Emerson and Thoreau," *SiR* 5 (1966): 231-43.

（6）Robert D. Richardson, Jr., *Henry Thoreau: A Life of the Mind* (Berkeley: U of California P, 1986) 351.

（7）Thomas Carlyle, *Oliver Cromwell's Letters and Speeches with Elucidations, The Works of Thomas Carlyle,* vol. 6 (London: Chapman and Hall, 1896?)9.

第六章

（1）Walter Harding, *The Days of Henry Thoreau: A Biography* (New York: Dover, 1962) 44.

（2）Robert D. Richardson, Jr., *Henry Thoreau: A Life of the Mind* (Berkeley: U of California P, 1986) 335.

（3）Raymond R. Borst, *The Thoreau Log: A Documentary Life of Henry David Thoreau 1817-1862* (New York: G. K. Hall, 1992) 91.

（4）Harding 357.

（5）Harding 363.

（6）Harding 363.

（7）Harding 444-51.

（8）Robert D. Richardson, Jr., *Emerson: The Mind on Fire* (Berkeley: U of California P, 1995) 208-09.

（9）Evelyn Barish, "The Moonless Night: Emerson's Crisis of Health, 1825-1827," *Emerson's Centenary Essays*, ed. Joel Myerson (Carbondale: Southern Illinois UP, 1982) 9.

（10）Joel Myerson, ed. *Transcendentalism: A Reader* (New York: OUP, 2000) xxxiv.

（11）*Atlantic Monthly,* vol. XXIII (Boston: Fields Osgood & Co., 1869): 51-61, 177-87, 315-23.

（12）Richardson, Jr., *Emerson* 97, 108.

（13）水治療についての解説は、おもに下記の文献を参照した。Marshall Scott Legan, "Hydropathy, or the Water-Cure," ed. Arthur Wrobel, *Pseudo-Science & Society in 19th-Century America* (Lexington: U of Kentucky P, 1987): 74-99.

（14）Legan 80

(15) Legan 88.

(16) Richardson, Jr., *Emerson* 208.

(17) Carl Bode, ed. *Selected Journals of Henry David Thoreau* (New York: Signet Classic, 1967) 87-88.

(18) Perry Miller, *Consciousness in Concord* (Boston: Houghton Mifflin, 1958) 75-76.

(19) Ethel Seybold, *Thoreau: The Quest and the Classics* (New Haven: Yale UP, 1951) 51; Anthony John Harding, "Thoreau and the Adequacy of Homer," *SiR* 20 (Fall 1981): 317-332.

(20) 超絶主義思想の核心を示す言説として、セオドア・パーカーの "A Discourse of the Transient and Permanent in Christianity" がある。Perry Miller, ed. *The Transcendentalists: An Anthology* (Cambridge, MA: Harvard UP, 1950) 259-83.

(21) Robert D. Richardson, *William James: In the Maelstrom of American Modernism* (Boston: Houghton, 2006) 340. 鷲田清一『「聴く」ことの力――臨床哲学試論』(TBSブリタニカ、一九九九) 二〇ページ参照。

(22) Borst 82.

(23) Borst 83.

(24) Borst 83.

(25) Bode, *Selected Journals* 303.

(26) Frederick Henry Hedge, "Coleridge's Literary Career," ed. Joel Myerson, *Transcendentalism: A Reader* (New York: OUP, 2000) 92

第七章

（1）Raymond R. Borst, *The Thoreau Log: A Documentary Life of Henry David Thoreau 1817-1862* (New York: G. K. Hall, 1992) 142.

（2）Nathaniel Hawthorne, *The American Notebook,* ed. Randall Stewart (New Haven: Yale UP, 1932) 145. Borst 80 より引用。

（3）Mary Hosmer Brown, *Memories of Concord* (Boston: The Four Seas Company Publishers, 1926) 97.

（4）Walter Harding, *The Days of Henry Thoreau: A Biography* (New York: Dover, 1962) 265.

（5）ハーディングの伝記によると、ソローの父ジョンも教会の音楽隊でフルートを演奏したということである。Harding, *The Days* 8. エマソンの「透明な眼球」のイラストで有名な牧師のクリストファー・クランチもフルートを演奏したということだが、フルートは教会音楽と密接な関連があったのも事実であろう。

（6）Ora Frishberg Saloman, *Beethoven's Symphonies and J. S. Dwight* (Boston: Northeastern UP, 1995) 21.

（7）Harding 334.

（8）Saloman 19-32.

（9）F. O. Matthiessen, *American Renaissance: Art and Expression in the Age of Emerson and Whitman* (New York: OUP, 1941); Walter Harding, *The Days of Henry Thoreau: A Biography* (New York: Dover, 1962); Joel Porte, *Emerson and Thoreau: Transcendentalists in Conflict* (Middleton, CT: Wesleyan UP, 1966).

（10）Matthiessen 84.

（11）Matthiessen 94.

（12）Matthiessen 84.

（13）大林信春、山中浩司編『視覚と近代——観察空間の形成と変容』（名古屋大学出版会、一九九九）

（14）イギリスにおけるピクチャレスクの美学については、Malcolm Andrews, *The Search of the Picturesque* (Ardershot: Scholar P, 1989) 等を参照した。またアメリカにおけるピクチャレスク美学については、野田研一「ピクチャレスク・アメリカ——一九世紀風景美学の形成」、スコット・スロヴィック、野田研一編『アメリカ文学の〈自然〉を読む』（ミネルヴァ書房、一九九六）所収等を参照した。

（15）Herman Melville, *Moby-Dick, or the Whale, The Writings of Herman Melville*, vol. 6 (Evanston: Northwestern UP, 1988) 434.

（16）ワーズワスの『序曲』については一八〇五年版に依拠し、テキストには Jonathan Wordsworth, M. H. Abrams, and Stephen Gill, eds., *The Prelude, 1799, 1805, 1850* (New York: Norton,1979) を用いた。

（17）笹田直人「まなざしの帝国主義——エマソンの自然・隠喩・拡張」、スコット・スロヴィック、野田研一編『アメリカ文学の〈自然〉を読む』（ミネルヴァ書房、一九九六）一一五—一三二頁。

（18）M. H. Abrams, "The Correspondent Breeze: A Romantic Metaphor," *English Romantic Poets: Modern Essays in Criticism*, ed. M. H. Abrams (New York: OUP, 1975) 37-54.

第八章

（1）Sacvan Bercovitch, *The American Jeremiad* (Madison: U of Wisconsin P, 1978) 6-11.

（2）Howard N. Plotkin, "Harvard College Observatory," *History of Astronomy: An Encyclopedia*, ed. John Lankford (New York: Garland, 1997) 252-3.

（3）Plotkin 253.

（４）Robert D. Richardson, Jr., *Emerson: The Mind on Fire* (Berkeley: U of California P, 1995) 139.

（５）ハーシェル父子の伝記的事実と功績については以下の文献を参照した。*The Cambridge Illustrated History of Astronomy,* ed. Michael Hoskin (Cambridge: CUP, 1997) 231-252; Lloyd Motz and Jefferson Hane Weaver, *The Story of Astronomy* (New York: Plenum Press, 1995) 159-84.

（６）小野和人「ヘンリー・ソローの宇宙意識」『英語英文学論叢』第五三集（九州大学、二〇〇三）六頁。

（７）小野、七頁。

（８）Harry Hayden Clark, "Emerson and Science," *Philological Quarterly* 10 (July 1931): 225-60.

（９）John F. Herschel, *A Preliminary Discourse on the Study of Natural Philosophy* (1830; Chicago: U of Chicago P, 1987) 11

（10）John F. Herschel 11.

（11）Ralph Waldo Emerson, "Astronomy," *Young Emerson Speaks; Unpublished Discourses on Many Subjects* (Port Washington, NY: Kennikat P, 1968) 170-71.

（12）*Young Emerson Speaks* 176.

（13）*Young Emerson Speaks* 172.

（14）*Young Emerson Speaks* 176-77.

（15）*Young Emerson Speaks* 178.

（16）"boundless"という語は、"infinite""expansion"という言葉とともに超絶主義者が好んで用いた形容詞であった。フレデリック・ヘンリー・ヘッジは人間の精神には「限りない力」が秘められていると云い、ウィリアム・エラリー・チャニングの言葉を借りれば、「人間の魂は限界を超えて膨張しようとしている」のだった。それは内面世界の「無限な」「膨張」を示す言葉でありながら、同時に「境界」を越え果てしなく「膨張」するアメリカ社会の時代のモメンタムを的確に表現した言葉でもあったことだろう。Frederick Henry Hedge, *Progress of Society, The Transcendentalists: An Anthology,* ed. Perry Miller (Cambridge: Harvard UP, 1950) 72-74; William Ellery Channing, "Self-Culture," *The Works of William E. Channing, D. D.*, vol. II (Glasgow: James Hendrick & Son, 1840) 347-412.

（17） 一八五七年一月一日日記。

最終章

（1） Tetsuro Takasaki, *William Wheeler: A Young American Professor in Meiji Japan,* trans. Kazue E. Campbell (Sapporo: Hokkaido UP, 2009).

（2） 高崎哲郎『お雇いアメリカ人教師ウィリアム・ホィーラー』（鹿島出版会、二〇〇四）七頁。

（3） ソローがナイン・エーカー・コーナーについて触れているのは『ウォールデン』の「湖」（The Ponds）の章においてである。ナイン・エーカー・コーナーはウォールデン湖の西方、サドベリー川の対岸に位置する牧草地であった。「湖」の章に描かれたホワイト湖はナイン・エーカー・コーナーに位置していた。

（4） http://www.concordlibrary.org/scollect/wheeler.htm

（5） Woodward Hudson, "Memoir of William Wheeler," *William Wheeler: A Young American Professor in Meiji Japan* 225. ハドソンのウィーラー伝については高崎氏の原著にも付録として収録されているが、抄録であり、一部誤植等が見られるため、キャンベルの英訳本から引用することにした。

（6） Hudson 236.

（7） Hudson 238.

（8）新渡戸稲造『忘れぬ草』所収。高崎、六一頁より引用。
（9）*William Wheeler* 230-31.
（10）高崎、一四五―六頁。
（11）Hudson 225.
（12）Hudson 240.
（13）高崎、五七頁。
（14）コンコードの水道がフリンツ湖から引かれることになった経緯については、所有者フリントのこうした実利的な性格が深く関係し、その利水権が譲渡されたことと関連していたと推定される。この利水権の譲渡について、フリンツ湖の位置するリンカン地区からのちに厳しく批判されることになる。Hudson 237.
（15）ウィーラーは札幌に着任早々、アイヌ人ガイドのイカスパックルとともに原野の探索に出かけて渓流で溺れかけている。イカスパックルの助けによって九死に一生を得たウィーラーは、帰国後もイカスパックルの写真を恩人として大切に保管していた。高崎、一〇五―一〇八頁。
（16）渡辺正雄『お雇い米国人科学教師』（講談社、一九七六）三一三頁。
（17）*Addresses delivered at the Massachusetts agricultural college, June 21st, 1887, on the 25th anniversary of the passage of the Morrill land grant act* (Amherst, MA: J. E. Williams, 1887) 19.
（18）*Addresses* 20.
（19）渡辺正雄『お雇い米国人科学教師』より引用。三一三頁。
（20）J. B. Turner, "Industrial Universities for the People" (1853), Edmund J. James, "The Origin of the Land Grant Act of 1862 and Some Account of its Author Jonathan B. Turner," *University of Illinois: The University Studies* 4 (November 1910): 52.

（21）Turner 53.

（22）ホルブルックの『アメリカのライシーアム』に記された活動目標のなかにも、（十）農業上及び地質学上の測量をすること、（十一）州の鉱物を採集すること、という実学的な項目が含まれていたのである。小野和人『ソローとライシーアム―アメリカ・ルネッサンス期の講演文化』（開文社、一九九七）六頁。

（23）高崎は、「ホィーラーの魅力を一言で言えば紳士的リベラリズムである。知識人としての慎ましやかな責任感と自省、それに芸術を愛する感性である」と述べたあとで、エマソンやソローの思想の影響が大きかったと指摘している。高崎、一九八頁。

（24）新渡戸稲造『忘れぬ草』、高崎、一〇八―九頁より引用。

（25）ファニー・ウィーラー書簡（一八七九年十二月一〇日付）、*William Wheeler* 190 より引用。

（26）ウィリアム・ウィーラー書簡（一八七九年三月三〇日付）*William Wheeler* 184-5 より引用。

（27）Hudson 227.

（28）*William Wheeler* 218.

（29）*William Wheeler* 210-11.

（30）高崎、一三五頁。

文献一覧

Abrams, M. H., ed. *English Romantic Poets: Modern Essays in Criticism.* New York: OUP, 1975.

Addresses delivered at the Massachusetts agricultural college, June 21st, 1887, on the 25th anniversary of the passage of the Morrill land grant act. Amherst, MA: J. E. Williams, 1887.

Alcott, Louisa May. *The Selected Letters of Louisa May Alcott.* Ed. Joel Myerson, et al. Athens: U of Georgia P, 1987.

Andrews, Malcolm. *The Search of the Picturesque.* Ardershot: Scholar P, 1989.

Arac, Jonathan. *The Emergence of American Literary Narrative 1820-1860.* Cambridge, MA: Harvard UP, 2005.

Baylor, Ruth. *Elizabeth Peabody, Kindergarten Pioneer.* Philadelphia: U of Pennsylvania P, 1965.

Baym, Nina. “From Metaphysics to Metaphor: The Image of Water in Emerson and Thoreau.” *SiR* 5 (1966): 231-43.

Bercovitch, Sacvan. *The American Jeremiad.* Madison: U of Wisconsin P, 1978.

Bickman, Martin, ed. *Uncommon Learning: Thoreau on Education.* Boston: Houghton, 1999.

Borst, Raymond R. *The Thoreau Log: A Documentary Life of Henry David Thoreau 1817-1862.* New York: G. K. Hall, 1992.

Bratton, Fred Gladstone. *The Legacy of the Liberal Spirit: Men and Movement in the Making of Modern Thought.* Boston: Beacon Press, 1943.

Broderick, John C. “Thoreau, Alcott, and the Poll Tax.” *Studies in Philology* 53 (1956): 612-26.

Brooks, Paul. *The People of Concord: American Intellectuals and Their Timeless Ideas.* Golden, CO: Fulcrum Publishing, 1990.

Brown, Mary Hosmer. *Memories of Concord.* Boston: The Four Seas Company Publishers, 1926.

Buell, Lawrence. "The Thoreavian Pilgrimage: The Structure of an American Cult." *American Literature* 61 (1989): 175-99.

Cain, William, ed. *William Lloyd Garrison and the Fight against Slavery: Selections from The Liberator.* Boston: Bedford Books, 1995.

Carlyle, Thomas. *Oliver Cromwell's Letters and Speeches with Elucidations.* Vol. 6-9 of *The Works of Thomas Carlyle.* London: Chapman and Hall, 1896(?)-1907(?).

Celebration of the Two Hundred and Fiftieth Anniversary of the Incorporation of Concord, September 12, 1885. Concord, MA: Concord Town, 1885.

Champion, Laurie, ed. *The Critical Response to Mark Twain's* Huckleberry Finn. New York: Greenwood, 1991.

Channing, William Ellery. *The Works of William E. Channing.* 6 vols. Glasgow: James Hedderwick & Son, 1840-44.

Chernus, Ira. *American Nonviolence: The History of An Idea.* New York: Orbis Books, 2004.

Clark, Harry Hayden. "Emerson and Science." *Philological Quarterly* 10 (July 1931): 225-60.

Concord: The Social History of a New England Town 1750-1850. Chronos: A Journal of Social History 2(Fall 1983).

Degler, Carl N. *Out of Our Past: The Forces That Shaped Modern America.* 3rd Edition. New York: Harper, 1959.

Donald, David Herbert. *Charles Sumner and the Coming of the Civil War.* Naperville, Il: Sourcebook, 1960.

Downs, Robert B. *Horace Mann: Champion of Public School.* New York: Twayne, 1974.

Emerson, Everett. *Mark Twain: A Literary Life.* Philadelphia: U of Pennsylvania P, 2000.

Emerson, Edward Waldo. *Henry Thoreau as Remembered by a Young Friend.* 1917; Mineola, NY: Dover, 1999.

Emerson, Ralph Waldo. *The Complete Works of Ralph Waldo Emerson.* 12 vols. Ed. Edward Waldo Emerson. Boston: Houghton, 1903-04.

——. *Emerson's Prose and Poetry.* Ed. Joel Porte and Saundra Morris. New York: Norton, 2001.

——. *The Portable Emerson.* Ed. Mark Van Doren. New York: Viking, 1946.

——. *Young Emerson Speaks; Unpublished Discourses on Many Subjects.* Port Washington, NY: Kennikat P, 1968.

Fenner, Mildred Sandison, and Eleanor C. Fishburn. *Pioneer American Educators*. Port Washington, NY: Kennikat P, 1944.

Gilmore, Michael T. *American Romanticism and the Marketplace*. Chicago: U of Chicago P, 1985.

Gura, Philip F. *American Transcendentalism: A History*. New York: Hill and Wang, 2007.

——. *The Crossroads of American History and Literature*. University Park, PA: The Pennsylvania State UP, 1996.

——. *The Wisdom of Words: Language, Theology, and Literature in the New England Renaissance*. Middletown, CN: Wesleyan UP, 1981.

Jarvis, Edward. *Traditions & Reminiscences of Concord, Massachusetts, 1779-1878*. Ed. Sarah Chapin. Amherst: U of Massachusetts P, 1993.

Harding, Anthony John. "Thoreau and the Adequacy of Homer." *SiR* 20 (Fall 1981): 317-32.

Harding, Walter. *The Days of Henry Thoreau: A Biography*. New York: Dover, 1962.

——. *Thoreau as Seen by His Contemporaries*. 1960; New York: Dover, 1989.

Hawthorne, Nathaniel. *The American Notebook*. Ed. Randall Stewart. New Haven: Yale UP, 1932.

——. *The Scarlet Letter*. Vol. I of *The Centenary Edition of the Works of Nathaniel Hawthorne*. Columbus: Ohio State UP, 1962.

——. *Twice-Told Tales*. Vol. IX of *The Centenary Edition of the Works of Nathaniel Hawthorne*. Columbus: Ohio State UP, 1974.

Hayford, Harrison. *Melville's Prisoners*. Evanston: Northwestern UP, 2003.

Herschel, John F. *A Preliminary Discourse on the Study of Natural Philosophy*. 1830; Chicago: U of Chicago P, 1987.

Hoskin, Michael. *The Cambridge Illustrated History of Astronomy*. Cambridge: CUP, 1997.

Howarth, William. *The book of Concord: Thoreau's life as a writer*. New York: Viking, 1982.

James, Edmund J. "The Origin of the Land Grant Act of 1862 and Some Account of its Author Jonathan B. Turner." *University of Illinois: The University Studies* 4 (November 1910): 49-84.

Jones, Samuel Arthur. *Thoreau Amongst Friends and Philistines and Other Thoreaviana*. Ed. George Hendrick. Athens, Ohio: Ohio UP,

1982.

Lankford, John, ed. *History of Astronomy: An Encyclopedia.* New York: Garland, 1997.

Matthiessen, F. O. *American Renaissance: Art and Expression in the Age of Emerson and Whitman.* New York: OUP, 1941.

Meyer, Michael. "Thoreau's Rescue of John Brown From History." *Studies in American Renaissance.* Ed. Joel Myerson (New York: Twayne, 1980): 301-16.

Melville, Herman. *Moby-Dick or the Whale.* Vol. 6 of *The Writings of Herman Melville.* Ed. Harrison Hayford, et al. Evanston: Northwestern UP and the Newberry Library, 1988.

Miller, Perry. *Consciousness in Concord.* Boston: Houghton, 1958.

——, ed. *The Transcendentalists: An Anthology.* Cambridge, MA: Harvard UP, 1950.

Mott, Wesley T., ed. *Encyclopedia of Transcendentalism.* Westport: Greenwood, 1996.

Motz, Lloyd, and Jefferson Hane Weaver. *The Story of Astronomy.* New York: Plenum Press, 1995.

Myerson, Joel, ed. *Emerson's Centenary Essays.* Carbondale: Southern Illinois UP, 1982.

——, ed. *Transcendentalism: A Reader.* New York: OUP, 2000.

Nash, Roderick. *The Rights of Nature: A History of Environmental Ethics.* Madison: U of Wisconsin P, 1990.

Neil, Thomas P. *The Rise and Decline of Liberalism.* Milwaukee: The Bruce Publishing, 1953.

O'Connor, Dick. "Thoreau in the Town School, 1837." *Concord Saunterer,* new series 4 (1996): 150-72.

Olmsted, Frederick Law. *The Cotton Kingdom.* Ed. Arthur M. Schlesinger. New York: Knopf, 1953.

Petrulionis, Sandra Harbert. *To Set This World Right: The Antislavery Movement in Thoreau's Concord.* Ithaca: Cornell UP, 2006.

Porte, Joel. *Emerson and Thoreau: Transcendentalists in Conflict.* Middleton, CT: Wesleyan UP, 1966.

Renehan, Edward J., Jr. *The Secret Six: The True Tale of the Men Who Conspired with John Brown.* Columbia, SC: U of South Carolina P,

1997.

Reynolds, David S. *Beneath The American Renaissance: The Subversive Imagination in the Age of Emerson and Melville.* New York: Knopf, 1988.

——. *John Brown, Abolitionist.* New York: Knopf, 2005.

Richardson, Robert D., Jr. *Emerson: the Mind on Fire.* Berkeley: U of California P, 1995.

——. *Henry Thoreau: A Life of The Mind.* Berkeley: U of California P, 1986.

——. *William James: In the Maelstrom of American Modernism.* Boston: Houghton, 2006.

Robbins, Roland Wells. *Discovery at Walden.* Concord: Thoreau Foundation, 1947.

Saloman, Ora Frishberg. *Beethoven's Symphonies and J. S. Dwight.* Boston: Northeastern UP, 1995.

Seybold, Ethel. *Thoreau: The Quest and the Classics.* New Haven: Yale UP, 1951.

Shattuck, Lemuel. *A History Of the Town Of Concord, Middlesex County, Massachussetts: From Its Earliest Settlement To 1832.* Boston: Russell, Odiorne, And Company, 1835.

Strickland, Charles. "A Transcendental Father: The Child-Rearing Practices of Bronson Alcott." *Perspectives in American History* 3 (1969): 5-73.

Takasaki, Tetsuro. *William Wheeler: A Young American Professor in Meiji Japan.* Trans. Kazue E. Campbell. Sapporo: Hokkaido UP, 2009.

Thoreau, Henry David. *The Correspondence of Henry David Thoreau.* Ed. Walter Harding and Carl Bode. New York: New York UP, 1958.

——. *Cape Cod. The Writings of Henry D. Thoreau.* Ed. Joseph J. Moldenhauer. Princeton: Princeton UP, 1972.

——. *The Hearts of Thoreau's Journals.* Ed. Odell Shephard. New York: Dover, 1961.

——. *The Maine Woods. The Writings of Henry D. Thoreau.* Ed. Joseph J. Moldenhauer. Princeton: Princeton UP, 1972.

——. *Selected Journals of Henry David Thoreau.* Ed. Carl Bode. New York: Signet Classic, 1967.

——. *Thoreau: Collected Essays and Poems.* Ed. Elizabeth Hall Witherell. New York: The Library of America, 2001.

——. *Walden. The Writings of Henry D. Thoreau.* Ed. J. Lyndon Shanley. Princeton: Princeton UP, 1971.

——. *Walden and Resistance to Civil Government.* 2nd Edition. Ed. William Rossi. New York: Norton, 1992.

——. *A Week on the Concord and the Merrimack Rivers. The Writings of Henry D. Thoreau.* Ed. Carl F. Hovde, et al. Princeton: Princeton UP, 1980.

——. *Wild Apples and Other Natural History Essays.* Ed. William Rossi. Athens: U of Georgia P, 2002.

——. *The Writings of Henry David Thoreau: Journal.* 15 vols. Ed. Bradley Torrey. 1906; New York: AMS, 1968.

von Frank, Albert J. *The Trials of Anthony Burns: Freedom and Slavery in Emerson's Boston.* Cambridge, MA: Harvard UP, 1998.

Wheeler, Ruth R. *Concord: Climate for Freedom.* Concord: The Concord Antiquarian Society, 1967.

Whicher, Stephen E., ed. *Selections from Ralph Waldo Emerson.* New York: Houghton, 1957.

Whitman, Walt. *Leaves of Grass.* Ed. Sculley Bradley and Harold W. Blodgett. New York: Norton, 1973.

Woods, Alan. "Introduction" to "The Night Thoreau Spent in Jail." *Selected Plays of Jerome Lawrence and Robert E. Lee.* Columbus: Ohio State UP, 1995.

Wrobel, Arthur. *Pseudo-Science & Society in 19th-Century America.* Lexington: U of Kentucky P, 1987.

邦文参考文献

飯田実訳　ヘンリー・デイヴィッド・ソロー『コッド岬』（工作社　一九九三）
飯田実訳　H・D・ソロー『市民の反抗』（岩波文庫　一九九七）
飯田実訳　H・D・ソロー『森の生活――ウォールデン』（上・下）（岩波文庫　一九九五）
伊藤詔子『よみがえるソロー　ネイチャーライティングとアメリカ社会』（柏書房　一九九八）
伊藤詔子訳　ヘンリー・D・ソロー『森を読む――種子の翼に乗って』（宝島社　一九九三）
伊藤詔子、城戸光世訳　ヘンリー・デイヴィッド・ソロー『野生の果実』（松柏社　二〇〇二）
小野和人「アメリカ・ルネサンス期の文化・文学における宇宙意識：概観」『英語英文学論叢』第五二集（九州大学言語文化研究院英語科、二〇〇二）三五―五四頁。
小野和人『ソローとライシーアム――アメリカ・ルネッサンス期の講演文化』（開文社　一九九七）
小野和人「ヘンリー・ソローの宇宙意識」『英語英文学論叢』第五三集（九州大学言語文化研究院英語科、二〇〇三）一―一九頁。
小野和人訳　ヘンリー・ソロー『メインの森――真の野性に向う旅――』（金星堂　一九九二）
上岡克己『「ウォールデン」研究――全体的人間像を求めて』（旺史社　一九九三）
上岡克己『森の生活――簡素な生活・高き想い』（旺史社　一九九六）
上岡克己、高橋勤編著『シリーズもっと知りたい名作の世界「ウォールデン」』（ミネルヴァ書房　二〇〇六）
神吉三郎訳　ソロー『森の生活　ウォールデン』（岩波文庫　一九七九）
木村晴子、島田太郎、斎藤光訳『H・D・ソロー』（研究社　一九七七）

酒本雅之『アメリカ・ルネッサンス序説――エマソン、ソーロウ、ホイットマン』（研究社　一九六九）
酒本雅之『アメリカ・ルネッサンスの作家たち』（岩波新書　一九七四）
酒本雅之『支配なき政府――ソーロウ伝』（国土社　一九七五）
酒本雅之訳　ヘンリー・D・ソロー『ウォールデン　森で生きる』（ちくま学芸文庫　二〇〇〇）
佐渡谷重信訳　ヘンリー・D・ソロー『森の生活――ウォールデン――』（講談社学術文庫　一九九一）
スコット・スロヴィック、野田研一編著『アメリカ文学の〈自然〉を読む』（ミネルヴァ書房　一九九六）
高崎哲郎『お雇いアメリカ人青年教師ウィリアム・ホィーラー』（鹿島出版会　二〇〇四）
高梨良夫『エマソンの思想の形成と展開――朱子の教義との比較的考察――』（金星堂　二〇一一）
日本ソロー学会編『新たな夜明け――「ウォールデン」出版一五〇年記念論集』（金星堂　二〇〇四）
真崎義博訳　ヘンリー・D・ソロー『森の生活（ウォールデン）』（宝島社　一九八九）
山口晃訳　ヘンリー・ソロー『コンコード川とメリマック川の一週間』（而立書房　二〇一〇）
山里勝己編著『〈移動〉のアメリカ文化学』（ミネルヴァ書房　二〇一一）

あとがき

本書の初出は以下のとおりである。

第三章　「ソローと暴力――ジョン・ブラウン弁護の一考察」『アメリカ文学研究』四五号、二〇〇九年、一―一六頁。
第四章　「ソローの牢獄――一九世紀アメリカにおけるリベラリズムと文学」『言語文化論究』第一三集（九州大学、二〇〇一）二五―四一頁。
第六章　「ソローにおける身体の論理」日本ソロー学会編『新たなる夜明け――「ウォールデン」出版一五〇周年記念論集』（金星堂、二〇〇四）一一八―四〇頁。
第七章　「ソローの耳」福岡ロレンス協会編『緑と生命の文学』（松柏社、二〇〇一）一二七―五四頁。

そのほかの章はすべて本書のための書き下ろしである。ただし、第一章については第八〇回日本英文学会プロシーディングスに、第二章については第八二回日本英文学会プロシーディングスにその一部を掲載している。既出の論文についても本書に収めるにあたって加筆し、大幅に改稿した。

私がソローを読み始めたのは早くもあり、また遅くもあった。大学三年のころミシガン大学に交換留学し、そこで「ニューイングランド文学プログラム」という合宿生活に参加した時のことである。ニューハンプシャー州にあるウィノーピサーキー湖畔にアメリカの学生とともに合宿生活をしながら、ソローの『ウォールデン』やロバート・フロストの詩を読んだのである。ソローさながら湖にボートを漕ぎ出してアビを追いかけたり、ホワイト山脈やワシントン山に登山するなど、今から思うと非常に贅沢な体験に巡り会ったものだと思う。こうしてソローとの出会いは比較的早かったのだが、本格的にソローの作品を研究し始めたのは四十を過ぎてからのことである。私が大学院で専攻したのはメルヴィルであり、再び留学したペンシルヴァニア州立大学では比較文学科に在籍したこともあって、ソローの作品どころか、アメリカ文学という専攻の輪郭さえぼやけてしまっていた。

大学に勤め始めて数年後、体調を崩して生き悩んだことがある。授業だけはどうにかこなしてはいたものの、研究からはしばらく遠ざかっていた。そうした折、何故かソローが読みたくなったのである。ウィノーピサーキー湖畔での合宿生活も懐かしかったが、それ以上に、子供のころ魚獲りや昆虫採集に熱中し嬉々として目を輝かせていた頃の自分を無性にイメージしたかったのである。いやそうしたパストラルの空間の中に逃げ込み、過敏に張りつめた神経をひとときの間鎮めていたかったのかもしれない。

ソローが病身を抱え、『ウォールデン』においてみずからの心身の「再生」を願ったことは六章でも触れたが、当時の私にはそうした作品の構図よりも、とにかくウォールデンの光と水の風景の中にみずからの心を解放したかった。そしてグレイハウンドでアメリカ大陸を横断し、時には野宿し、また時にはヒッチハイクで旅を続けた二十代の自分のしたたかさと神経の図太さを取り戻したいと願っていたのである。

ソロー没後一五〇年にあたる節目の年に、こうしてソロー論を一冊の本にまとめることができてホッとしている。できることならもう五年早く書き終えたかったが、それも非才のせいであり、機が熟すのを待つことしかできなかったのだ、と自分に言い聞かせている。

ソローの作品を読み進めていくうえで日本ソロー学会、文学・環境学会、九州アメリカ文学会の方々から刺激を受け、また多くのことを教えられた。なかでもこの本の構想の直接的なヒントとなったのは、小野和人先生の『ソローとライシーアム——アメリカ・ルネサンス期の講演文化——』であったと思う。その本によって、アメリカン・ルネッサンスの文学が共同体の文学であることを再確認させられたのだった。エマソンやソローの文学は、その偉大な個性の表現というよりも、「コンコードの文学」であるという視点を小野先生の著作から授かった。また第八章「果てしなき宇宙」については、小野先生と同席した日本アメリカ文学会全国大会シンポジウムの発表原稿に基づくものであり、改稿に際しても先生の御論文を深く参照させていただいた。

またこれまでの研究生活で多くの人との出会いがあり、別れがあった。私が九州大学の大学院でアメリカ文学の教えを受けたのは原口三郎先生とスコット・ピュー先生であった。ピュー先生とハザード・アダムズ編『プラトン以降の批評理論』を読んだのは忘れられぬ思い出である。先生のお陰で充実した大学院生活を送らせていただいたと思う。

原口先生は、私が入学したその年に赴任された三十六歳の気鋭であった。先生とはいくつも違わぬ先輩か友人のように、時には反発し、時には笑い転げるような間柄であったが、その関係は終生変わらなかった。大学院の授業で『ウォールデン』を取り上げられたのも原口先生であったと思う。先生からの学恩に対してなにひとつ報いることはなかったが、先生が大学を去られたとき、暗く閑散とした三月の研究室に出向いて膨大な書籍を運び出すお手伝いをしたことが、今となっては心の慰めである。亡くなられたその日、奇しくも、私は支部大会のシンポジウムを担当していた。今から思うと、聴衆もまばらな教室のどこかに先生が聴きに来ておられたような気がするのである。発表の内容は、第三章に収めた「非暴力の仮面」である。

この著書のそれぞれのテーマに関して四件の科学研究費の助成を受けた。夏休みを利用した海外研修の際には、琉球大学の山里勝己先生のお世話でカリフォルニア大学デイヴィス校の図書館を利用させていただいたし、大東文化大学の小倉いずみ先生の紹介で、ハーヴァード大学神学部のデーヴィッド・ホール名誉教授と知遇を得たのも幸運だった。ホール先生のご好意により、ワイドナー図書館を利用させていただいたが、そうした機会がなければこの本の完成は望めなかったと考えている。

本書の出版を快諾していただいた金星堂の専務福岡正人氏にも感謝申し上げる。初期の段階で草稿の一部を高知大学の上岡克己先生にお読みいただいたほか、校正段階ではひかり作業所の中川恵美さんにも大変お世話になった。ひかり作業所は福岡にある障害者の福祉作業所だが、作業のきわめて多忙なスケジュールのなか本書の原稿とゲラの段階で入念な校正をしていただいた。

最後にひと言。私事で恐縮だが、パートナーの三恵にも感謝したい。その彼女からは「面白い本を書いてね」という注文を受けたのだが、執筆中にも、またゲラの最終校正段階においてもその彼女の言葉が頭の隅から離れなかった。こうして出版に漕ぎつけたいま彼女との約束が果たせたかどうか心もとない心境である。ともあれ、どうにか一冊の本を書き上げることができたのは、正直なところ、彼女の支えに負うところが大きかった。お礼を言いたい。そして、これからもよろしく。

二〇一二年一月

高橋　勤

ラ行

ワ行

マ行

ナ行

ハ行

タ行

サ行

カ行

索　引

（索引の作成にあたっては、本文中の主要な用語および固有名詞に限定した。）

ア行

著者略歴

高橋　勤（たかはし　つとむ）

1958年福岡県生まれ。九州大学大学院修士課程修了。

ペンシルヴァニア州立大学大学院博士号取得 (PhD)。

現在、九州大学言語文化研究院教授。アメリカ文学専攻。

主要著書『シリーズ「ウォールデン」』（共編著、ミネルヴァ書房、2006）、

『新しい風景のアメリカ』（共著、南雲堂、2003）、『緑と生命の文学』（共著、松柏社、2001）、

『ロマン派の空間』（共著、松柏社、2000）等。

コンコード・エレミヤ

――ソローの時代のレトリック

2012年4月30日　初版第1刷発行

著　者　高　橋　　勤
(Tsutomu Takahashi)

発行者　福　岡　靖　雄

発行所　株式会社　**金　星　堂**

（〒101-0051）　東京都千代田区神田神保町3-21
Tel.　(03) 3263-3828（営業部）
(03) 3263-3997（編集部）
Fax　(03) 3263-0716
http://www.kinsei-do.co.jp

編集担当：石井知宏　　Printed in Japan

編集協力：めだかスタジオ／装丁：スタジオベゼル

印刷所：モリモト印刷／製本所：井上製本

ISBN978-4-7647-1115-0　C3098